LA DERNIÈRE PETITE ENVELOPPE BLEUE

Maureen Johnson

LA DERNIÈRE PETITE ENVELOPPE BLEUE

Traduit de l'américain par Julie Lopez

Gallimard Jeunesse

Titre original : *The Last Little Blue Enveloppe*
Publié par Harper Teen, une marque de HarperCollins Publishers.
Imprimé aux États-Unis.

Prologue

C'était encore ce moment de la journée. Le moment de regarder fixement cette question, ces deux lignes noires sur une page blanche.

Question : « Décrivez une expérience qui vous a changé. Qu'était-ce, et qu'avez-vous appris ? (1 000 mots) »

Il s'agissait de la rédaction la plus simple du dossier d'inscription à l'université, celle qui nécessitait le moins de recherches. Ginny avait accompli toutes les autres démarches : demander des relevés de notes, réclamer à genoux des lettres de recommandation, passer trois examens d'entrée, rédiger quatre dissertations sur différents sujets. Cette rédaction était la toute dernière chose qu'il lui restait à faire. Chaque jour de ces trois dernières semaines, elle avait ouvert le document et considéré cette question. Chaque jour, elle avait commencé à taper sa réponse, puis elle avait tout effacé.

Elle inspira profondément et se mit à écrire.

Ma tante Peg est décédée en mai dernier. Du moins, c'est la date à laquelle nous avons appris sa mort. Elle avait quitté le pays deux ans plus tôt, et nous ne savions pas vraiment où elle était. Mais alors, nous avons reçu un coup de téléphone d'un homme vivant en Angleterre, qui nous a dit qu'elle était morte d'un cancer du cerveau. Quelques semaines plus tard, j'ai reçu un paquet avec treize petites enveloppes bleues à l'intérieur...

Comment était-elle censée expliquer ce qui s'était passé cet été ? Un jour, treize petites enveloppes bleues contenant des instructions étranges et très précises de la part de sa tante étaient arrivées, et Ginny (qui n'était jamais allée nulle part et n'avait jamais rien fait de spécial) s'était soudain retrouvée dans un avion pour Londres. De là, elle s'était rendue à Paris, à Rome, à Amsterdam, et à Édimbourg, et à Copenhague, et elle avait traversé l'Allemagne en train avant de prendre un ferry pour la Grèce. En chemin, elle avait découvert une collection de vierges de pierre, elle s'était introduite clandestinement dans un cimetière, elle avait pourchassé quelqu'un dans Brick Lane, elle avait été adoptée temporairement par une famille bizarre, elle avait été totalement adoptée par un groupe d'Australiens, elle avait fait ses débuts sur scène à Copenhague, en chantant du Abba, elle avait été dessinée par une artiste célèbre...

Ce n'était pas évident de résumer tout cela en mille mots destinés à un comité d'admission.

Elle regarda le calendrier qu'elle avait fabriqué en collant des Post-it sur le mur, à côté de son bureau. À la date du jour, le dimanche 12 décembre, il était écrit :

FINIS TA RÉDACTION !!!!! NON, SÉRIEUSEMENT, CETTE FOIS, FINIS CETTE RÉDACTION !!!!! Quelques lignes plus bas apparaissait la date de remise : le 5 janvier. Elle arracha le Post-it et le jeta à la poubelle. Tais-toi, Post-it. Elle ne recevait pas d'ordres d'un bout de papier agrémenté d'une bande de colle.

Elle posa les pieds sur le bord de son bureau et se balança sur sa chaise. Elle avait toujours cru que ce serait excitant de s'inscrire à l'université. De vivre loin de chez elle, de rencontrer des tas de nouvelles personnes, d'apprendre de nouvelles choses, et aussi de prendre quelques mauvaises décisions... Cette perspective l'avait motivée pendant toutes ses années de lycée. Mais après l'été qu'elle avait passé, l'université ne lui apparaissait plus comme une aventure. Elle se mit à faire défiler négligemment les sites Internet des établissements pour lesquels elle avait posé sa candidature. Tous tentaient de lui vendre un avenir comme ils vendraient du mascara (« Des cils plus longs, plus fournis ! Nouvelle formule ! Regardez ! *Gros plan sur des cils d'une longueur surnaturelle, épaissis par une certaine substance.*) ou des produits de régime. (« J'ai perdu dix kilos ! » *Image d'une femme en robe tournant sur elle-même à côté d'une photo d'elle avant son régime.*)

Pour commencer, toutes les photos se ressemblaient. Là, un groupe souriant, composé avec soin, marchant dans une allée bordée d'arbres, au soleil. Puis, en gros plan, un étudiant regardant dans un microscope, un sage professeur penché sur son épaule. Sur une autre, on voyait des gens en chemises assorties poussant des acclamations lors d'un match de foot ou de basket. On aurait dit qu'il y avait une liste à respecter. Avons-nous inclus « le professeur pointant un tableau noir rempli de questions ? » Avons-nous « une classe d'étudiants souriants, concentrés, en train de regarder dans le vide ? » Il y avait encore pire : les slogans, tous dans la même veine : « Nous vous donnons les clés pour ouvrir la porte du succès. »

Elle reposa les pieds de sa chaise par terre et se pencha à nouveau sur la page blanche et la question.

Les lettres sont arrivées en mai dernier...

... et furent promptement volées par des types, sur une plage, quelques mois plus tard.

Eh oui. C'était l'autre problème de cette rédaction : la fin dramatique. En août, elle s'était retrouvée sur le sable blanc d'une plage magnifique, sur l'île de Corfou, en Grèce. Il ne lui restait plus qu'une enveloppe, la dernière, et elle avait décidé qu'elle l'ouvrirait juste après avoir piqué une tête. Elle avait passé vingt-quatre heures sur le pont d'un ferry, à cuire dans un transat... et l'eau était si belle ! Son amie Carrie avait voulu nager toute nue. Ginny, elle, était entrée tout habillée dans les eaux chaudes et claires de la mer Ionienne. Elles avaient laissé leurs sacs à dos à leurs trois amis masculins, qui s'étaient endormis au lieu de les surveiller.

Au-dessus d'eux, sur les rochers blancs surplombant la mer, deux types en scooter s'étaient arrêtés et avaient assisté à la scène. Ginny s'était laissée ballotter par les vagues, contemplant la mer qui rejoignait le ciel. Elle se rappelait très bien les hurlements de Carrie.

Elle se rappelait avoir escaladé les rochers et vu son amie, enveloppée dans une serviette, nue, en larmes, en train de trépigner en lui disant que les sacs avaient disparu. En relevant les yeux, Ginny avait vu le scooter qui s'éloignait, remontait le petit chemin cahotant et rejoignait la route. Et voilà. La lettre numéro treize lui avait été arrachée par des voleurs à la petite semaine convoitant son sac à dos pourri.

Ce qu'elle avait appris ? Qu'il ne fallait pas aller nager dans la mer Ionienne en laissant le document le plus important de sa vie dans un sac sur la plage. Prends ça, université !

Son regard dériva jusqu'à la petite lumière rouge dans un coin de l'écran de son ordinateur. La lumière qui symbolisait Keith.

Keith était l'acteur-dramaturge qu'elle avait rencontré en suivant les instructions de la troisième lettre, qui lui demandait de remettre cinq cents livres sterling à un artiste fauché. Elle avait découvert la pièce de Keith dans le sous-sol du Goldsmiths College, et elle avait acheté tous les tickets de toutes les représentations, faisant de lui la première personne de l'histoire à écouler toutes les places du minuscule théâtre étudiant dans lequel il travaillait (et s'assurant dans le même temps, bien malgré elle, que personne ne verrait jamais son œuvre). C'était un garçon passionné, hilarant, étrangement sûr de lui, et beau... dans le genre étudiant en art, londonien, pauvre et débraillé. Mais le plus mystérieux, c'est qu'il était fasciné par *elle*. Il l'appelait « sa dingue ».

Il fallait préciser, et elle se le rappelait tous les jours, que Keith n'était pas son petit ami. Il y avait « quelque chose entre eux ». Ils s'étaient quittés sur ces termes précis. Ils entretenaient une relation à l'ambiguïté délicieuse et frustrante, toujours dans la séduction, jamais définie. Au début, après que Ginny était retournée aux États-Unis, ils avaient communiqué tous les jours. Le décalage horaire ne leur facilitait pas les choses (il avait cinq heures d'avance sur elle), mais ils s'étaient toujours débrouillés.

Aux alentours de Thanksgiving, il avait commencé à jouer dans un spectacle qu'il appelait une « panto », si bien qu'entre ses répétitions et ses cours, le temps qu'il passait en ligne avait singulièrement diminué. Ces dernières semaines, Ginny s'était plantée devant son bureau tous les soirs, attendant que cette petite lumière rouge tourne au vert, signe qu'il était connecté. Il était dix-neuf heures trente à présent, ce qui signifiait qu'il était minuit et demi à Londres. Ce serait sans doute l'une de ces soirées où il ne se connectait pas du tout. Elle détestait ces soirées.

À défaut, elle consulta ses e-mails. Il y avait plusieurs messages, mais celui qui attira son attention venait d'un certain oliver273@easymail.co.uk. Un autre Anglais essayait d'entrer en contact avec elle, un Anglais qu'elle ne connaissait pas. Elle ouvrit le message.

Une image apparut. Un gros carré bleu remplissant l'écran. Il lui fallut un moment pour comprendre qu'il s'agissait du scan d'un morceau de papier bleu couvert d'une écriture qu'elle connaissait très bien. Il lui fallut presque une minute entière pour accepter de comprendre ce qu'elle avait sous les yeux.

N° 13

Chère Ginny,

Laisse-moi te parler de la Division Bell, la sonnerie qui annonce la mise aux voix, au Parlement. Elle en dit beaucoup sur l'Angleterre. Tu aimes apprendre des choses sur l'Angleterre, n'est-ce pas ? Bien sûr que oui.

Tu vois, au Parlement, quand il faut voter, les membres crient oui ou non. Le président dit : « Je crois que les oui l'emportent » ou « Je crois que les non l'emportent », en fonction du camp qui a le plus crié. Parfois, cependant, quand on ne peut déterminer qui a gagné, ils doivent avoir recours à ce qu'on appelle un « vote au lever ». Comme son nom l'indique, cela signifie qu'il faut se lever et aller se placer du côté du oui ou du non afin d'être comptabilisé. Je trouve ça vraiment adorable, avec un petit côté jardin d'enfants, pas toi ?

Pour rester dans le thème du jardin d'enfants...

Parfois, les membres du Parlement sont en récréation au moment du vote. Sauf qu'au lieu de jouer dans le bac à sable, ils sont généralement au pub. Alors, les pubs qui entourent le Parlement sont parfois équipés d'une sonnerie qui retentit quand l'un de ces votes va avoir lieu. Quand elle sonne, les membres se hâtent de rentrer et se positionnent pour le oui ou pour le non.

Aujourd'hui, cette cloche sonne pour toi, Gin.

Tu as fait beaucoup à cause des douze dernières enveloppes, du moins si tu as accompli tout ce que te demandaient les lettres. Pour ce que j'en sais, tu les as peut-être lues dans ton canapé, dans le New Jersey. Mais je te fais confiance. Je pense que tu es exactement là où je t'ai suggéré d'être : sur un ferry, direction les îles grecques.

Si tu le souhaitais, tu pourrais rentrer chez toi sur-le-champ. Tu en as peut-être assez. Ou... Ou tu pourrais retourner d'où tu viens. Retourner à Londres.

As-tu envie de continuer ? Dring, dring. *Oui ou non ?*

Je vais être honnête avec toi. À partir de maintenant, les choses deviennent un peu bizarres. Si tu es prête à arrêter, fais-le. Crois-en quelqu'un qui sait de quoi elle parle ; si tu ressens le besoin de rentrer chez toi, écoute ce besoin et respecte-le.

Réfléchis-y un moment sur la plage, Gin. Si tu décides de continuer, tu peux passer à la page suivante et...

À ce point, la lettre s'arrêtait. Sous l'image se trouvait un court message :

Désolé d'interrompre. Vous ne me connaissez pas, et je ne vous connais pas non plus. Comme vous pouvez le voir, j'ai en ma possession une lettre (plus précisément, une série de lettres) qui semble vous appartenir. Néanmoins, comme cette dernière lettre contient des informations très importantes, je dois m'assurer que je parle à la bonne Virginia Blackstone. Si vous pensez que cette lettre vous appartient, je vous prie de me le faire savoir. Je m'appelle Oliver, et je vis à Londres. Vous pouvez me joindre à cette adresse.

Pendant un moment, elle ne fit rien. Elle ne bougea pas. Elle ne dit pas un mot. Elle attendit que cette information fasse son chemin en elle. C'était une page de la dernière lettre. C'était une tâche inachevée. C'était l'univers qui exigeait plus ou moins qu'elle retourne immédiatement en Angleterre et qu'elle finisse ce qu'elle avait commencé. C'était le destin. C'était son cerveau qui s'emballait.

L'ancienne Ginny n'avait jamais voyagé et ne connaissait personne en Angleterre. L'ancienne Ginny aurait réfléchi, aurait planifié, aurait agi avec prudence. Mais la nouvelle Ginny avait besoin d'une distraction, et d'une raison de voir son je-ne-sais-quoi qui n'était pas son petit ami... Et elle connaissait quelqu'un qui savait comment faire pour que des choses improbables se réalisent.

Elle se leva et commença à faire ses bagages.

Illusions londoniennes

Ginny essayait d'assimiler ce qu'elle avait sous les yeux. Elle s'était endormie par intermittence, si bien que la frontière entre rêve et réalité n'était pas très claire. Elle cligna des paupières à plusieurs reprises et regarda encore une fois par la fenêtre.

Non. Ce n'était pas un rêve. Ils étaient bel et bien là. Deux énormes bonshommes de neige gonflables, hauts de quinze mètres ou plus, suspendus dans les airs, leur sourire lubrique tourné vers la rue, en contrebas. Deux gros monstres blancs et joyeux, flottant comme des nuages. On n'aurait su dire si leurs intentions étaient louables ou non, s'ils montaient ou s'ils descendaient. Ils étaient aussi larges que la route et dissimulaient le ciel.

Elle les montra bêtement du doigt.

– Ce sont les bonshommes de neige géants de Carnaby Street, expliqua son oncle Richard. Festifs et inquiétants, juste comme on les aime, par ici. Évite juste de les regarder dans les yeux.

Ginny et Richard se trouvaient dans un taxi noir se frayant lentement un chemin à travers les rues de Londres. Ils tournèrent dans Regent Street, une rangée apparemment interminable de magasins, grands et petits. Les trottoirs étaient bondés, avec facilement cinq ou dix personnes au coude à coude. Des traînées de lumière se déversaient sur les vitrines, en cascades rouges, argentées et bleues. Au-dessus d'eux, des guirlandes lumineuses étaient pendues comme des toiles d'araignées entre les lampadaires, formant des notes de musique et des luges. Le voile flou de l'épuisement qui recouvrait les yeux de Ginny ajoutait encore à leur scintillement.

– C'était sans doute une erreur de passer par là, dit Richard en observant les embouteillages. Mais je me suis dit qu'il fallait que tu voies Oxford Street et Regent Street pendant la bousculade des vacances. Je ne te conseille pas de faire du shopping ici, cela dit. C'est déjà affreux aujourd'hui, alors demain, la veille de Noël... Pour nous, ça va être la folie.

Par « nous », il entendait Harrods, l'endroit où il travaillait. Le magasin le plus gros, le plus impressionnant, le plus réputé de Londres. Richard dirigeait un département qui s'occupait principalement des personnes riches et célèbres. C'était lui qui devait tout organiser quand la reine voulait faire ses courses, ou quand des vedettes de la télé, des rock stars ou des personnes titrées avaient besoin d'envoyer des paniers compliqués remplis d'objets improbables. Noël étant pour lui la période la plus difficile de l'année, il aurait sans doute mieux valu que sa nièce américaine débarque à un autre moment, mais cela n'avait pas l'air de le déranger. Quand elle l'avait appelé pour lui demander si elle pouvait venir pour Noël, il avait tout de suite accepté.

Du côté du New Jersey, il lui avait fallu négocier âprement, mais elle avait géré la situation avec une assurance qu'elle n'avait jamais connue auparavant. Voilà comment elle avait présenté les choses à ses parents : aller en Angleterre serait une expérience extrêmement éducative et très enrichissante d'un point de vue culturel, et cela lui permettrait de passer du temps avec un membre de sa famille. Ne serait-ce pas mieux que de rester les bras croisés à Jersey City pendant ses deux semaines de vacances ? Un coup de fil à Richard, où il leur avait servi son discours à base de « Ne vous en faites pas, je m'occupe de tout », et l'affaire avait été conclue. Tout était plus facile quand un adulte responsable avec un accent distingué s'en mêlait.

Ginny avait découvert qu'elle avait un oncle cet été, à la fin de son séjour en Angleterre, quand Richard lui avait révélé qu'il s'était marié avec tante Peg juste avant sa mort. Ce grand Anglais en costume qui savait exactement, sans doute au millimètre près, comment se portaient les cravates larges, les cols et les revers, n'avait pas du tout le profil d'un membre de sa famille. Néanmoins, il était chaleureux, facile à vivre et, bizarrement, semblait toujours s'excuser de quelque chose. Il était beau, en plus de ça, avec des cheveux bruns légèrement bouclés, de grands yeux et des sourcils arqués. Et même si son front commençait à se dégarnir, cela ajoutait encore à la douceur de son visage ouvert.

– J'ai fait en sorte qu'on ait un véritable dîner rôti pour Noël, reprit-il. Ce n'est pas moi qui vais le préparer. Ce serait un désastre pour tout le monde.

– Un repas rôti ? répéta-t-elle.

Le décalage horaire s'infiltrait dans ses pensées, et tout devenait un peu difficile à comprendre.

– Oh, le repas rôti... C'est ce qu'il y a de mieux à Noël. De la dinde, des pommes de terre, des carottes, un peu de choux de Bruxelles, un plein seau de sauce...

Le chauffeur de taxi hocha la tête, le visage empreint d'une expression de contemplation presque religieuse.

– ... Bref, j'ai commandé un repas complet au travail. Je le ramènerai demain à la maison. Ils travaillent bien, au département alimentation. Et je vais prendre des congés dans les jours à venir. Il faudrait qu'on en profite pour faire des choses un peu festives. Y a-t-il des endroits que tu aimerais voir ? La Tour de Londres, ou... Je ne sais pas. Tu aimerais faire un tour dans le London Eye ? Je n'y suis jamais allé. Je ne vais jamais dans des lieux que les touristes pourraient aimer, à part Harrods. Tu veux aller à Harrods ? Je t'en prie, dis non. Tu y es déjà allée, de toute manière. N'importe où à part là-bas...

Ginny acquiesça avec contentement. Le taxi se dirigeait vers le nord-est, entrant dans le quartier d'Islington, et elle commençait à reconnaître de plus en plus de choses. La station de métro Angel, la rue pleine de boutiques, le petit pub au coin de la rue...

– C'est juste là, la deuxième, avec la porte noire.

Richard s'adressait au chauffeur. Elle s'était encore endormie, le visage écrasé contre la fenêtre. Ils étaient arrivés devant la maison à laquelle menaient six marches traversées par une fissure en forme d'éclair. Les plantes en pot étaient toujours là, pleines de brindilles et de terre poussiéreuse. Elle chercha immédiatement son sac, mais Richard l'avait devancée et tendait déjà quelques billets de vingt livres au chauffeur.

Sortir de voiture la ramena brutalement à la réalité. Il ne faisait pas plus froid que chez elle, mais il y avait plus d'humidité dans l'air. La maison de Richard possédait toujours ce côté étrange, dépouillé ; on aurait cru que les meubles provenaient d'un magasin de fournitures de bureau : mobilier en pin brut, tapis industriel de mauvaise qualité. Il y avait une grande télévision toute neuve dans la salle de séjour, mais rien d'autre de remarquable. On avait l'impression que la maison attendait l'arrivée de son occupant. Il n'y avait pas de décorations.

Il régnait un léger désordre dans la cuisine : boîtes de nourriture à emporter, bouteilles entassées sur le plan de travail, attendant d'être recyclées, pile de sacs posés sur la poubelle. Tous les signes d'un homme seul qui n'avait pas arrêté de courir pendant des semaines.

– Je dois retourner au travail, dit-il. Je suis désolé, tu vas devoir passer le reste de la journée toute seule. Voilà tes clés. Tu te rappelles sûrement que la carrée ouvre la serrure du haut. C'est un véritable porte-clés Harrods, tu as de la chance. Et il y a plein de choses à manger…

Il désigna la cuisine d'un vague geste de la main. Ginny aperçut l'éclat argenté d'une alliance à sa main gauche. Elle ne l'avait même pas remarquée quand elle l'avait rencontré pour la première fois. Qu'est-ce qu'elle avait été à la ramasse, vraiment, la première fois qu'elle était venue…

– Tout ira bien, dit-elle. Promis. Désolée de m'incruster alors que tu es tellement occupé.

– Mais non. Je rentrerai vers huit heures. Peut-être neuf… Mais je vais essayer d'être là pour huit heures.

Dès qu'il fut parti, Ginny traîna sa valise à l'étage. Ce n'était pas très élégant : elle n'arrêtait pas de la cogner contre le mur de l'escalier en faisant un bruit de tous les diables. La porte de sa chambre, la chambre de tante Peg, était ouverte, prête à l'accueillir. Cela lui ferait toujours un drôle d'effet d'entrer dans cette pièce. Les murs roses diffusaient une lueur étrange à la lumière pâle du matin. Le miroitement des emballages et des déchets variés que tante Peg avait collés sur les murs contrastait fortement avec le grand poster d'*Un bar aux Folies-Bergère*, la peinture préférée de Peg. Richard avait empilé des serviettes de toilette et des couvertures supplémentaires sur la courtepointe en patchwork cousue par tante Peg.

Ginny déposa sa valise sous la fenêtre et s'assit par terre, le dos contre le lit, observant les murs, le plafond, absorbant tous les détails. Elle avait deux choses à accomplir pendant son séjour. Un : récupérer la lettre. Tout était réglé. Elle retrouverait Oliver dans un café, le lendemain à quatorze heures, et il la lui remettrait.

Ce qui signifiait qu'elle devait accomplir la seconde chose aujourd'hui.

Au cours des deux semaines qu'il lui avait fallu pour préparer ce voyage, Keith avait passé de moins en moins de temps en ligne. Leurs rares conversations avaient été brèves. En temps normal, cela l'aurait anéantie, mais puisqu'elle s'apprêtait à retourner en Angleterre, elle avait décidé d'en tirer profit. Ce que Keith semblait aimer le plus chez elle, c'était qu'il lui arrivait parfois de débouler sans prévenir, munie d'une histoire très improbable. Alors, elle ne lui avait pas dit qu'elle venait à Londres. Et aujourd'hui, elle allait se pointer à sa porte.

Cette manœuvre nécessitait de la préparation. Elle avait réussi, à l'aide de quelques questions habiles, à savoir qu'il serait chez lui cet après-midi. Le timing était impeccable. Elle avait aussi apporté les outils adéquats. Elle ouvrit sa valise. Sa tenue favorite se trouvait sur le dessus : une nouvelle robe noire à pois blancs. Associée à ses nouvelles bottes noires et à des collants argentés, c'était de loin la plus belle tenue qu'elle avait jamais eue.

Il était temps de se laver. Pour cela, elle allait devoir lutter contre le tuyau attaché au robinet de la douche. Elle avait mouillé le plafond plus d'une fois avec cet engin au cours de l'été. Richard avait gardé tous les produits de toilette qu'elle avait achetés lors de sa dernière visite et les avait rangés sur une étagère vide. Après s'être mouillée rapidement, sans trop insister, aspergeant toute la salle de bains au passage (ce qui constituait déjà une amélioration de son ancienne technique), elle s'habilla, s'assurant que la couture de ses collants s'alignait parfaitement avec le bout de ses orteils (un détail trop souvent négligé). Puis elle enfila ses bottes. Elle examina le résultat final dans le miroir. C'était... bien. Elle avait belle allure. Elle ne ressemblait pas à une touriste, ni à quelqu'un qui en faisait trop. Elle ressemblait à elle-même... en un peu plus soignée que d'habitude, peut-être.

Vérification rapide des cheveux. Quand elle était rentrée chez elle en août, après son périple, elle avait ressenti le besoin de changer un peu. Toute sa vie, elle avait eu les cheveux très longs, tressés les trois quarts du temps. Ces tresses étaient devenues son signe distinctif, et ce signe avait vécu. Sur un coup de tête, elle avait coupé ses longueurs de dix centimètres et avait teint ses cheveux dans une riche nuance auburn. Tout le monde aimait sa nouvelle coiffure, mais elle ne s'y était pas encore habituée. Elle n'arrêtait pas de chercher ses cheveux, s'attendant à ce qu'ils tombent plus bas, à ce qu'ils se mettent dans son visage quand il y avait du vent, à pouvoir les entortiller sur ses doigts quand elle se sentait nerveuse. N'empêche qu'ils brillaient joliment. C'était une coiffure plus... adulte.

Il lui restait encore une chose à sortir de sa valise : un petit présent enveloppé dans du papier rouge. Elle l'examina avec soin pour s'assurer que l'emballage n'était pas déchiré. Trouver un cadeau n'avait pas été aisé. Il fallait qu'il soit significatif, mais pas trop. Personnel, mais pas trop. Elle avait cherché longuement et, finalement, elle avait trouvé.

Pendant l'été, Keith l'avait rejointe à Paris. Ils s'étaient embrassés une fois. Dans un cimetière, sur un monument en pierre représentant un exemplaire ouvert de *Roméo et Juliette*. Les éditions de *Roméo et Juliette* couraient les rues, mais celle qu'elle avait dénichée était ancienne, datant de 1905. Elle avait une couverture en cuir bleu, des illustrations dans des teintes vives de pierres précieuses et des pages de garde dorées. C'était typiquement le genre de chose qu'on pouvait offrir à un étudiant en art dramatique, tout simplement parce que c'était un bel objet pour un passionné de théâtre. Et c'était aussi le genre de chose qu'on pouvait offrir à quelqu'un pour qu'il se rappelle votre premier baiser.

Le papier cadeau n'avait pas du tout souffert du voyage. Elle l'emballa dans un sac plastique pour le protéger de la pluie, le rangea dans sa sacoche et attrapa son manteau et ses clés. Le moment était venu de faire une deuxième entrée dans la vie de Keith. Cette fois, elle était prête.

Surprises et explications

Le trajet jusque chez Keith était parfaitement gravé dans sa mémoire. Il fallait passer devant des restaurants indiens et des dizaines de marchands de journaux, parcourir des rues aux maisons en plus ou moins bon état. Contrairement à New York, ville de grands immeubles et d'appartements, Londres était une ville de maisons. D'innombrables rangées de maisons avec des petits jardins devant, des maisons qui avaient connu de nombreuses familles, plusieurs guerres, plusieurs époques et différents niveaux de vie.

Et enfin, la maison dont elle se souvenait si bien, celle à laquelle elle pensait si souvent. Les stores blancs bon marché, de travers, comme d'habitude. La fenêtre en plastique doré creusée dans la porte d'entrée, la poubelle qui débordait toujours, le petit mur de pierre, et le minuscule jardin miteux, dans lequel semblait toujours pousser une fine couche de papiers de bonbon froissés. En guise de petit clin d'œil à la saison, une guirlande de Noël lumineuse était accrochée au petit bonheur autour des fenêtres de l'étage, pendant d'une fenêtre à l'autre sur la façade de la maison. Elle clignotait de manière si irrégulière que Ginny en déduisit qu'elle n'était probablement pas censée clignoter du tout.

La petite voiture blanche déglinguée de Keith était garée devant la maison. Elle jeta un petit coup d'œil par la vitre avant pour voir si elle était toujours remplie de détritus. Ce n'était pas le cas. Visiblement, il l'avait nettoyée récemment. À l'exception de deux sacs en plastique et de quelques pages de texte sur le siège passager, à l'avant, elle était bien rangée. La première fois que Ginny l'avait vue, Keith y avait fourré tout le décor de sa pièce de théâtre, y compris un palmier gonflable (heureusement dégonflé).

De la lumière brillait aux deux fenêtres de l'étage, et de la musique assourdie s'en échappait. Il y avait quelqu'un. Il pouvait s'agir de Keith, ou bien de David, son colocataire fou amoureux de l'horrible Fiona, le coton-tige humain, avec qui il sortait par intermittence. Elle se rapprocha en tendant l'oreille. Le bruit venait de la fenêtre de gauche : celle de Keith.

Pour la première fois depuis qu'elle avait concocté ce plan, elle se sentit nerveuse. Tout lui avait semblé si hypothétique jusque-là. La nuit, entre le moment d'éteindre la lumière et de s'endormir, elle avait imaginé ce moment, la façon précise dont elle frapperait, le visage de Keith quand il ouvrirait. Maintenant, elle était *vraiment* là et, dans une minute, elle verrait *vraiment* Keith. L'imagination s'apprêtait à entrer en collision avec la réalité.

– Détends-toi, se dit-elle. Tu as l'avantage de la surprise. Sois normale, et c'est tout.

Évidemment, le premier pas vers la normalité ne consistait sans doute pas à rôder devant la maison, à regarder à travers les vitres de la voiture et à parler toute seule.

Elle frappa fort sur le panneau en plastique. Au-dessus d'elle, l'une des fenêtres coulissa un peu vers le haut.

– LA PORTE EST OUVERTE ! hurla Keith.

Ginny leva les yeux pour voir s'il la regardait, mais aucune tête ne sortait de la fenêtre. Il se contentait de laisser entrer n'importe qui. Elle ne trouvait pas cela très prudent, mais cela jouait en sa faveur. Elle poussa lentement la porte.

Elle fut aussitôt submergée par l'odeur familière. Une odeur de détergent, d'encens épicé, de liquide vaisselle, de vêtements mouillés, de théâtre poussiéreux... L'odeur de Keith. La porte donnait sur un couloir et un escalier. Toutes sortes de choses s'entassaient dans le vestibule : des sacs en plastique pleins de journaux, les baskets de Keith, des parapluies, des livres. Pour une raison qui lui échappait, il y avait un marteau par terre, en plein milieu de l'entrée, et des rouleaux de papier toilette empilés dans un coin. Des T-shirts et des boxers avaient été mis à sécher sur le radiateur.

– En haut de l'escalier ! cria-t-il. Monte !

Ginny se reprit et jeta un rapide coup d'œil à son reflet déformé dans l'affiche encadrée à peu de frais du dernier spectacle de Keith : *Starbucks : la comédie musicale*. Une écharpe noire était tombée juste au pied de l'escalier, représentant la ligne qu'elle devait franchir pour continuer. Elle l'enjamba et monta à l'étage.

Keith était assis sur le canapé, les jambes étendues, les pieds en équilibre sur une caisse en plastique. La première chose qu'elle remarqua fut ses cheveux. Ils étaient un peu plus courts, et pas aussi hirsutes que cet été. Avec cette coupe, ils paraissaient plus sombres, plus bruns que blond-roux.

Les sourcils froncés, les yeux un peu plissés, il tapait fiévreusement sur le clavier de son ordinateur. Il était tellement concentré qu'il ne l'avait même pas remarquée, debout dans l'embrasure de la porte. Il se tourna et ouvrit la bouche, s'apprêtant à crier autre chose, et il la vit.

Il sursauta et recula de plusieurs centimètres.

– Salut, dit-elle en souriant. Tu te souviens de moi ?

Pendant presque dix secondes, Keith la dévisagea sans rien dire. Ginny s'accrocha à l'encadrement de porte.

– Il y a vraiment, vraiment quelque chose qui cloche gravement chez toi, lâcha-t-il finalement. Et je compte bien te faire interner. Tu vas entrer ou tu vas rester plantée là ?

Il poussa quelques papiers du canapé pour lui faire de la place. Elle entra et s'assit doucement, à peine capable de le regarder en face. Il lui fallait un peu de temps pour s'habituer à cette surcharge émotionnelle. Il portait un pull noir, un jean déchiré et une paire de chaussettes de couleur vive trouées. Elle sourit en voyant ses orteils qui dépassaient.

– Pourquoi tu ne m'as pas dit que tu venais ? demanda-t-il.

– Je voulais te faire une surprise. Est-ce que tu laisses entrer tous les cinglés qui frappent à ta porte ? Tu n'as même pas regardé.

– Je pensais que tu venais pour l'audition. Il y a eu du passage ces derniers temps.

– Une audition ?

– Pour une nouvelle pièce, sur la crise financière. Elle s'appelle *Faire sauter la banque*. C'est le développement d'une œuvre que j'avais commencée il y a quelque temps et que j'avais appelée *Banque : un opéra de la cupidité*.

– Tu ne joues plus dans ce... cette panto ?

– Ah... J'ai eu un... un désaccord artistique avec le metteur en scène. Il se trouve que j'ai un problème avec l'objectivisation des femmes dans *Cendrillon*, et le fait de se reposer sur les chaussures comme moyen d'identification. Tu peux certainement le comprendre.

– Tu t'es fait virer ?

– Virer est un mot tout à fait pertinent. Et puis ça ne me plaisait pas de jouer la moitié arrière d'un cheval.

Ginny sourit et se laissa aller dans le canapé. De la pluie pénétrait par la fenêtre à moitié ouverte, mais Keith ne s'en rendait pas compte, ou alors il s'en fichait. Elle fouilla dans son sac et en sortit le cadeau.

– Qu'est-ce que c'est ? demanda-t-il. Une liasse de billets ? Tu m'as apporté de l'argent ? Tu veux encore financer mon spectacle, c'est ça ?

– Oui. C'est une belle somme.

Keith le tint un moment entre ses mains et le pressa légèrement.

– Ça me gêne, dit-il en regardant le paquet. Je ne savais pas que tu venais. Je n'ai rien pour toi.

Ça, c'était une première. Keith, gêné ? Il avait même un peu rougi.

– Ouvre-le ! dit-elle.

Il déchira le papier, révélant la couverture bleue. L'espace d'un instant, il parut perplexe, puis il en arracha d'autres bouts jusqu'à ce que le livre entier apparaisse. Au début, il ne dit rien, se contentant de l'ouvrir et d'examiner les pages, les illustrations. Quand il finit par la regarder, il avait les yeux écarquillés, et une expression franche, ouverte.

– Je ne sais pas quoi dire, Gin. C'est... C'est adorable.

Son embarras était contagieux. Ginny se sentit rougir, et elle se rendit compte qu'elle serrait le bas de sa robe entre ses poings.

– Je sais que c'est l'une de tes pièces préférées, répondit-elle.

– Qui peut résister à un pacte de suicide aussi romantique ?

– Pas des gens bien.

– Exactement.

Il releva un peu les yeux, évitant de la regarder en face, préférant observer sa nouvelle coupe.

– Tes cheveux. Tu as changé de coiffure. Tu ressembles à une présentatrice de journal télé.

– Est-ce que c'est un compliment ?

– Tu n'es manifestement pas au courant de mon obsession enfantine pour la femme qui faisait la météo. Mon cœur palpite encore quand j'entends le mot « précipitations ». Je crois que je ne t'avais jamais vue sans tes nattes. Je pensais que tes cheveux poussaient comme ça.

Il retourna au livre et le feuilleta pendant quelques instants. À la façon dont ses yeux couraient sur les pages, Ginny savait qu'il ne lisait pas. Il réfléchissait. Des secondes s'écoulèrent. Elle se débrouilla pour se rapprocher un peu de lui, jusqu'à se coller juste contre son épaule. Il ne se tourna pas directement vers elle, mais il pivotait dans sa direction par des mouvements presque imperceptibles. C'était le moment. Tout son corps fourmillait. Elle sentait le baiser arriver, comme on sent venir une grosse averse.

En bas, la porte s'ouvrit, et ils sursautèrent tous les deux un peu. Une voix féminine lança un « salut » étouffé. Keith tourna la tête vers la porte, posa le livre sur la table basse et se leva. Ginny pensa que l'affreuse responsable de cette interruption venait pour auditionner, jusqu'à ce qu'une voix s'élève :

– Il fait un temps de chien ! David aura intérêt à me remercier ! Je suis restée tard à cause de lui et je me suis fait prendre par la pluie !

– Fiona ? souffla Ginny à voix basse.

– Non, répondit Keith en secouant la tête et en traversant la pièce. Elle est partie. Depuis des lustres. Ils ont rompu juste après ton départ. C'est pour ça que l'herbe a recommencé à pousser dehors.

– Il a une nouvelle petite amie ? demanda-t-elle doucement. Dieu merci. Tu dois être content.

– Oui. C'est un sacré soulagement. Elle est beaucoup plus sympa. En même temps, un serpent en colère est plus sympa que Fiona. Je suis sûr qu'elle est plus heureuse là où elle est désormais, à brûler des orphelins, ou quoi qu'elle fasse de ses journées.

Il y eut des bruits de pas rapides dans l'escalier, puis une fille apparut dans l'embrasure de la porte. Elle était extrêmement jolie. Comme David, elle avait la peau très foncée. Elle était un peu plus petite que Ginny, et portait un jean skinny, des bottines râpées et un énorme pull gris un peu effiloché. Elle n'était pas maquillée, mais ses joues luisaient à cause du froid et de l'humidité. Ses cheveux formaient un halo de spirales d'au moins quinze centimètres s'élevant librement autour de sa tête. De l'eau de pluie était prisonnière des pointes de ses cheveux, qu'elle frottait entre ses mains, visiblement contrariée.

– Rappelle-moi de ne plus jamais... Oh ! Désolée ! Je vais aller attendre en bas que vous ayez terminé.

– C'est bon, dit Keith. Ce n'est pas une audition. Voici Ginny. La fameuse Ginny Virginia.

– Non ! s'exclama la fille. C'est toi, la fille avec les lettres ? Ta tante est une artiste ?

– C'est moi, répondit-elle, se sentant étrangement flattée que la petite amie de David ait entendu parler d'elle.

– Oh ! Keith est toujours en train de parler de toi ! s'exclama la fille en s'asseyant à côté d'elle. Je m'appelle Ellis. Je suis super contente de te rencontrer ! Tu viens juste de...

– C'est une visite surprise, la coupa Keith en souriant fièrement. Sa spécialité.

– C'est génial ! Qu'est-ce que tu fais là ? Tu viens juste pour Noël ? Désolée, je suis dans un état lamentable. Je viens de terminer ma dernière journée de travail. J'avais pris un petit boulot à H&M avant les fêtes de Noël, et maintenant, j'ai fini !

Elle leva les bras en l'air, triomphante, avant de s'écrouler sur le canapé, à l'endroit que Keith venait de libérer, et d'ôter ses bottines. Ginny se força à lui adresser un sourire poli. La nouvelle copine de David était sympa, mais elle était aussi envahissante. Elle n'avait apparemment pas de radar lui indiquant qu'elle venait d'interrompre un moment d'intimité.

– Les gens sont tellement affreux quand ils font leurs courses de Noël, continua Ellis. Vous n'imaginez pas comme ils se comportent. David voulait que je choisisse un chemisier pour sa sœur. J'ai pris le dernier et une femme a essayé de me l'arracher des mains, et comme je ne lâchais pas, elle a levé la main en arrière, comme ça...

Elle mima le geste.

– Ça ressemble plutôt à un coup de poing, commenta Keith. Tu es sûre que c'est chez H&M que tu bossais, pas dans une ligue de combat extrême ?

– Certains jours, je me le demande. Mais j'ai eu le chemisier. David a intérêt à être content.

Keith se mit à appareiller ses chaussettes, en faisant de petits paquets. Ginny ne l'avait jamais vu faire sa lessive auparavant, mais elle n'aurait pas cru qu'il était du genre à plier ses chaussettes. Il posait chaque paire sur le dessus de la cheminée, bâtissant une petite pyramide.

– Qu'est-ce que c'est ?

Ellis prit l'exemplaire de *Roméo et Juliette* et se mit à le feuilleter. Cette fois, c'était trop : ce livre était privé. Keith lui jeta un coup d'œil, mais il ne lui demanda pas d'arrêter. Sa pyramide de chaussettes commençait à échapper à tout contrôle. Elle risquait de s'écrouler à tout moment. Pourtant, il continuait de plier et d'empiler.

– C'est un cadeau de Noël de la part de Gin, dit-il finalement. Classe, non ?

– C'est vraiment adorable, dit Ellis en le reposant. Tu dois nous dire tout ce que tu as prévu de faire pendant ton séjour. Il faudra qu'on te fasse visiter la ville. Il y a des tonnes de choses à faire à Londres à cette époque.

– Des concours de gobage de houx et des combats de sapins de Noël, marmonna Keith.

Ellis ramassa une chaussette esseulée et la lança sur lui. Il sourit à moitié et l'enleva de son épaule. Soudain, en une seconde, Ginny comprit tout. Elle comprit pourquoi Keith était aussi souvent déconnecté, la vraie raison pour laquelle il avait laissé la porte ouverte, et ce que « quelque chose entre nous » signifiait vraiment.

Ellis n'était pas la petite amie de David. C'était celle de Keith.

Il régnait une chaleur insupportable. La pluie battant sur les vitres faisait beaucoup trop de bruit. Il fallait qu'elle sorte de là, qu'elle respire de l'air frais, qu'elle dorme... Peu importe. En tout cas, il fallait qu'elle fiche le camp.

– Vous savez quoi ? dit-elle. Je suis... Je n'ai pas dormi dans l'avion. Je crois que je...

– Tu veux une tasse de thé ? proposa aussitôt Ellis. Ou un café ?

– Non, dit Ginny en se levant, flageolante.

– Oh, regarde-toi ! s'exclama Ellis. Mon Dieu, tu es épuisée. Tu devrais faire une sieste ici.

Keith se mêla enfin à la conversation, une expression enjouée plaquée sur le visage.

– Qu'est-ce que tu ne ferais pas pour une virée dans ma magnifique automobile ! Je ne peux pas te le reprocher. Allez, viens, je vais te ramener.

– C'était vraiment chouette de te rencontrer, dit Ellis en serrant Ginny dans ses bras. Repose-toi. Un peu de sommeil te fera du bien. Et on se revoit bientôt, d'accord ? On prévoira quelque chose !

L'un des petits points positifs dans tout cela, c'était que le trajet de chez Keith à chez Richard ne prenait que cinq à dix minutes. Keith n'arrêtait pas de parler quand ils montèrent dans la voiture, lui rebattant les oreilles de ses projets pour *Faire sauter la banque*. Ginny hochait la tête et essayait de feindre l'intérêt pour « le processus d'écriture collaborative, tu sais, basé sur notre désillusionnement collectif vis-à-vis des structures financières traditionnelles, tu sais, le besoin de prêter l'oreille à la voix de la communauté au théâtre, que nous n'avons pas entendue, depuis, tu sais, les années 1970 ».

La pluie s'était un peu calmée. C'était une petite bruine désormais. Ginny fixait le spectacle de la rue : la pluie, les sapins de Noël entraperçus par des fenêtres ouvertes, un type avec des sacs remplis de bouteilles de vin pendus aux poignées de son vélo, cherchant la catastrophe. Ils se garèrent devant chez Richard et Keith laissa tourner le moteur une seconde avant de couper le contact.

– Bon, je rentre chez mes parents, demain.

– C'est où, déjà ? demanda Ginny.

Malgré ses efforts pour paraître désinvolte et dégagée, sa voix était sèche.

– À Reading. On va passer un Noël traditionnel. Je reviens le 26 et on devrait... On fera un truc.

– Cool. Je serai là. Merci pour le...

Elle agita la main pour désigner le miracle global du transport automobile.

– Pas de souci, dit-il.

Elle avait parcouru la moitié des marches fissurées quand elle entendit la portière de la voiture s'ouvrir. Il était penché par-dessus les sièges avant et lui faisait signe d'approcher. Elle fit demi-tour et passa la tête à l'intérieur.

– Merci pour le livre, dit-il. Joyeux Noël, d'accord ?

– Joyeux Noël, répondit-elle.

Alors, elle se retourna et remonta les marches en sautillant pour qu'il ne voie pas les larmes qui coulaient librement sur son visage.

PAIRE DE CHOCS, ETC.

Le lendemain matin, Ginny se réveilla dans une chambre froide. Elle fixait le mur, droit devant elle, regardant le paysage étrange que tante Peg avait laissé derrière elle : le mur de débris qu'elle avait ramassés, puis collés, vision discordante de différents matériaux, certains froissés, d'autres lissés, certains réfléchissants, tous dans des couleurs différentes, avec des mots et des formes différents. L'ensemble était probablement censé représenter quelque chose, mais vu sous cet angle, tout n'était que confusion.

Elle n'allait pas broyer du noir. Elle allait se lever. Aujourd'hui, elle devait faire ce pour quoi elle était vraiment venue. Elle était à Londres. C'était Noël. Elle avait une lettre à récupérer.

Dans la cuisine, Richard avait laissé un petit mot joyeux contre une tasse, dans lequel il lui disait qu'il était heureux de l'avoir chez lui, et qu'elle devait considérer cette maison comme la sienne. Elle ouvrit son ordinateur, s'attendant presque à trouver un long message de Keith, où il lui expliquerait péniblement les événements de la veille, mais il n'y avait rien. En revanche, il y avait un message d'Oliver, confirmant qu'il serait au café au-dessus de la librairie Foyles de Charing Cross Road à quatorze heures. Voilà sur quoi elle devait se concentrer. Récupérer la dernière petite enveloppe, et passer à autre chose.

Elle arriva à Charing Cross deux bonnes heures en avance et se promena dans la rue pleine de librairies et de magasins de musique. Foyles était un endroit immense, doté d'un grand café rustique branché, avec de lourdes tables en bois, de vraies tasses, du vin, des cookies et des journaux indépendants. Il était bondé, alors elle attendit dans un coin qu'une table se libère, puis elle s'assit.

À quatorze heures précises, un grand type entra dans le café. C'est probablement ce que Ginny remarqua en premier : sa très grande taille. Il dépassait facilement le mètre quatre-vingts. Ginny ne savait pas trop à quoi elle s'était attendue, mais c'était une très agréable surprise. Il avait un visage anguleux et des cheveux courts presque noirs comme le jais. Il portait un long manteau en laine noire, manifestement coûteux et de très bonne qualité et, en dessous, une chemise grise et un pantalon noir un peu lâche à fines rayures. Il portait un sac en cuir usé en bandoulière sur la poitrine. Son visage était pâle et il était mince, avec des yeux sombres et intenses. Même s'il devait avoir à peu près son âge, sa tenue le vieillissait et le plaçait dans un territoire inconnu, entre la rock star et l'agent de change. C'était sans le moindre doute le garçon le plus *anglais* que Ginny avait jamais rencontré. Elle n'aurait su expliquer ce qu'elle entendait par là. Tout ce qu'elle savait, c'était que, à partir de cet instant, chaque fois qu'elle évoquerait l'image d'un Anglais dans son esprit, ce serait celui-ci.

Oliver passa la salle en revue depuis son poste d'observation et se concentra rapidement sur elle. Il rejoignit sa table en quatre grandes enjambées et tira la chaise qui lui faisait face. Tout en s'asseyant, il ajusta son manteau, révélant brièvement une doublure en soie rose et le logo d'une marque chic brodé à l'intérieur. Pourtant, malgré l'étrange élégance de ses vêtements, trois minuscules pins étaient accrochés au revers de son manteau : sur le premier, il était écrit BOWIE, le deuxième représentait un petit éclair, et le troisième un crâne, accompagné d'une inscription trop petite pour qu'elle puisse la déchiffrer. Il posa son sac sur ses genoux.

– Virginia ?

Il s'exprimait avec un accent bien plus clair que celui de Keith, et il était plus poli, plus hésitant. Plus sophistiqué.

– Ginny, dit-elle. Salut, je m'appelle...

Elle faisait toujours ça, se présenter deux fois.

Ils restèrent un moment à se dévisager. Il posa les mains sur la table et joignit ses doigts. Quand il se pencha en avant, Ginny se rendit compte que, même si le manteau avait manifestement été fait sur mesure, ce n'était pas pour Oliver. Les manches étaient trop courtes de plusieurs centimètres, dénudant ses bras à chacun de ses mouvements.

– Tu voulais un café ? demanda-t-il.

– Non, ça va.

Il hocha la tête, paraissant étrangement soulagé.

– Alors, dit-elle, comment as-tu trouvé les lettres ?

– J'étais en vacances en Grèce. Mon sac à dos s'est cassé alors que je me rendais à Corfou. J'ai rencontré des types qui vendaient des trucs dans le coffre de leur voiture. Tous les objets étaient usés ; il ne faisait aucun doute qu'ils les avaient volés, mais ce n'était pas cher. Et j'étais un peu désespéré. Bref, j'ai acheté ton sac à dos. Si tu veux le récupérer…

– Pas la peine, dit Ginny.

Cela lui convenait très bien de ne plus jamais revoir cette chose vert et rose, hideuse et trop grande : l'incarnation de la honte.

– Il y a des tas d'étranges poches secrètes dans ce sac, continua-t-il. Je ne les avais même pas toutes découvertes avant de rentrer chez moi et de tout vider. Les lettres se trouvaient dans l'une d'elles, ainsi que quelques reçus, et quelques pièces de monnaie…

Il ouvrit son sac. D'abord, il lui présenta un petit tas de reçus fripés et une petite poignée d'euros. Ginny prit l'un des reçus et l'examina. C'était une relique, un fragment de cet été, oublié depuis longtemps. Elle avait dépensé huit euros cinquante quelque part en Allemagne. Elle n'y avait pas du tout séjourné, elle était juste passée d'un train à un autre pour descendre vers le sud, en Grèce. Toutefois, quelque part en chemin, elle avait acheté un Coca et une petite pizza dans une gare.

– J'ai tout apporté, expliqua-t-il, mais il n'y a probablement que ceci qui t'intéresse.

Il plongea à nouveau la main dans son sac mais, cette fois, il en sortit une pochette en plastique transparent remplie d'enveloppes qu'elle connaissait très bien, en papier bleu, marquées du sigle « Par avion ». Le cœur de Ginny s'emballa. Elle prit la pochette et la vida de son contenu, révélant toutes les enveloppes que tante Peg avait peintes à la main avec tant de soin. Il s'agissait de ses peintures. La fille marchant jusqu'au château sur la colline de la lettre numéro quatre ; les minuscules gâteaux de la lettre numéro six. Un dessin d'elle sur la lettre numéro neuf, jeune fille avec deux longues tresses dont l'ombre se projetait sur toute la largeur de l'enveloppe. L'étrange dessin de l'enveloppe numéro douze, qui l'avait déconcertée au premier abord, parce qu'il ressemblait à un dragon violet sortant de l'eau. Elle n'avait compris qu'en arrivant en Grèce que le dessin représentait une île. Et ensuite...

Elle retomba sur la première lettre. Il n'y avait pas de numéro treize.

– La dernière, dit-elle en brandissant la liasse d'un air penaud. Euh... Il manque la dernière.

Oliver se pinça pensivement le menton avant de répondre :

– Quand j'ai trouvé les lettres, j'ai fait quelques recherches, juste par curiosité. J'ai lu des articles sur la mise aux enchères des tableaux de ta tante. J'en ai déduit que tu les avais trouvés, même sans la dernière lettre. Tu as tiré beaucoup d'argent de la dernière vente. Mais qu'est-ce qui comptait le plus pour toi : faire ce que te demandaient les lettres, ou gagner de l'argent ?

C'était une drôle de question, mais cela ne la dérangeait pas d'y répondre.

– Faire ce qu'elles me demandaient. L'argent, c'était bien, mais ce n'était pas ce qui comptait.

– Alors, c'est l'expérience qui avait le plus de valeur ? Si tu devais choisir entre cette expérience et l'argent, tu choisirais l'expérience ?

Ginny hocha la tête. Le regard d'Oliver s'était porté sur un point juste au-dessus de son épaule. Ces questions lui semblaient un peu bizarres. Les lettres étaient tellement personnelles. Seules quelques personnes savaient en détail de quoi elles parlaient. Et voilà qu'elle en discutait avec un parfait inconnu, un inconnu qui les lui avait rapportées. Néanmoins, elle pouvait le comprendre. Elle aussi se serait montrée curieuse si elle avait trouvé ces lettres.

– Je crois, oui... Oui. C'est ce que je choisirais.

Il hocha la tête et se pencha vers elle, posant les avant-bras sur la table.

– Il y a quelque chose dans la dernière lettre. Enfin, il y a plein de choses dans la dernière lettre, mais le plus important, c'est qu'il existe une autre œuvre d'art. Elle est en trois morceaux. Tous se trouvent dans des endroits différents, de façon à être exposés à différents éléments. Elle s'inspire d'une œuvre de Mari Adams. Tu connais Mari Adams, n'est-ce pas ?

En effet, Ginny la connaissait. C'était une artiste célèbre, que tante Peg avait beaucoup aimée. Tante Peg l'avait rencontrée, elles étaient devenues amies, et elle avait envoyé Ginny faire sa connaissance à Édimbourg. Après avoir vu Mari, on ne pouvait plus oublier sa crinière rouge orangé, ni les tatouages sur ses pieds, marquant le nom de ses renards domestiques, ni son visage tatoué.

Il mit la main dans sa poche, puis déposa une carte sur la table. Une carte de visite familière, gris colombe. CECIL GAGE-RATHBONE, JERRLYN & WISE, ENCHÈRES D'ŒUVRES D'ART. Ginny connaissait également très bien ce nom.

– C'est l'homme qui a organisé la vente, dit-il.

Il ne s'agissait pas d'une question. Elle n'aurait su expliquer pourquoi, mais ce commentaire la rendit nerveuse.

– Oui, dit-elle lentement. En effet.

Oliver la regardait intensément.

– Une commission ne me paraît pas déplacée, reprit-il. Je suggère que nous partagions le produit de la vente de la dernière œuvre d'art. J'ai pris rendez-vous pour nous. On nous attend dans quarante-cinq minutes.

Ginny ne savait tout simplement pas comment réagir. Elle voulut attraper ses nattes mais, bien sûr, elles avaient disparu. Alors elle se mit à rire, poussant une sorte de gloussement bizarre.

– Tu plaisantes.

– On ferait mieux d'y aller, dit-il en remettant la carte dans sa poche.

– Sérieusement, tu n'es pas... sérieux ?

– Je suis on ne peut plus sérieux. Si tu étais tombée sur quelqu'un d'autre, tu ne serais même pas au courant de tout ça. En échange, je t'aiderai à recomposer l'œuvre d'art. De toute façon, tu viens de me dire que tu te fichais de l'argent. Alors, quel est le problème ?

– Et si je refuse ?
– Alors je rentre chez moi.
– Et la lettre ?
– Demeurera perdue. À toi de choisir.
– J'ai besoin d'y réfléchir, dit-elle en accrochant ses chevilles aux pieds de sa chaise pour se stabiliser. Peut-on en parler… ?
– Écoute, la coupa-t-il, en travaillant ensemble, on peut tous les deux obtenir ce que l'on veut. Mais je t'assure que je vais partir dans une minute, et que tu ne me reverras plus. Tu ne verras jamais la lettre, et tu ne sauras jamais ce qu'il y avait à trouver. C'est le moment de prendre ta décision. Tout de suite.

Il repoussa sa chaise et se leva, dans l'expectative. De sa position assise, il lui semblait ridiculement grand et, à l'exception d'un petit tressaillement au-dessus de l'œil gauche, parfaitement impassible et sérieux. Ginny regarda les nombreux clients du café, tous chargés de sacs de courses, de poussettes, absorbés par leurs téléphones et leurs ordinateurs. Elle avait envie de hurler, de leur expliquer ce qui se passait, de leur raconter toute l'histoire. Ils seraient outrés. Ils s'attrouperaient autour de lui et le secoueraient pour qu'il rende la lettre. Il serait jeté à la rue, sans son manteau, probablement, et serait obligé de courir, des tasses de café volant derrière lui, et se brisant sur ses talons. Cependant, le monde ne fonctionnait pas comme ça. Elle ne doutait pas un instant qu'il pensait ce qu'il disait. Si elle choisissait une autre solution, il s'en irait, et ce serait terminé. Pour toujours.

Elle se leva.

Le pacte du diable

– Je suis absolument ravi de vous revoir, cela va sans dire, lança Cecil Gage-Rathbone. Quel bonheur que vous nous ayez contactés ! Je vous en prie, entrez. Café ? Thé ? Autre chose ?

Les bureaux de Jerrlyn & Wise étaient richement décorés pour les fêtes, mais avec goût. Un grand sapin paré de cors dorés et argentés et de fruits enrobés de sucre s'élevait dans un coin, et la pièce était parsemée de plusieurs antiquités sur le thème de Noël. Cecil n'avait pas du tout changé depuis la dernière fois et, comme tout le reste du bâtiment, il avait été paré à grands frais. Cheveux artistiquement coiffés et figés, costume sur mesure impeccable, boutons de manchette en argent luisant aux poignets.

– Je prendrai une tasse de thé, dit Oliver.

Ginny secoua sèchement la tête. Elle avait l'impression d'avoir été enlevée et craignait de parler, de dire ce qu'il ne fallait pas.

– Pourriez-vous nous apporter un peu de thé, James ? demanda Cecil à un homme assis à un bureau, dans le hall.

Le bâtiment Jerrlyn & Wise ressemblait à une ancienne demeure des années 1800. Cecil avait son bureau dans une petite pièce, sans doute un ancien garde-manger, dont un mur entier était couvert d'étagères encastrées, destinées à l'origine à ranger les tasses et les assiettes. Il s'en servait pour exposer des cuillères en argent anciennes et une collection de catalogues d'enchères. D'imposants tableaux étaient accrochés aux murs, dans des cadres dorés, représentant des naufrages, des chiens baveux et des enfants pâles, emplissant tout l'espace de désastres, de rage et d'anémie. Il y avait juste assez de place entre ces tragédies pour son bureau massif en acajou et deux bergères.

– Je vous en prie, dit-il en les faisant entrer. Je vous en prie, asseyez-vous. Et je ne crois pas que nous nous soyons convenablement présentés, même si nous nous sommes parlé au téléphone.

Il tendit la main à Oliver, qui la serra avec assurance. Ginny commençait à comprendre pourquoi il s'était mis sur son trente et un. Il s'était préparé pour ce rendez-vous.

– Virginia, j'espère que vous allez bien.

– Très bien, répondit-elle d'une voix un peu entrecoupée.

Elle s'enfonça dans le fauteuil le plus proche de la porte.

Cecil s'installa dans le sien et prit une pose décontractée, ou du moins l'idée qu'il s'en faisait.

– Vous venez donc au sujet d'une autre pièce de Margaret ? Je suis ravi de l'apprendre, évidemment. Le succès de la première vente combiné à la disponibilité forcément limitée de son œuvre...

C'était une façon polie de dire : « Votre tante est morte, alors elle ne peut plus peindre, et donc les prix s'envolent. »

– Et vous, monsieur Davies... Étiez-vous impliqué d'une manière ou d'une autre dans le travail de Margaret, ou bien... ?

– Je suis un ami de Ginny, dit Oliver. Je suis là pour l'aider.

Ginny planta ses ongles dans les accoudoirs de son fauteuil.

– Je vois, dit Cecil. Avez-vous apporté cette nouvelle œuvre avec vous ?

– Nous pourrons vous la livrer juste après le Nouvel An, répondit Oliver. Disons le 1er janvier ? Et nous aimerions la vendre immédiatement. Le lendemain, si possible.

Pendant une fraction de seconde, Cecil parut surpris. Il y eut une ébauche de mouvement dans la région de ses sourcils, que Ginny suspectait d'être lourdement traitée au Botox.

– Cela ne nous laisse pas beaucoup de temps pour la photographier et la montrer aux parties intéressées. Ce serait mieux si nous pouvions attendre quelques semaines.

– Nous préférerions procéder rapidement, insista Oliver.

– Bien, dit-il lentement. Nous pouvons évidemment opérer ainsi, si vous le souhaitez. L'effet de surprise pourrait jouer en notre faveur. Et c'est ce que vous désirez, Virginia ?

C'était l'occasion de lui raconter exactement ce qui se passait. Mais alors, Oliver se lèverait et partirait, emportant sa lettre avec lui.

– Oui, mentit-elle. C'est ce que je veux.

– Bien, dit Cecil en déplaçant quelques papiers sur son bureau. Dans ce cas, parlez-moi de cette œuvre. Je dois savoir ce que je vais vendre.

– Je pense qu'il vaut mieux que vous la voyiez vous-même, dit Oliver. Elle est un peu difficile à décrire.

On frappa discrètement à la porte, et James entra avec un plateau en argent chargé d'un petit service à thé en porcelaine et de deux tasses. Cecil remplit une tasse et la tendit à Ginny. Elle secoua brusquement la tête. Oliver en prit une, y ajouta une bonne dose de crème, et se détendit dans son fauteuil, comme s'il était le propriétaire des lieux. Cecil mit un morceau de sucre brun dans son thé et le remua lentement.

– C'est assez inhabituel, reprit-il, mais il est vrai que la dernière collection avait elle aussi une histoire assez surprenante. Les acheteurs pourraient apprécier cela. En tout cas, j'ai hâte de la voir. Pouvez-vous m'en dire un peu plus ?

– Nous partagerons le produit de la vente, répondit Oliver. Cinquante cinquante.

– Vous êtes parvenus à cet accord ? Rien ne mentionne cela dans mes notes.

– En effet, marmonna-t-elle.

Cecil hésita un instant, puis il ouvrit le tiroir de son bureau et en sortit un carnet.

– Bien sûr. Nous pouvons arranger cela. Je vais demander à notre juriste de préparer quelque chose et vous n'aurez plus qu'à signer quand vous apporterez la pièce. Cela vous paraît-il acceptable ?

– Si cela revient au même..., commença Oliver en fouillant dans son sac en cuir, en sortant cette fois plusieurs feuilles de papier, j'ai déjà fait rédiger quelque chose. Un document très simple. Nous pouvons le signer dès maintenant.

Du bout des doigts, Cecil tira l'une des feuilles vers lui, puis la retourna pour pouvoir la lire.

– Comme vous le dites, c'est très simple. Un instant.

Il prit le contrat et sortit de la pièce. Il s'absenta pendant plus de dix minutes, durant lesquelles Oliver et Ginny s'ignorèrent complètement. Oliver manipulait son téléphone. Ginny gigotait, essayant de se détourner de lui autant que possible dans son fauteuil. Elle lut le titre de chaque catalogue sur l'étagère. Elle compta les cuillères. Peut-être Cecil reviendrait-il avec la police. Ou un pistolet. Ils devaient bien avoir de vieux pistolets par ici. Au lieu de ça, il revint avec quelques photocopies et une expression résignée.

– Il semblerait que tout soit en ordre. C'est basique, mais acceptable. J'ai quatre exemplaires avec moi. Si vous voulez bien les signer aux endroits indiqués...

Ginny griffonna son nom aussi rapidement que possible et repoussa les papiers. Oliver écrivit lentement, en script petit et régulier.

– Bien, dit Cecil en reprenant les documents, comme je travaille pour le vendeur, je respecterai vos souhaits. J'organiserai la vente pour ce jour et ferai mon possible pour faire revenir les derniers acheteurs. Vous aurez l'œuvre le 1er janvier, n'est-ce pas ?

– Tout à fait, répondit Oliver.

– Alors je veillerai à ce que l'une de nos équipes vienne la chercher. Le Premier de l'an... En temps normal, nous ne le ferions pas, mais il faut bien s'adapter aux circonstances. Puis-je faire quelque chose d'autre pour vous être utile ?

– Non, répondit Oliver en se levant. Nous devons y aller.

– Alors James va vous raccompagner. Merci infiniment de votre visite.

Dehors, le ciel était de la même couleur que le trottoir et que les murs de pierre devant les maisons. Oliver s'éloigna de Jerrlyn & Wise à grandes enjambées et s'arrêta devant l'un des nombreux petits hôtels particuliers qui longeaient la rue, puis il s'assit sur le petit mur qui ceignait son jardin. Il sortit un paquet de cigarettes et un briquet argenté de sa poche d'un grand geste fluide qu'il avait dû répéter devant sa glace, selon Ginny. Elle se planta juste devant lui et croisa les bras.

– Je veux ma lettre, dit-elle.

– Je ne peux pas te la donner pour l'instant. Elle est la clé pour récupérer l'œuvre d'art. Si je te la donne, tu pourrais aller la chercher sans moi. Mais ne t'en fais pas, cette lettre n'a aucune autre valeur à mes yeux, alors je te la rendrai dès qu'on aura terminé.

– Dès qu'on aura terminé quoi, au juste ? Comment est-on censé s'y prendre ?

– On va à Paris. C'est là que se trouve le premier morceau.

– Paris ?

– Il n'y a rien d'ouvert le jour de Noël, ni le lendemain, alors on commencera tranquillement le 28, de bon matin. J'ai pris deux billets de train. Ne t'inquiète pas, ce n'était pas cher. Seulement cinquante livres. Je me suis dit que je pouvais bien contribuer à notre cause.

– Tu t'imagines que je vais voyager avec toi ? s'exclama-t-elle. À Paris. Toi et moi. Tu es fou.

– Écoute, dit-il en coinçant la cigarette dans sa bouche, tu vas sans doute avoir du mal à me faire confiance si je te dis que tu seras parfaitement en sécurité avec moi. Tes intérêts sont mes intérêts. Et je n'ai rien volé. J'ai trouvé les lettres, et je vais te les rendre. Tu vas gagner de l'argent que tu n'aurais pas obtenu autrement. Tu n'as aucune raison de te plaindre.

Un petit chat roux fila furtivement le long d'un mur de l'autre côté de la rue. Puis il s'assit et les regarda d'un air hautain, comme pour leur demander ce qu'ils fabriquaient dans son quartier.

– Nous sommes tous les deux nécessaires, reprit-il. Il y a des choses dans cette lettre que toi seule peux comprendre. J'ai la lettre, tu as les connaissances. Tout ce que je veux, c'est que nous allions récupérer ces pièces. C'est tout.

Il alluma calmement sa cigarette et inspira longuement, attendant sa réponse.

– Je vais y réfléchir, dit-elle.

Il hocha la tête et se releva du mur.

– Tu sais où me joindre.

La piscine

Même s'il était seize heures à peine passées, le ciel s'était assombri et toutes les lumières avaient été allumées : les publicités illuminées sur les bus à étage, la lueur des téléphones portables pressés contre des centaines de visages, l'éclat chaleureux des fenêtres. Tout le monde se déplaçait rapidement, dans ces derniers moments de panique avant que toutes les boutiques ferment et que Noël commence. Londres étincelait et palpitait. Ginny se laissa porter par la foule. Elle était au-delà du choc, dans un état nouveau et complètement étranger d'acceptation presque agressive. L'été l'avait entraînée dans des endroits étranges. Elle s'en était accommodée à l'époque, et elle s'en accommoderait aujourd'hui.

Lorsqu'elle descendit à la station Angel, elle vit un homme qui vendait des sapins dans le centre commercial. Décorer. Voilà ce qu'elle allait faire. Elle allait décorer, et elle ne penserait à rien d'autre qu'à ça. C'était Noël, et elle voulait qu'elle et Richard passent de bonnes fêtes. Cela l'occuperait, et c'était ce qu'il lui fallait. Elle acheta un minuscule sapin, d'à peine un mètre de haut. Il ne pesait pas bien lourd, et elle pouvait le porter d'une seule main. Ensuite, elle fit un tour, son sapin à la main, regardant vaguement les vitrines des magasins, jusqu'à trouver quelques décorations. Comme elle ne pouvait laisser l'arbuste nulle part (elle n'allait tout de même pas lui mettre un antivol), elle l'emmena avec elle. Elle prit presque tout ce qui lui tombait sous la main sur les présentoirs débordants de boules de Noël, deux pour le prix d'une, de lumières et d'objets brillants. Elle en acheta bien plus qu'elle ne pouvait raisonnablement en porter, si bien qu'elle les porta déraisonnablement, les sacs creusant des lignes rouges dans sa peau, le sapin se cognant contre ses chevilles à chaque pas.

– Vous avez besoin d'un coup de main ? demanda un homme alors qu'elle traînait son sapin sur le trottoir.

– Non, ça va... Merci. Joyeux Noël.

Il hocha la tête, même s'il n'avait pas l'air convaincu.

Malgré tous ses achats, il lui fallait encore improviser. D'abord, elle avait oublié de prendre un support pour le sapin. Elle dut donc prendre un seau dans le placard, puis attacher l'arbre avec de la ficelle pour qu'il tienne droit, et enfin recouvrir le seau de guirlandes. Certaines décorations n'avaient pas de crochets, si bien qu'elle dut en fabriquer avec des trombones. Quand elle les eut tous utilisés, elle se contenta de coller les ornements aux branches, en faisant de son mieux pour dissimuler le scotch. Elle avait acheté beaucoup trop de guirlandes lumineuses, alors elle en accrocha un peu partout, dans l'escalier, autour du miroir au-dessus du canapé, autour de la télévision.

Elle s'activa jusqu'à ce qu'il n'y ait plus rien à pendre, plus rien à recouvrir. Puis elle s'assit sur le canapé et attendit.

Paris. Oliver voulait qu'elle aille à Paris. Elle ne pouvait nier une vague excitation à cette idée. Leur conversation tournait en boucle dans son esprit. Elle n'aurait pu agir différemment. Si elle avait parlé à Cecil, Oliver aurait décampé. Elle irait donc à Paris. Elle y était déjà allée. Et au moins, penser à Oliver, Oliver, Oliver l'empêchait de penser à Keith, Keith, Keith. C'était déjà ça.

Ce débat intérieur continua jusqu'à ce qu'un taxi noir s'arrête devant la maison. Elle entendit un cliquetis de clés, et Richard apparut à la porte, chargé de trois grands sacs Harrods.

– Salut ! J'ai... Bon Dieu !

– J'ai décoré, dit Ginny, soulignant l'évidence.

– Oui, je vois ça.

Il n'était pas facile d'interpréter sa réaction. Il avait les yeux écarquillés et se frottait le front.

– C'est... waouh. Je ne prends jamais la peine de... Je suppose que je n'ai pas le temps... C'est merveilleux.

Il réajusta un peu le poids de ses sacs et continua à admirer son œuvre. Il avait l'air stupéfait, mais heureux.

– J'ai la moitié du département alimentation là-dedans, reprit-il finalement. Le repas rôti ! Il faut que je pose ça à la cuisine.

Ginny le suivit et le vit glisser avec désinvolture l'un des sacs sous une chaise. Tout aussi désinvolte, elle y jeta un coup d'œil. Elle aperçut du papier cadeau. Il lui avait apporté des présents.

– C'était complètement dingue, dit-il en posant les autres sacs sur le plan de travail. J'ai dû envoyer deux cents paniers de Noël ce matin. Certaines personnes ne se rendent pas compte que si elles veulent envoyer vingt kilos de chocolats dans une cage à oiseau décorative pour Noël, elles feraient mieux de me passer un coup de fil avant huit heures du matin la veille.

– Tu as vu des célébrités ?

– Quelques-unes. Personne n'a été trop embêtant, cette année. Je n'ai pas dû dégoter d'animaux exotiques, de plutonium enrichi ni rien de ce genre.

Richard n'avait pas exagéré au sujet du repas rôti. Il y avait facilement trente boîtes différentes dans les sacs. Quand il eut rangé la dernière, il sortit une bière du réfrigérateur.

– Je suis trop fatigué pour la boire, dit-il en la regardant d'un air mélancolique, avant de la remettre dans le frigo. Il faut que je dorme.

Il s'arrêta au milieu de l'escalier et regarda la guirlande lumineuse qui l'ornait.

– C'est toujours quelqu'un de ta famille qui décore ma maison pour Noël. L'année dernière, c'était Peg. Comme tu peux l'imaginer, ses décorations étaient un peu plus bizarres. Pour commencer, elle avait suspendu le sapin à l'envers.

– Elle avait quoi ?

– Elle avait percé quelques trous dans le plafond et l'avait suspendu. Là-bas, dans le coin, dit-il en désignant un point juste au-dessus de l'endroit où elle était assise.

Il y avait effectivement toute une série de petits trous. Encore une fois, tante Peg était passée par là avant elle.

– C'était un grand sapin ? demanda-t-elle.

– Un sapin énorme.

– Et... et elle l'avait suspendu, juste comme ça ?

– Oui. Je suis content que le plafond ne se soit pas effondré. Même si c'était arrivé, elle aurait sans doute trouvé le moyen de transformer les gravats en décorations. Je ne sais toujours pas comment elle s'y est prise. Je la soupçonne d'avoir eu de l'aide. Quoi qu'il en soit... On se voit demain. Joyeux Noël.

Cette nuit-là, alors que Ginny fixait le collage sur le mur, allongée dans son lit, ses pensées vagabondèrent jusqu'à cette rude journée d'été à New York, où tante Peg lui avait dit : « Allons nager. Mon ami a une piscine. »

Cela s'était passé environ trois ans auparavant, quand Ginny faisait sa première année de lycée. Juste avant que tante Peg ne sorte de leur vie. Ginny l'ignorait à l'époque, mais ce serait la dernière fois qu'elle séjournerait dans l'appartement de sa tante, dans l'East Village. Les étés à New York sont une véritable punition : une chaleur intense se répercutant sur l'acier et le verre, amplifiée par la chaleur se dégageant des bouches de métro, une humidité étouffante qui donne l'impression de peser cinq kilos de plus. New York est une ville d'eau. Elle se trouve entre deux fleuves, possède un grand port, et un marécage. Pour des raisons écologiques et esthétiques, tante Peg n'aimait pas l'air conditionné. En plus, son appartement se situait juste au-dessus d'un restaurant chinois. Confortable et chaleureux l'hiver grâce à la chaleur qui en remontait, il devenait épouvantable en juillet. C'était comme de faire du sauna dans des effluves de graisse.

Alors Ginny avait souffert, jusqu'à ce que Peg mentionne cette piscine. Cela l'avait tout de même étonnée parce que, pour avoir une piscine à New York, il fallait être follement riche. Or, les amis de tante Peg n'étaient pas follement riches, ils étaient juste fous. En plus, Ginny n'avait pas de maillot de bain. Tante Peg avait déniché un vieux short et un T-shirt fin et déchiré, déclaré que l'ensemble ressemblait à un maillot de bain, et elle avait entraîné Ginny dans les profondeurs du Village, jusqu'à un bâtiment délabré et crasseux sur l'Avenue A. Une allée menait à l'arrière, où un artiste avait créé un « jardin » en métal à partir de pièces de voiture et de vélo. Il y avait une benne à ordures en plein milieu, contre laquelle était posée une échelle.

– Prête ? avait demandé tante Peg en ôtant son T-shirt, sous lequel elle avait enfilé un bikini.

Elle avait alors commencé à grimper à l'échelle.

Ce n'était pas une piscine.

– L'eau est propre, l'avait-elle rassurée. Ça ne craint rien.

Sur ce, elle avait sauté à l'intérieur en faisant un gros *plouf*.

Cela paraissait hautement improbable. Mais, comme toujours, Ginny avait suivi sa tante. Elle avait lentement gravi l'échelle et jeté un coup d'œil dans la benne. D'ordinaire, les piscines étaient claires. Leur fond était peint dans une teinte de bleu joyeux pour conférer à l'eau une couleur agréable à l'œil. Entrer dans une piscine sombre allait à l'encontre d'un instinct évolutionniste. Ce n'était pas normal, même si un alligator gonflable flottait là. Rouille, maladie, saleté...

– Tout va bien ! avait lancé tante Peg. Je me baigne ici tout le temps ! Fais-moi confiance, ils l'ont vraiment bien nettoyée.

Ginny était arrivée au sommet et s'y était assise un moment, plongeant les pieds dans l'eau. Elle était tiède, et puait l'eau de Javel. C'était bon signe.

Il y avait environ un mètre cinquante de profondeur, mais les parois de la benne faisaient presque deux mètres cinquante. Elle n'était pas très large. Il s'agissait bel et bien d'une grosse boîte de métal remplie d'eau dans la cour arrière d'un immeuble à New York. Pourtant, il y avait quelque chose de génial là-dedans : c'était une piscine. Une piscine incroyablement ridicule en plein cœur de New York. Et elle l'avait fait. Tante Peg avait lancé l'appel, et elle avait répondu.

– Tu sais quoi ? lui avait-elle dit. Les gens pensent que c'est impossible d'avoir une piscine à New York, à moins d'être une sorte de nabab et d'en faire installer une sur le toit de son appartement de luxe. Mais ce n'est pas illégal de posséder une benne très propre, et si tu veux la remplir d'eau et t'y baigner... Eh bien, c'est ta prérogative. Les gens disent toujours qu'ils ne peuvent pas faire des choses, que c'est impossible. En réalité, ils manquent juste de créativité. Cette piscine est un triomphe de l'imagination. C'est comme ça qu'on réussit dans la vie, Gin. Il faut s'imaginer un chemin.

Ne dis jamais que quelque chose est impossible. Il y a toujours une solution, même si elle est bizarre.

Ginny l'avait laissée parler en hochant la tête, mais le lendemain, elle avait rejeté tout ça, reléguant ces paroles au rang de bêtises d'artiste. Le surlendemain, elle s'était rendu compte qu'elle avait une éraflure infectée au bras et avait raconté à sa mère qu'elle se l'était faite sur la porte du garage.

Néanmoins, cette idée n'avait jamais quitté son esprit. Les aventures de l'été dernier avaient constitué un triomphe de l'imagination. On pouvait transformer un événement horrible en quelque chose de formidable. OK, Keith avait une petite amie. OK, elle était victime d'un chantage. Mais elle était là. Elle était venue à Londres pour Noël. Elle était avec son oncle. Elle avait déjà sauté une fois dans la piscine à ordures.

Ne se laissant pas le temps de réfléchir plus avant, elle roula sur le ventre, tâtonna dans le noir et trouva son ordinateur par terre. Il l'aveugla un moment quand elle l'ouvrit. Elle cligna des yeux pour s'habituer à la luminosité et activa la conversation instantanée pour voir si Oliver était là. Elle ne fut pas surprise de le voir connecté.

Où et quand ? écrivit-elle.

Il se mit aussitôt à taper une réponse.

Rendez-vous à la gare de Saint-Pancras, à dix heures du matin, le 28, au point de rencontre. J'ai deux tickets pour Paris à 11 h 37.

Quel point de rencontre ? demanda-t-elle.

Tu ne pourras pas le manquer. Après Paris, nous devons aller à deux autres endroits.

Où ?

Je ne peux pas encore te le dire. Je dois protéger mes intérêts. J'ai tout organisé. Cela nous prendra quatre jours, en tout.

Ginny fixait la fenêtre de leur conversation luisant dans le noir. Quatre jours ? Quand il avait dit qu'ils allaient prendre le train pour Paris, elle avait supposé qu'ils feraient l'aller-retour dans la journée. Ils n'étaient pas obligés d'y passer la nuit. C'était toute la magie du voyage Londres-Paris : on pouvait le faire en une seule journée. Mais quatre jours ? Plusieurs villes ?

Nous aurons toutes les pièces le 1er janvier, ajouta Oliver, et ensuite, tu n'auras plus jamais à me revoir. Marché conclu ?

Elle se trouvait à nouveau au bord de la piscine, observant les profondeurs troubles de la benne à ordures. Cette fois, il n'y avait aucune voix pour la rassurer.

Bien, écrivit-elle. Je serai là.

Pendant un moment, plus rien. Puis il se remit à taper.

Joyeux Noël.

Pour toute réponse, elle referma son ordinateur.

Le festin

Ginny se réveilla sur son ordinateur, qui s'était glissé sous les couvertures pendant la nuit. Elle le sortit, le considérant d'un air un peu soupçonneux. Au rez-de-chaussée, Richard, affalé sur le canapé, vêtu d'un pull et d'un pantalon de jogging, regardait un épisode de *Doctor Who* spécial Noël en sirotant une tasse de thé.

– Désolée, dit-elle. Je me suis réveillée tard.

– Ce n'est pas grave. C'est un Noël détendu. On fait ce qu'on veut. Moi, je bois du thé en regardant la télévision. Prépare-toi une tasse et viens me rejoindre !

Elle se rendit dans la cuisine. La bouilloire était encore chaude. Elle l'alluma et l'eau se mit rapidement à bouillir tandis qu'elle sortait une grande tasse à grosses rayures. C'était l'un des rituels anglais qu'elle adorait. Chez elle, elle ne buvait jamais de thé. Le thé, c'était chez Richard.

– J'ai quelque chose de très important à te montrer, dit-il quand elle revint dans la salle de séjour.

Il tendit la main d'un côté du canapé et attrapa une longue boîte de la taille d'un jeu de société. Elle était pleine de trucs ressemblant à des rouleaux de papier toilette enveloppés dans du papier brillant.

– Des pétards surprises, dit-il. Les meilleurs de Harrods.

– Des pétards ?

– Des pétards de Noël ! Oh, vous n'en avez pas chez vous. Attends. Je vais te montrer.

Il ouvrit la boîte et en extirpa l'un des tubes, qu'il lui tendit.

– À trois, tu tires sur ce bout, et je tire sur celui-là. Prête ? Un, deux, trois...

Ginny tira sans grande conviction, et le tube éclata dans un grand bruit. Trois petits objets tombèrent par terre : une boule de papier rose, un morceau de papier plié, et un éléphant miniature en métal accroché à un porte-clés. Richard lui tendit ce dernier.

– Les cadeaux sont nuls, en général, mais ceux-là sont de bons pétards, alors tiens, un petit éléphant en métal. De qualité. Je parie que tu en as toujours voulu un.

– Depuis que je suis toute petite, dit-elle alors qu'il défaisait la boule de papier rose, révélant une petite couronne de papier.

– Je m'en doutais. Tu as aussi droit à une couronne et à une blague. Elles sont toujours mauvaises. Voyons voir... « Qui distribue les cadeaux de Noël à tous les petits poissons ? »

– Je ne sais pas, répondit Ginny en mettant sa couronne.

— « La mer Noël. » Ah, ah, ah ! Typiquement le genre de blague que l'on trouve dans ces pétards. Et maintenant, les cadeaux !

Richard lui avait offert plusieurs cadeaux : une pile de livres (choisis par son ami à la librairie Harrods), une trousse de maquillage (composée par l'une de ses amies du rayon maquillage), et un pull (choisi par une autre personne encore). C'était son travail de choisir des cadeaux, et il avait une équipe d'une centaine de spécialistes sous ses ordres. Pas étonnant que ses cadeaux soient tous parfaits.

– J'espère que ça te plaît, dit-il. Je leur ai donné autant d'informations que possible. Je les aurais bien choisis moi-même, mais ç'aurait été idiot, puisque j'avais des experts sous la main.

Ginny lui donna les trois paquets qu'elle lui avait apportés. Avant de partir de chez elle, elle avait sélectionné plusieurs photographies de tante Peg, ainsi que des dessins qu'elle avait laissés dans un carnet. Elle avait décidé de les encadrer pour les lui offrir. Cependant, maintenant qu'elle était là, en face de lui, elle se demandait si elle avait bien fait de lui donner des choses qui lui rappelleraient tante Peg. Peut-être avait-il au contraire besoin de l'oublier. Il les ouvrit en silence, et quand elle vit que des larmes lui venaient, elle eut elle aussi les larmes aux yeux.

– Ils sont magnifiques, dit-il. Merci.

Il les posa délicatement sur la table basse et toussa dans son poing.

– J'en ai oublié un, dit-il d'une voix rauque. Je vais aller le chercher.

Il resta à l'étage un peu plus longtemps que nécessaire. Quand il revint, il avait une autre boîte à la main, qu'il lui tendit.

– Je t'ai acheté ça quand tu m'as dit que tu venais. J'avais oublié de le mettre avec les autres.

C'était un téléphone, bien plus beau que celui qu'elle avait chez elle.

– Je me suis dit que ce serait bien que tu en aies un ici, continua-t-il. Ton propre numéro anglais. Comme ça, tu pourras me joindre plus facilement, moi ou.... Ou ceux que tu veux appeler. La dernière fois, les règles ne t'autorisaient pas à en avoir un, mais plus rien ne t'en empêche maintenant.

Elle sourit en sortant l'appareil de sa boîte. Son propre téléphone anglais, une ligne pour joindre Richard chaque fois qu'elle en aurait besoin.

– Merci, dit-elle.

– Bon ! lança-t-il en claquant des mains sur ses cuisses d'un air décidé, suggérant qu'il voulait en finir avec ce moment d'émotion. Puisque nous ne sommes que tous les deux, on peut manger quand on veut. Je me disais qu'on pourrait préparer le repas maintenant, non ? C'est l'heure du déjeuner, alors pourquoi attendre ? Il y a un peu de tout. Qu'est-ce que tu en dis ? Non seulement j'ai ramené un repas rôti, mais puisque le rayon alimentation n'est pas ouvert demain, ils nous ont donné tout ce qui risquait de ne pas se conserver. C'est l'avantage du métier. Il y a des trucs fantastiques.

Il ne plaisantait pas. Il y avait du homard et de la mayonnaise fraîche, des huîtres fumées, du fromage de Stilton avec des canneberges, de la crème anglaise, toutes sortes de chocolats différents, des cakes aux fruits ornés de glaçage, de minuscules cupcakes...

– Du perdreau ? demanda Ginny en examinant le contenu d'une boîte étiquetée.

– Oui, rôtie au four.

– Vous les mangez ici ?

– Pourquoi, vous n'en avez pas aux États-Unis ?

– Je n'en ai jamais vu, dit Ginny. Ça a un goût de poulet ?

– Plus ou moins ! Mais ça, non, dit-il en brandissant le cake aux fruits.

– Ça se mange ? demanda-t-elle.

– Ah ! Bonne question. On va le mettre là pour ne pas l'avaler par accident.

Il le posa sur le haut du réfrigérateur, hors d'atteinte.

Ils décidèrent de manger dans la salle de séjour, devant la télé, tout simplement parce que ça ne se faisait pas. Mais ils s'y prirent avec style, dressant le couvert sur la table basse avec tout ce qu'ils purent dénicher dans les placards de Richard. Ils durent traîner quelques chaises de cuisine dans le salon pour faire office de plateaux où poser la nourriture. Harrods ne s'était pas moqué d'eux : c'était un véritable festin. Un festin principalement composé de viandes. De viandes et d'aliments cuits dans de la viande.

– J'aurais passé Noël comme ça, dit Richard en observant tous les plats encombrant son mobilier. Je me serais assis là et j'aurais tout mangé tout seul. Ç'aurait été très, très triste, et très, très dégoûtant. Parce que je l'aurais fait.

À ce moment-là, Ginny se sentit très heureuse d'être venue, ne serait-ce que pour ça : être assise devant la télévision avec Richard et toutes ces boîtes de nourriture.

Ils remplirent leurs assiettes à ras bord, les faisant plier sous le poids de grandes cuillerées de sauce. Puis ils mangèrent en regardant un film. Cela lui paraissait tellement naturel, de passer du temps avec Richard... Et pourtant, elle allait bientôt partir à Paris. Il fallait qu'elle le prévienne maintenant. Elle ne pouvait pas tout lui raconter, mais il fallait au moins qu'elle lui dise où elle allait. S'il s'y opposait, elle pourrait toujours l'ignorer et partir quand même, mais cela reviendrait à se servir de lui et à manquer de respect à une personne généreuse, bienveillante, et loin d'être bête.

Elle attendit la fin du film. Richard se servit une autre part de pommes de terre.

– Il y a quelque chose que je dois...

... *te dire.* Ouais. Ça sonnait mal. Richard se figea à quelques centimètres des pommes de terre.

– Quelqu'un a trouvé la dernière lettre, dit-elle.

– Quelqu'un l'a *trouvée ?* Elle avait été volée, non ?

– Un type a acheté mon sac. Il y a trouvé les lettres et il est entré en contact avec moi.

– C'est bien de sa part.

– Il me reste une dernière chose à faire. Une dernière œuvre d'art à récupérer. Elle est divisée en trois morceaux. Je dois aller les chercher. Et le premier morceau se trouve... à Paris.

Pauvre Richard. Il ne méritait pas ça. Chaque fois que Ginny passait sa porte, c'était pour mieux s'en aller ailleurs. Cela dit, il avait laissé tante Peg s'installer chez lui et il l'avait épousée, alors de toute évidence, il avait un faible pour les Américaines excentriques qui aimaient se faire la malle en pleine nuit. Après tout, se souvint-elle, les Américains s'y étaient pris comme ça pour gagner la révolution. Tandis que les Anglais avançaient en ligne droite, vêtus de vestes rouge vif, en prenant des pauses pour boire le thé, les Américains se déplaçaient furtivement, en haillons, se cachaient dans les arbres et leur volaient leurs chevaux. Ou un truc de genre. Bref. Il fallait qu'elle le fasse ; c'était son droit de naissance. C'était ce qu'aurait voulu George Washington.

– Quand as-tu prévu de faire ça ? demanda-t-il.

– Le 28.

– Et où séjournerais-tu ?

– Dans la même auberge de jeunesse que la dernière fois. Elle est vraiment bien.

– Tu vas y aller toute seule ?

– Non. Je vais y aller avec... Avec un ami.

Bon, ça, c'était un mensonge.

– Le même que la dernière fois ? Kevin ?

– Keith.

Son intonation la trahit. Richard la regarda avec curiosité.

– Il a une petite amie, dit Ginny. Je viens de la rencontrer.

– Ah.

C'était un long « ah », triste et plein de compassion. Richard connaissait la douleur d'avoir des sentiments pour quelqu'un qui ne ressentait pas forcément la même chose. Il avait longtemps été amoureux de tante Peg, quand ils avaient vécu ensemble en tant qu'amis et colocataires. Il s'était occupé d'elle pendant sa maladie, et l'avait épousée pour qu'elle puisse se faire soigner.

Et lentement, avec le temps, Peg s'était rendu compte qu'elle l'aimait, elle aussi, qu'elle avait simplement été trop effrayée par ce type stable et simple qui n'avait jamais caché ce qu'il éprouvait pour elle. Ginny avait appris tout cela dans les lettres. Tante Peg était morte avant de pouvoir expliquer à sa famille ce qui s'était passé, avant même de pouvoir dire à Richard à quel point elle l'aimait vraiment. Ginny s'était remise à fixer l'alliance de son oncle.

– Tu penses quand même que c'est une bonne idée d'y aller avec lui ? demanda-t-il doucement.

– Il ne s'agit pas de lui. J'y vais... avec quelqu'un d'autre. Cela prendra environ quatre jours.

Richard déposa les pommes de terre dans son assiette. Il les poussa pensivement avec sa fourchette.

– Je ne peux pas t'empêcher d'y aller, dit-il. Pourtant, on dirait que tu demandes ma permission. Ce qui se comprend, je suppose. Faisons un accord. Je sais que tu as déjà voyagé auparavant. Alors, sois prudente. Ne fais rien de trop fou. Donne-moi des nouvelles au moins une fois par jour, et dis-moi où tu es. Et si tu as un problème, le moindre problème, tu me passes un coup de fil. Tu n'as plus d'excuses, maintenant.

Il tapota sur la boîte ouverte contenant son cadeau.

– Ça ne se passera pas comme la dernière fois, dit-elle.

La dernière fois, Richard avait dû la faire évacuer de Grèce par avion. Peut-être n'aurait-elle pas dû le lui rappeler.

– Bien..., dit-il en lui adressant un sourire forcé.

C'était réglé. Elle avait pris sa décision. Elle avait obtenu sa permission. Si les choses tournaient mal, elle pourrait appeler Richard. Et quand tout serait terminé, quand elle aurait démêlé tout cela, elle lui raconterait tout.

Elle allait à Paris.

Boxing Day

Boxing Day. Le nom que les Anglais donnent au lendemain de Noël. Ginny avait déjà entendu ce terme, mais il lui semblait ridicule. Comme si les gens passaient cette journée à se taper dessus. Richard lui expliqua que c'était le jour où l'on rangeait des choses dans des boîtes, *box* en anglais. Où l'on déplaçait des boîtes. Bref, où l'on faisait des trucs avec des boîtes.

Richard avait été très embêté de la laisser seule une fois de plus, mais il n'avait eu d'autre choix que d'aller travailler. Apparemment, Harrods après Noël, c'était presque aussi affreux qu'Harrods avant Noël, et Boxing Day représentait son Armageddon à lui. Il se leva et partit bien avant que Ginny ne se réveille. Elle avait toute la journée devant elle, et rien de prévu en particulier. Le surlendemain, elle devait partir à Paris avec Oliver. Elle n'avait aucun moyen de préparer ce voyage. Elle ne disposait d'aucune information. Elle n'avait rien d'autre à faire qu'attendre. Attendre et réfléchir. Et travailler sur sa rédaction. Dehors, l'Angleterre était à la mode anglaise : il pleuvait. Dans ce pays, la pluie ne lui paraissait pas si terrible. On se sentait d'autant mieux à l'intérieur. Elle se fit couler un bain chaud, sortit un bloc de papier, et décida de faire trempette, d'écouter la pluie, et de trouver des idées brillantes qui lui permettraient d'entrer à l'université. Elle passa plusieurs minutes à disposer une serviette et à s'organiser pour pouvoir écrire sans mouiller le papier, mais à la seconde même où elle fit le geste de noter une pensée, elle éclaboussa le carnet et le trempa complètement. Elle le jeta dans les toilettes et s'enfonça plus profondément dans l'eau.

Décrivez une expérience. Tiens, et pourquoi pas ça ? Retourner en Angleterre et découvrir que le mec que vous aimez sort avec quelqu'un d'autre, et qu'un inconnu détient les lettres de votre tante bien-aimée décédée et sa dernière œuvre d'art. Qu'est-ce que tu dis de ça, comité d'admission ?

Ils ne la croiraient jamais. Ils la prendraient pour une affabulatrice. Ils accrocheraient sa photo sur leur panneau en liège avec pour légende : FOLLE. NE PAS ADMETTRE.

L'eau chaude se refroidit presque aussi rapidement que son envie de travailler sur sa rédaction, alors elle sortit du bain et s'habilla. Le timing était excellent : à peine avait-elle enfilé son chemisier qu'on frappa brusquement à la porte. Elle descendit au pas de course, pieds nus, les cheveux encore humides et hirsutes.

Keith se tenait sur le pas de la porte, emmitouflé dans un grand manteau de l'armée kaki, une grosse écharpe noire enroulée plusieurs fois autour du cou. Il entra, laissa tomber son parapluie dans le vestibule, puis ôta d'un coup sec son manteau et son écharpe qu'il jeta sur une patère.

– Il pleut comme vache qui pisse, lâcha-t-il.

Il fonça droit dans la cuisine. Il s'était comporté de la même manière cet été, comme s'il était chez lui, comme s'il n'avait pas de petite amie dont il lui avait caché l'existence. Trop surprise pour réagir, Ginny referma la porte et lui emboîta le pas.

– Cadeau ! dit-il en posant un objet en forme de CD sur la table. Vas-y, ouvre-le !

On aurait dit qu'il l'avait emballé dans du papier qui avait déjà servi, plein de plis blancs et de marques de Scotch. Bizarrement, Ginny se sentit obligée de l'ouvrir très délicatement, comme s'il fallait le préserver pour une autre mission dans le futur. À l'intérieur, elle trouva un CD gravé, doté d'un livret fabriqué avec l'affiche de *Starbucks, la comédie musicale.*

– Enregistré dans les règles de l'art, annonça-t-il fièrement. Comme ça, tu pourras l'écouter tous les jours. Alors, qu'est-ce qu'on a là ?

Il examina les nombreuses boîtes empilées sur le plan de travail et se tourna vers Ginny avec une expression d'intense intérêt.

– Il y a plein de restes, dit-elle. Si tu as faim, il y en a d'autres dans le frigo...

Il était déjà en train de fouiller dans le frigo et d'en extraire des récipients.

– Qu'est-ce que c'est que ça ? demanda-t-il en ôtant un couvercle. Ce n'est pas de la dinde...

– Du faisan, répondit Ginny. Richard avait rapporté un bon repas de chez Harrods... vu qu'il travaille là-bas.

Elle lui tendit une assiette qu'il entreprit aussitôt de remplir. Keith pouvait toujours manger, n'importe quoi, n'importe où, dans n'importe quelle quantité.

– Alors, commença-t-il, j'ai eu l'impression l'autre jour que quelque chose t'amenait ici, mais tu n'as pas dit quoi.

Ginny remplit la bouilloire, mais ne dit rien pendant un moment. Son cerveau essayait encore de se faire à l'idée que Keith était ici avec elle, qu'elle ne s'était pas préparée et qu'elle portait toujours son bas de pyjama... Et voilà qu'il l'interrogeait sur les lettres. Cependant, si quelqu'un pouvait entendre cette histoire bizarre, c'était bien lui. Et puis, il avait suivi cette affaire depuis le début. Il avait le droit de savoir.

Elle reposa la bouilloire sur sa base et l'alluma. Keith s'assit à table pour manger.

– Quelqu'un a trouvé les lettres, dit-elle. Toutes. Y compris la dernière.

– Quelqu'un en Grèce ? Ce n'est pas là-bas qu'elles avaient été volées ?

– Si, mais la personne qui les a trouvées vit ici. C'est un Anglais. Il a acheté mon sac. Il s'est servi des informations qu'elles contenaient pour me retrouver. Dans la dernière lettre, celle que je n'ai jamais pu lire, il y a d'autres instructions. Il existe une autre œuvre d'art. Il me reste quelque chose à faire. Je dois aller à Paris après-demain.

– C'est toujours pareil, avec toi, dit-il en secouant la tête avant de prendre une bouchée.

– Il y a un petit problème.

Comme il mâchait, il lui fit signe de poursuivre en agitant sa fourchette.

– Il ne veut pas me donner la dernière lettre.

– Comment ça, il ne veut pas te la donner ? demanda-t-il en déglutissant.

– Il la garde, parce qu'il veut la moitié du produit de la vente. Il a acheté les billets de train pour Paris. Lui seul sait où nous devons aller et ce que nous sommes censés faire.

Dit à voix haute, cela semblait encore plus fou, et bien plus grave. Keith reposa sa fourchette et tapa doucement du poing contre sa bouche, plongé dans ses pensées.

– Tu viens d'inventer tout ça, pas vrai ?

– Non.

– Tu es donc en train de me dire qu'un parfait inconnu a acheté les affaires qui t'avaient été volées, et qu'il réclame maintenant la moitié de ton argent... Et que tu vas aller à Paris avec lui. Parce que c'est ce qu'il y a de plus sensé à faire.

Le cliquètement de la bouilloire indiqua que l'eau était prête. Elle s'affaira à préparer le thé.

– Je n'ai pas d'autre choix, répondit-elle en sortant deux tasses. Il n'est pas dangereux. Il est juste... Il veut juste l'argent. Je dois récupérer les pièces. J'ai déjà dû faire pire.

– C'est qui ce type ?

– Il s'appelle Oliver Davies.

– Ça ne me dit rien. Comment est-il ? Quel âge a-t-il ?

– Il doit avoir notre âge, à peu près. Ça va aller. Je vais partir avec lui, c'est tout. J'ai déjà voyagé avec des gens que je ne connaissais pas vraiment. Avec toi, par exemple.

– Ce n'est pas exactement la même chose, dit-il en haussant le ton. Nous sommes allés une fois en Écosse ensemble. Il se trouve que nous étions à Paris au même moment. Et je ne t'ai pas volé tes affaires pour ensuite te demander une rançon.

– Je ne voulais pas...

– Gin, écoute. Assieds-toi.

Elle ne l'avait jamais vu aussi sérieux. Elle prit les deux tasses de thé et s'assit à côté de lui.

– En règle générale, je suis toujours partant pour les trucs bizarres, mais tu ne peux pas faire ça. Ce que tu me décris, c'est le scénario d'un voyage dans un film d'horreur. Dans le meilleur des cas, ce type est un escroc, et encore, je suis optimiste.

– Je sais que c'est embêtant, répliqua-t-elle, incapable de contenir sa frustration plus longtemps. Mais qu'est-ce que je peux faire d'autre ? Si je ne pars pas avec lui, je ne récupérerai jamais la lettre. Je ne trouverai jamais l'œuvre. Je ne terminerai jamais. Et ce n'est pas comme si quelqu'un pouvait m'aider. Que veux-tu que je fasse ? Que j'appelle la police pour leur dire que quelqu'un m'a volé mon courrier ? Il se contenterait de disparaître, et je ne peux pas prendre ce risque.

Keith se laissa aller contre le dossier de sa chaise et bascula en arrière en poussant un gros soupir. Il resta en équilibre un bon moment avant de reposer bruyamment les pieds de sa chaise.

– Tu as dit que tu devais partir après-demain, c'est ça ?

– Oui.

– Explique-moi ce qui est prévu.

Ginny prit une grande inspiration. Elle tremblait.

– Je suis censée le retrouver à Saint-Pancréas...

– Tu veux dire Saint-Pancras. C'est de là que part l'Eurostar. Tu as dit qu'il voulait que vous preniez le train pour Paris ?

– Il a acheté deux billets. Je dois le retrouver à dix heures. Il a même organisé la vente. Il m'a emmenée voir Cecil. Quoi que nous trouvions, ce sera mis aux enchères le 2 janvier, et il faudra que je sois présente. Il ne peut donc pas me tuer, pas vrai ?

Elle essaya de rire, sans grand succès. Keith ne se joignit pas à elle. Il se remit à manger pendant un moment, piquant de sa fourchette un énorme morceau de faisan qu'il parvint malgré les doutes de Ginny à faire entrer dans sa bouche. Il l'engloutit tout en battant des paupières, pensif.

– Tout ce dont tu as besoin, c'est de la lettre, dit-il finalement. Je me trompe ?

– Non. Mais il ne va pas me la donner.

– Mais il l'aura bien avec lui à Saint-Pancras, non ?

– Forcément.

– Très bien. On a donc une solution.

– Ah bon ?

– Tu oublies que je suis un homme doté de nombreux talents.

Il étira ses mains sur la table et remua les doigts.

– Tu joues du piano ? demanda-t-elle.

– As-tu oublié mon ancienne vie honteuse ? Je suis un voleur. Je pique des trucs.

– Je pensais que tu te contentais principalement de vandaliser des trucs.

– J'ai déjà volé une voiture, répliqua-t-il fièrement. Et bien d'autres choses.

– Mais tu as arrêté. Tu ne le fais plus.

– J'ai arrêté de voler pour le profit, mais il n'y aurait rien de mal à mettre mes talents au service du bien. Tout le monde adore Robin des Bois. Et je n'ai pas perdu la main. Oliver Davies sort la lettre, et je la lui dérobe. Facile.

Il rapprocha sa chaise de la sienne, jusqu'à coller son bras contre le sien. Tous les poils de son bras se dressèrent, et elle avait la chair de poule sur tout son corps.

– C'est facile à mettre en place, Gin, reprit-il. Ce n'est rien. On récupéra la lettre, et tu pourras aller chercher l'œuvre de ta tante. Tu vas voir. Personne ne s'en prend à ma dingue.

Oh, mon Dieu. Elle avait des fourmis partout. Elle allait devenir hystérique. Elle allait l'attraper par le visage et lui sauter dessus. Rien de ce qu'elle pouvait voir de lui n'arrangeait les choses. La façon dont sa nouvelle coupe de cheveux révélait un peu plus ses oreilles, dont son T-shirt se tendait sur sa poitrine, les bracelets de coton tressé autour de ses poignets... Tout soulignait un aspect de lui qui lui paraissait d'une beauté intolérable. Elle avait les mains qui tremblaient un peu. Elle les mit rapidement sur ses genoux.

– Merci, dit-elle.

Elle tourna légèrement la tête dans sa direction. Elle ne pouvait pas le regarder en face. Il fallait qu'elle trouve une zone neutre chez lui, qui ne lui ferait aucun effet. Elle tenta de se concentrer sur son aisselle, qu'elle pouvait regarder facilement puisqu'il avait le bras tendu, mais même cela faisait accélérer son pouls.

– Je dois y aller, dit-il. Je passais juste en coup de vent. Mais c'est réglé, maintenant, pas vrai ? Je passerai à huit heures et demie après-demain, et on ira à la gare ensemble pour peaufiner les détails.

Il se leva et enfila son manteau et son écharpe. Le fait qu'il parte sans raison, sans lui dire où il allait, ni même lui proposer de l'accompagner, lui dit tout ce qu'elle avait besoin de savoir. Ellis. Ils avaient prévu quelque chose. Ou alors, elle l'attendait déjà chez lui pour passer une soirée tranquille à la maison.

Elle ordonna à son cerveau d'arrêter le cours de ses pensées. Pour l'instant, Keith était là. Il allait l'aider. Ils allaient récupérer la lettre. Ce n'était pas vraiment comme avant — ce ne serait plus jamais exactement comme avant —, mais c'était mieux que rien.

– On va la reprendre, dit-il en sortant de la maison. Rappelle-toi, je n'échoue jamais.

– Jamais, répéta-t-elle.

Il lui ébouriffa les cheveux.

– Il faut encore que je m'habitue à ta nouvelle coiffure, dit-il.

– Moi aussi, répondit-elle.

Très sagement, il n'ajouta rien et descendit les marches au pas de course, avant de monter dans sa voiture.

Il faut un voleur…

La gare de Saint-Pancras incarnait parfaitement le genre de chose que Ginny s'était attendue à voir en venant en Europe, à l'instar des immenses cathédrales, des petites voitures, des publicités exposant une nudité nonchalante, et des médecins fumant devant les hôpitaux. Une bonne partie de l'édifice est une œuvre d'art néogothique massive, composée de briques d'un brun-roux profond et de pierres blanches. À un bout s'élève une tour d'horloge, une flèche pointue entourée de plusieurs flèches plus petites et plus pointues. L'autre partie de la gare est un temple de verre parfait, ultramoderne. Le long de l'énorme arcade, des dizaines d'arches en brique sont remplies de toutes sortes de boutiques et de services, y compris le plus long bar à champagne d'Europe, qui fait presque cent mètres de long. Des centaines et des milliers de personnes errent là avec leurs bagages : certaines n'ayant apparemment qu'une très vague idée, au mieux, de l'endroit où elles vont ; d'autres cherchant à comprendre comment fonctionnent les abonnements de train, d'autres cherchant leur correspondance, d'autres encore essayant de s'adapter à une nouvelle monnaie.

Exactement le genre d'endroit où un voleur aimerait passer du temps.

Ginny et Keith se tenaient près de la balustrade, au premier étage. Ginny contemplait l'immense arche de verre qui servait de plafond. Elle avait sa valise à ses pieds, et quatre cents euros en poche. Même si elle avait gagné plus de cent trente mille euros grâce à la vente, la plus grande partie de cette somme avait été mise de côté pour la fac. Son compte en banque était bien plus modeste, et ce retrait avait porté un gros coup à son solde. Elle allait devoir faire attention à ses dépenses lors de ces prochains jours.

– Très bien, dit Keith. Une dernière fois. Tu vas le retrouver là-bas, à côté de la statue...

La statue s'appelait *The Meeting Place,* le point de rencontre et, comme l'avait laissé entendre Oliver, on ne pouvait pas la manquer. En bronze, haute de dix mètres, elle représentait un homme et une femme lors de retrouvailles passionnées, s'apprêtant à s'embrasser. Elle trouvait ça agréable, d'avoir un énorme symbole romantique juste au-dessus d'elle et de Keith.

– Je vous surveillerai depuis l'une des arches, continua Keith. Et j'aurai ça.

Il brandit la grande carte touristique de Londres peu maniable qu'il venait d'acheter. Il l'avait choisie pour sa taille ; dépliée, elle formait un bruissant écran de papier.

– Tout ce que tu dois faire, c'est te débrouiller pour qu'il sorte la lettre pendant quelques secondes. Je m'occupe du reste. Dès que je l'ai, je décampe. On se retrouvera dehors.

– Je viens de me rappeler quelque chose, dit-elle en se penchant par-dessus la balustrade, l'écrasant contre son ventre. C'est exactement le tour que m'ont joué des gamins des rues, à Rome. Ils sont venus me voir avec des journaux à la main, qu'ils n'arrêtaient pas d'agiter pour me distraire et me prendre mon sac.

– C'est un vieux truc, mais ça marche. Ils t'ont pris quelque chose ?

– Non, un type s'est approché et les a chassés.

Elle omit de mentionner que le type en question, qui avait à peu près le même âge qu'elle et était plutôt canon, l'avait ensuite persuadée de l'accompagner dans l'appartement de sa sœur, où il avait tenté d'aller plus loin avec elle. Il avait été tellement insistant qu'elle avait dû s'enfuir en courant. Pourquoi fallait-il toujours qu'elle tombe sur des voleurs et des mecs tordus ?

Lorsque l'imposante horloge sonna dix heures, la longue silhouette d'Oliver, vêtue de noir, passa sous eux, en direction des escaliers. En plus de sa sacoche en cuir, il avait un petit sac à dos. Il s'était habillé moins solennellement que la dernière fois. Il portait un pantalon cargo noir, un pull gris bien ajusté, un peu effiloché, et une grosse écharpe qui remontait bien au-dessus de son menton. Avec son long manteau noir, on aurait dit un agent secret partant en mission.

– C'est lui, dit-elle.

Keith prit le temps d'enregistrer le visage de sa cible.

– Manteau noir ? Visage aquilin ?

Ginny hocha la tête.

– Très bien. Que le spectacle commence. Ne t'en fais pas. Je n'ai pas perdu mes talents de vaurien.

Il lui fit un clin d'œil et disparut. Ginny inspira profondément et fit rouler sa valise jusqu'à la statue.

– Tu es prête à partir ? demanda Oliver. On a un peu de temps devant nous, mais autant passer tout de suite les contrôles de sécurité, à moins que tu n'aies besoin d'acheter quelque chose dans les boutiques...

– Je veux voir la lettre.

– Pourquoi ? Tu sais que je ne vais pas te laisser la lire.

Bien vu. Ginny resserra sa prise sur la poignée de sa valise et observa son visage. Il était fin, avec des traits forts et impassibles. La statue derrière eux était plus expressive.

– Parce que... J'ai commencé chaque étape de mon dernier voyage en regardant une lettre. J'ai juste besoin de la voir, OK ? C'est comme ça que ça fonctionne.

Oliver se balança d'avant en arrière, pensif, puis il ouvrit sa sacoche et prit entre deux doigts des feuilles de papier bleu pliées. Keith sortit aussitôt de sa cachette, derrière la statue, et s'avança rapidement vers eux. Il avait sorti la carte et feignait la confusion, la tournant dans un sens puis dans l'autre, jetant des coups d'œil autour de lui, comme s'il essayait de se repérer.

– Je suis au point de rencontre, dit-il avec ce qui était censé sonner comme un accent américain.

Le résultat était un peu bizarre, comme si quelqu'un avait pris un cow-boy, un surfeur et un gangster des années 1930, et mis leurs accents dans un mixeur.

– La statue. Le point de rencontre. Cette énorme statue de deux personnes en train de s'embrasser...

– Satisfaite ? demanda Oliver en brandissant les pages.

Il n'avait pas remarqué Keith, qui se rapprochait. Néanmoins, il était encore trop loin, et Oliver commençait déjà à ranger les papiers.

– Attends, dit-elle. Où est l'enveloppe ? J'ai aussi besoin de voir l'enveloppe.

– Je ne l'ai pas avec moi.

– Pourquoi ?

– Parce que je n'en avais pas besoin. J'avais seulement besoin de la lettre.

Keith ne se trouvait plus qu'à quelques pas d'eux.

– La statue, pas la gare, disait-il.

Plus il s'approchait, plus elle entendait son accent, et plus elle l'entendait, plus il lui semblait mauvais. Avec un peu de chance, Oliver croirait que les Américains parlaient vraiment comme ça.

– Tu es dans quelle rue ? Non, la statue est dans la gare...

Bang !

Keith bouscula Oliver, sans ménagement. L'espace d'un instant, la carte se referma sur la main tendue d'Oliver. Keith marmonna des excuses avant de replier sa carte en feignant l'embarras, puis il fila. La main d'Oliver était vide. Ça avait marché. Ça avait vraiment marché !

C'était le moment où Ginny aurait dû éclater d'un rire triomphal et lui asséner le discours qu'elle avait préparé dans sa tête pendant une grande partie de sa nuit d'insomnie. Elle était prête à se lancer, attendant seulement qu'une expression choquée et consternée apparaisse sur le visage d'Oliver. Mais ce ne fut pas le cas.

Ce n'était même plus la peine de faire semblant. Ginny se tourna dans la direction qu'avait empruntée Keith. Il s'était arrêté au pied de l'escalier et semblait déconcerté. Il posa les yeux sur Ginny, secoua la tête, et commença à remonter l'escalier.

– J'en déduis que ça ne s'est pas passé comme prévu, dit Oliver quand Keith les eut rejoints. Qui es-tu, d'abord ?

– Je suis son coiffeur, répondit Keith. Elle ne se déplace jamais sans moi. Qu'est-ce que tu as fait ?

– Je suis arrivé une heure en avance. Je me tenais juste là..., dit-il en désignant un point de l'autre côté de l'étage, à une vingtaine de mètres environ. Je vous ai vus arriver et tout manigancer. Je n'ai pas eu de mal à comprendre ce que vous aviez en tête.

– Alors où est la lettre ? demanda Ginny.

Oliver remonta la manche de son manteau et en sortit les feuilles bleues.

– Il semblerait qu'on s'y connaisse tous les deux en tours de passe-passe, dit-il à Keith.

– Tu es le type même du *loser* qui n'a pas d'amis.

Oliver accueillit ce jugement par un haussement d'épaules indifférent et se tourna vers Ginny.

– Je vais monter dans le train. Je ne renouvellerai pas mon offre. Soit tu viens avec moi maintenant, soit on arrête ici.

Sur ce, il partit en direction de la zone d'embarquement de l'Eurostar.

– Je suis désolé, dit Keith. Je pensais l'avoir...

– Ce n'est rien, répondit Ginny, mais je dois y aller.

Ils avaient essayé, et ils avaient échoué. Keith enfonça les mains dans ses poches et fixa le sol. Elle leva la main pour lui adresser un signe d'adieu lamentable.

– On se voit dans quelques jours, dit-elle.

Elle n'avait fait que quelques pas lorsque Keith se planta devant eux, leur barrant le passage.

– J'ai une voiture, annonça-t-il en brandissant ses clés sous le nez d'Oliver.

– Tant mieux pour toi, répliqua ce dernier.

– Il se trouve que j'ai aussi quelques jours de libres. Alors je vais conduire. Paris n'est pas si loin de ça. Six ou sept heures, à peu près ?

– Pas question que j'y aille avec toi, dit Oliver en le contournant.

– Je n'ai pas proposé de t'y conduire. J'ai proposé de la conduire, elle. Toi, tu peux faire ce que tu veux.

Oliver continuait à marcher ; Ginny ne bougeait pas.

– Je pars avec lui, dit-elle d'une voix forte. En voiture.

Manifestement, cela contraria Oliver. Il n'avait pas un visage très expressif, mais elle sentait les ondes de mécontentement qui émanaient de lui.

– On doit faire ça ensemble, dit-il.

– Ça ne nous en empêche pas, s'entendit-elle répondre. On peut se rejoindre là-bas. Pourquoi pas devant la pyramide du Louvre ?

– Bon choix, acquiesça Keith. La pyramide du Louvre. Demain à midi ? Amuse-toi bien dans le train.

Il donna une grosse claque sur l'épaule d'Oliver et passa son bras sous celui de Ginny pour l'entraîner avec lui. Ginny se retenait à grand-peine de sautiller… de chanter… de pleurer de joie. Bon, ce n'était pas exactement comme cet été, mais ils partaient tous les deux, ensemble. Ils allaient à Paris ensemble. Ils allaient passer des heures et des heures dans sa voiture, direction la Ville Lumière. Ils prendraient leurs repas ensemble, et parleraient pendant des heures. Il faudrait qu'ils trouvent un endroit où dormir…

– C'est toi qui paies l'essence, évidemment, dit Keith en lui souriant alors qu'ils passaient la porte. Et tout le reste. Comme au bon vieux temps ! Je crois que j'ai envie de fromage. De toutes sortes de fromages !

– Tout un tas de fromages, acquiesça-t-elle.

Ce rêve dura jusqu'à ce qu'ils arrivent devant l'arrêt de bus à l'extérieur de la gare. L'endroit où Oliver les rattrapa.

– Je répète, dit Keith sans le regarder, je ne t'ai pas proposé de nous accompagner.

– Eh bien, je viens quand même. Sinon on arrête tout. Qu'est-ce qu'on est censés faire quand on aura récupéré les pièces ? Je suppose que vous me laisserez les garder, n'est-ce pas ?

Keith poussa un gros soupir et jeta un coup d'œil à Ginny. Une petite averse crépitait sur le toit en verre de l'Abribus.

– On va devoir l'emmener, pas vrai ? demanda-t-il.

– Probablement, répondit-elle d'un air triste.

– Dans ce cas… Je veux cent euros d'avance pour l'essence et en dédommagement du désagrément de t'avoir dans ma voiture.

– J'ai acheté les billets de train, répliqua Oliver. Ce n'est pas ma faute si on ne les utilise pas. Je t'en donne cinquante, et on verra ensuite.

– Et vingt livres pour le parking et le péage urbain, ajouta Keith.

Oliver sortit l'argent de sa poche. Lui aussi s'était préparé : il avait une liasse d'euros. Après avoir donné un billet de cinquante euros et un autre de vingt livres à Keith, il coinça une cigarette dans sa bouche et l'alluma, signifiant ainsi que le marché était conclu.

– Et en plus tu fumes, dit Keith. Charmant. N'envisage même pas d'en allumer une dans ma voiture.

Oliver se décala obligeamment de quelques pas. Plutôt conciliant, pour un maître chanteur...

– Tu te rends compte, continua Keith en lorgnant le sac d'Oliver, que ta seule valeur réside dans la lettre qui se trouve dans la poche avant de ton sac ? Ce serait vraiment malheureux que tu viennes à en être séparé après avoir été poussé d'une voiture roulant à faible allure, le long d'un pâturage français.

– Quoi, cette lettre ? demanda Oliver en sortant les pages pliées de son sac. Je peux résoudre ce problème immédiatement.

Il les froissa et les jeta en boule sur la route. Ginny poussa un cri d'horreur lorsque des voitures et des camions lui roulèrent dessus. Quelques secondes plus tard, elles avaient disparu, sans doute emportées par un pneu.

– Mais qu'est-ce que tu as fait ? hurla-t-elle.

– Ce n'était que du papier bleu acheté à la papeterie. Comme il vient de le dire, je suis conscient que ma seule valeur tient au fait que je possède les lettres. Ne t'en fais pas. Elles sont en sécurité.

– Où ça ?

– À l'abri des pickpockets avec un accent américain pourri.

Le bus s'arrêta lentement devant l'arrêt. Oliver jeta sa cigarette d'une chiquenaude, puis remua les mains, indiquant qu'il était prêt à les suivre.

– Je ne suis pas une personne violente, marmonna Keith dans sa barbe, alors qu'ils montaient l'escalier menant à l'étage, mais j'ai vraiment l'intention d'y remédier.

Un dernier pour la route

– Mon accent américain est mauvais ? demanda Keith à voix basse quand ils furent assis dans le bus.

– Non, ça allait, dit Ginny en regardant ses genoux.

Cet accent lui écorchait encore les oreilles, mais cela n'aurait servi à rien de le lui avouer.

– Ça fait un moment que je le travaille. En imitant Marlon Brando dans *Un tramway nommé désir*. Et j'ai essayé de copier celui de *The Wire*, mais c'est un peu dur...

Il se tut pour taper un long texto destiné à Ellis. Ginny avait du mal à ne pas la détester. Pourtant, rien de tout ça n'était sa faute. En revanche, elle pouvait détester Oliver. C'était une activité parfaitement acceptable. Il était assis deux rangs devant eux. Ses cheveux étaient coupés très nettement, très précisément, formant une ligne qu'on aurait crue tracée à la règle sur sa nuque. Il avait une allure de personne mûre : assis bien droit, les épaules en arrière. Pas rigide, seulement très adulte. Keith était plus affalé, plus dépenaillé, plus remuant. Il ressemblait à un étudiant. Oliver ressemblait à quelqu'un qui... Qui avait des responsabilités. Des responsabilités diaboliques.

Lorsqu'ils descendirent du bus, Oliver marcha quelques mètres derrière eux alors qu'ils allaient jusque chez Keith.

– Je vous attends dehors, annonça-t-il.

– Oui, répondit Keith. Je ne te le fais pas dire.

La maison était froide et presque entièrement sombre, mais la lumière était allumée dans la chambre de Keith. Ellis était déjà là-haut, et elle regardait par la fenêtre.

– C'est lui ? demanda-t-elle. Dans le jardin ?

– C'est Oliver, répondit Keith en ouvrant son armoire, dont il sortit quelques articles tout en retirant un sac coincé sous une pile d'affaires. Le branleur qui détient la lettre de Gin.

– Il a l'air plus normal que je ne l'imaginais.

Ginny jeta un coup d'œil à travers le store de l'autre fenêtre. Oliver faisait les cent pas dans le jardin, un bras derrière le dos, l'autre tenant sa cigarette. Il fixait la surface pavée craquelée comme s'il s'agissait d'une carte dont il se servait pour préparer un siège.

– C'est un vrai con, dit Keith. Je vais juste aller chercher mes affaires dans la salle de bains. Je serai prêt à partir dans une minute.

Ginny et Ellis se retrouvèrent toutes les deux, se souriant bizarrement. Ginny mit une seconde à réaliser que David n'était pas à la maison... Ce qui signifiait qu'Ellis était entrée toute seule. Ce qui signifiait qu'elle avait sa propre clé. Et... Et Ginny ne voulait pas s'attarder là-dessus. Elle laissa retomber les lamelles du store, qui projetèrent un nuage de poussière dans son nez.

– Alors, commença Ellis, marchant sur des œufs, je n'ai rien dans mon agenda pour ces prochains jours. Et j'ai préparé un petit sac. Je ne voudrais pas m'incruster, mais si ça ne te dérange pas... J'aimerais venir avec vous. Vraiment. Mais seulement si ça ne te gêne pas.

On entendait Keith qui fouillait bruyamment dans le placard de la salle de bains. Soit il faisait exprès de faire autant de bruit, soit il avait temporairement perdu le contrôle de ses muscles. Il savait probablement qu'Ellis allait lui poser cette question.

– Tu as le droit de dire non, continua-t-elle. Je sais que c'est personnel, et important.

Cela semblait très sincère. Ellis lui demandait honnêtement si elle était d'accord. Mais que pouvait-elle bien répondre ? Non ? « Non, gentille petite copine de Keith, tu ne peux pas partir en voyage dans la voiture de ton petit ami. » Si elle était partie avec Keith et Oliver, au moins, ils auraient été deux contre un. Maintenant, le rêve était bel et bien terminé.

– Bien sûr, dit-elle en essayant de prendre un ton enthousiaste. Pas de problème.

Ellis tapa des mains, tout excitée.

– Oh, je suis tellement contente ! Je ne suis jamais allée à Paris. C'est bizarre, hein ? D'autant que ce n'est qu'à quelques heures de train, et que j'ai étudié le français pendant des années. J'ai acheté deux, trois trucs au supermarché, dit-elle en soulevant un sac en plastique posé à ses pieds. Des biscuits, des chips, des fruits, de l'eau. Un jeu de cartes pour les moments barbants, dans le train. Il va falloir qu'on prenne le tunnel sous la Manche ; j'ai regardé le trajet sur Internet. Et j'ai aussi acheté une carte de France, au cas où on n'aurait plus de réseau.

Keith décida que c'était le bon moment pour revenir. Il portait un sac à dos bourré à craquer et donnait des coups de poing à l'intérieur pour en tasser le contenu.

– Je pars avec vous ! s'écria Ellis. Ginny a dit qu'elle était d'accord.

Keith continua de maltraiter son sac de façon à pouvoir le refermer.

– Super, dit-il en tirant sur la fermeture Éclair, avant de quitter sa chambre. On ferait mieux d'y aller.

– C'est ça, ta voiture ? demanda Oliver quand ils sortirent de la maison.

Il désignait la modeste automobile en forme de tortue garée un peu de travers devant les ordures.

– L'admiration l'emportera bientôt sur la jalousie, dit Keith en passant devant lui. J'ai déjà observé ce phénomène.

Il ouvrit le coffre et en examina le contenu. Même s'il avait fait le ménage, il était encore bien plein. Il en retira deux gros sacs, regarda à l'intérieur, et les fourra dans une poubelle ouverte. Ginny avait beau aimer cette petite voiture, à laquelle elle associait de nombreux souvenirs heureux, elle comprenait l'inquiétude d'Oliver. Elle n'avait rien du véhicule idéal pour parcourir l'Europe. Pour Londres, bien sûr, elle était parfaite. Petite, déjà cabossée, idéale pour se faufiler entre les bus et les taxis et dans des rues étroites qui n'avaient pas été conçues pour des voitures. On pouvait la garer n'importe où ; on pouvait probablement la garer dans une maison, s'il le fallait. En plus, ce n'était pas le genre de chose que quelqu'un voudrait voler. Elle était d'un blanc passé, comme les vieux T-shirts lavés trop souvent avec des chaussettes noires. Il y avait des bosses, des éraflures, et de petites taches de rouille de la taille d'une pièce de monnaie sur le bas. Elle semblait crier à la face du monde : « J'ai des serrures manuelles ! »

– On ne part pas tous, hein ? demanda Oliver en jetant un coup d'œil au nécessaire de voyage d'Ellis et à son sac de courses.

– Oh, mais si, dit Keith en fourrant d'abord son sac dans le coffre, puis en faisant signe à Ellis et Ginny de lui passer les leurs.

Oliver tenta lui aussi d'y mettre le sien, mais Keith le ferma avant qu'il puisse l'y ranger.

La voiture ne comportait que deux portières, un fait dont Ginny ne s'était pas souciée auparavant. Elle s'était toujours assise à l'avant. Aujourd'hui, elle serait très probablement à l'arrière. Elle n'avait jamais envisagé l'arrière de cette voiture comme un endroit où l'on pouvait s'asseoir. Il était minuscule, sombre, et réservé aux déchets.

– Je suis plus petite, dit Ellis. Je vais aller derrière avec Gin.

– Non, dit Keith. Qu'il se débrouille.

– Gin est plus grande que moi. Elle devrait s'asseoir devant. Il s'agit de son voyage. Je me suis imposée.

– C'est bon, dit Ginny, car il fallait que cette conversation cesse. Je passe derrière.

Elle replia bruyamment le siège avant et plongea la tête la première, s'empêtrant un moment dans la ceinture de sécurité. Le siège arrière n'était pas un endroit agréable. Il était recouvert d'un tissu qui sentait le moisi, un tissu qui avait vu passer des décors sales et des costumes nauséabonds, des piles de vieux sacs en papier contenant des hamburgers et des *fish and chips* à emporter. En fait, la première chose qu'il lui évoqua fut la benne-piscine, sauf qu'il était moins spacieux, et moins propre.

Ce qui était un peu inconfortable pour elle devait être de la torture pour Oliver, qui la dépassait d'au moins quinze centimètres. Son crâne frôlait le plafond et il devait garder le cou légèrement incliné. Il fourra son sac à dos à ses pieds et posa sa sacoche en cuir sur ses genoux. Le tout l'obligeait à prendre une position penchée, recroquevillée, et il avait l'épaule pressée contre l'oreille de Ginny. Elle tenta de se rapprocher de la fenêtre, mais il n'y avait tout simplement plus de place. Keith s'assit sur le siège du conducteur et l'ajusta aussitôt, le reculant dans les jambes déjà à l'étroit d'Oliver.

– Tout le monde est prêt ? demanda-t-il.

Il inséra la clé et mit le contact. Le moteur émit un horrible grincement, puis toussota et s'arrêta.

– Cette voiture n'arrivera jamais jusqu'en France, dit Oliver.

– Ne t'en fais pas pour la voiture, répliqua Keith en secouant les clés. Fais-t'en pour toi.

– Vous êtes qui, tous les deux ? Vous avez des prénoms, au moins ?

– Je suis M. Pink, répondit Keith. Et elle, c'est Mme Ferme-ta-Gueule. Maintenant, dis-nous où nous allons.

– À Paris, dit sèchement Oliver.

– Oui, ça, tu nous l'as déjà dit, rétorqua lentement Keith, avec une patience feinte. Pourrais-tu être un peu plus précis ? Je ne sais pas si tu es au courant, mais c'est une ville assez grande.

Il descendit son siège, écrasant complètement Oliver.

– Je te le dirai quand tu te pousseras de mes genoux.

– Je veux seulement que tu saches à quoi t'attendre pendant ce voyage, dit Keith en relevant son siège de manière à pouvoir conduire. À souffrir. Sûrement pas autant que tu le mérites, mais on fera de notre mieux.

– J'ai déjà tout prévu, dit Ellis en nous montrant la carte et son téléphone. On prend la M20 jusqu'à Folkestone, et ensuite, le train pour la France. En tout, le trajet jusqu'à Paris devrait nous prendre cinq heures et demie, alors on y sera pour le dîner.

– Je vous en dirai plus quand on approchera de Paris, dit Oliver d'un ton froid.

– Je vous en dirai plus quand on approchera de Paris, répéta Keith, imitant exactement la voix d'Oliver.

Apparemment, il savait très bien reproduire d'autres types d'accent anglais, du moins aux oreilles de Ginny.

– Un snob qui parle comme un snob, continua Keith. Je parie que tu as été pensionnaire. Dans une école privée ? Tu as été envoyé loin de chez toi tôt ? C'est pour ça que tu es aussi bien adapté ?

– Oui. C'est pour ça. On peut y aller maintenant ?

La majeure partie du trajet jusqu'à Folkestone se faisait sur autoroute, si bien qu'ils passèrent les deux premières heures à regarder l'arrière de camions à plateau, de vans, d'autres voitures, ainsi que les nombreux moutons et chevaux qui paissaient le long des grosses artères routières de l'Angleterre.

La voiture de Keith, qui à la base n'avait rien d'un modèle de luxe, était encore plus inconfortable l'hiver, à l'arrière. Elle était fine et mal isolée, et le chauffage était une blague qu'on appréciait sans doute plus à proximité des bouches d'air du tableau de bord. Ginny se recroquevilla à l'intérieur de son blouson et remonta la fermeture Éclair par-dessus son menton, soufflant de l'air chaud sur son propre corps. À l'avant, Keith et Ellis discutaient, mais Ginny les entendait à peine à cause du bruit terrible du moteur. Oliver garda ses écouteurs dans ses oreilles pendant tout le voyage. Elle était toute seule, dans sa bulle.

Quand ils arrivèrent à Folkestone, ils prirent place dans une longue file de voitures, où ils attendirent pendant une demi-heure. Puis un homme vêtu d'une veste fluorescente vert-jaune leur fit signe de longer un quai de gare jusqu'à de larges portes menant directement dans le train.

C'était une expérience étrange de se trouver dans une voiture à l'intérieur d'un train. Tous les véhicules roulaient bruyamment dans les compartiments argentés. Il y avait des panneaux publicitaires sur les parois, et le tout baignait dans une douce lumière jaune. Un autre homme en gilet fluorescent leur fit signe de s'arrêter. Les portes se refermèrent et une lourde grille en métal descendit, les enfermant à l'intérieur. Il n'y avait pas de fenêtres mais, de toute manière, il n'y aurait rien eu à voir. Ils traversaient un tunnel sous la Manche, une sorte de très long trajet dans un ascenseur horizontal.

Oliver tenta de s'étirer un peu, et enfonça sans le faire exprès son coude dans les côtes de Ginny. Elle le repoussa.

– Alors, dit-elle, tu vas me montrer la lettre maintenant, pour qu'on puisse savoir où on va ?

– Il n'y a rien à voir, répondit-il. Je ne l'ai pas avec moi.

Keith et Ellis se retournèrent.

– Tu n'as pas la lettre ? répéta Ginny. Tu l'as oubliée ?

– Je l'ai mémorisée.

– C'est une blague, dit Keith. Je comprends bien que tu n'es pas comme les autres, mais sur ce coup-là, tu plaisantes.

Pour toute réponse, Oliver pencha la tête en arrière, ferma les yeux et commença à réciter :

– « Oh, tu es encore en train de lire. Super ! Très bien, Gin. Tu es en Grèce. La Grèce est un bon endroit pour... »

Bon, il ne plaisantait donc pas. C'était étrange d'entendre tante Peg à travers la voix basse d'un Anglais. On aurait cru une horrible séance de spiritisme. Dans une voiture, dans un train, sous la Manche.

– « As-tu déjà vu une eau pareille ? Senti un tel soleil sur ta peau ? Faut-il s'étonner que les Grecs aient été parmi les premiers à vraiment s'interroger sur la nature de la beauté, de l'art, et de la vie elle-même ? Il s'agit du berceau de la pensée occidentale. C'est ici que les grandes questions ont été formulées à partir de tout ce qui rongeait le cerveau humain collectif depuis des millénaires, le grand « Mais qu'est-ce qui se passe, bon sang ? ». Cette question a été au cœur de toute ma vie.

« Parfois, je me la pose au sens le plus vaste. Parfois, seulement de façon immédiate, très terre-à-terre, par exemple lorsque j'essaie de déclarer mes impôts. En ce moment, avec mon cancer du cerveau, je me la pose tout le temps. Je me la pose au sujet de la télécommande (qui, à ma décharge, est follement compliquée). Je me la pose quand je n'arrive plus à me rappeler mon chemin jusqu'à l'épicerie. Ma maladie m'entraîne dans une aventure étonnante, Gin. Au cours de laquelle j'essaie souvent d'acheter du pain à la poste.

« Même moi, j'ai conscience de l'étrangeté de certaines choses que je t'ai demandé de faire, et pourtant je suis une folle avec une tumeur de la taille d'un œuf dans la tête. Mais il y a de la méthode dans ma folie.

« Je veux que nous fassions un tableau ensemble. Un tableau inspiré par une œuvre de mon amie et idole Mari Adams, qui s'appelle *Peins ça pour moi*. Elle a réalisé une série de six peintures identiques, très simples, et les a dispersées dans plusieurs endroits d'Édimbourg, pour qu'elles soient touchées, admirées, pour qu'elles prennent la pluie, qu'on leur marche dessus, qu'on dessine sur elles, qu'on les découpe... Tout ce qui pouvait leur arriver faisait partie du processus. Ensuite, elle les a récupérées et les a exposées. J'ai toujours aimé l'idée que des peintures vivent leur vie hors d'un atelier, qu'elles soient transformées par le monde. Mon idée est un peu différente. Je vais faire un tableau à partir de différents matériaux que j'ai placés dans plusieurs endroits. Pour les récupérer, tu vas devoir retourner dans certains lieux que tu as déjà visités, et aller quelque part où tu n'es jamais allée. Je vais baliser ton chemin.

Tout d'abord, tu dois retourner à Paris. Personne ne « saisit » Paris en une seule visite. Personne. À toi de voir comment tu veux t'y rendre. Voilà ce que je ferais : je sauterais de ferry en ferry sur la Méditerranée, m'arrêtant en Sicile et en Sardaigne au passage. Ou alors, tu pourrais longer les côtes italiennes et françaises, avançant par sauts de puce sur la Riviera. Ou simplement prendre l'avion. Comme tu voudras. L'important, c'est que tu ailles à Paris. Et ce qui se trouve là-bas, la première partie de cette œuvre, c'est l'arrière-plan, le ciel.

« Parfois, Gin, je me demande quel objet inanimé j'aimerais être, si je pouvais m'incarner dans n'importe lequel au monde. Il y a tant de choix attirants. J'adorerais être un avion qui traverse l'Atlantique deux fois par jour. J'adorerais être la fontaine de Tivoli, où des poètes se perchent depuis des centaines d'années, et où des touristes ont pu comprendre la joie de l'art vivant. Mais l'objet auquel je reviens le plus souvent est bien plus humble. J'adorerais être un plateau de table à Paris, là où la nourriture représente la combinaison de l'art et de la vie, où les gens se rassemblent et parlent pendant des heures. Je veux que des amants se retrouvent au-dessus de moi. Je veux être recouverte de gouttes de cire de bougie et de miettes de pain et d'anneaux laissés par les verres à vin. Je ne serais jamais seule, et je servirais un but louable.

« Je suppose que tu te souviens du restaurant de mon ami Paul, celui que j'ai décoré ? J'ai fabriqué quatre plateaux de table pour lui, à partir de portes peintes à la main. La peinture que j'ai utilisée n'était pas vraiment conçue pour l'usure induite par l'activité d'un restaurant, alors ils devraient être très marqués. À toi de savoir celui qu'il faut prendre. Tu le sauras en le voyant. Utilise ton instinct.

« Paul sait que tu vas venir chercher l'un des plateaux de table. Je lui ai demandé de ne pas t'en parler lors de ta première visite, alors j'espère que tu seras agréablement surprise de devoir y retourner. »

Oliver se tut et tripota le fermoir de son sac.

– C'est tout pour l'instant, dit-il.

Ginny se rendit compte qu'elle serrait les muscles de son ventre au point d'en avoir la nausée, retenant toute réaction à cette lettre. Il ne s'agissait ni de tristesse, ni d'excitation, mais plutôt de nostalgie. Elle avait eu l'impression d'entendre la voix d'un fantôme. Personne n'ajouta un mot jusqu'à ce que le train s'arrête et qu'ils débarquent lentement sur une route française, qui ressemblait presque exactement à celle qu'ils avaient laissée derrière eux en Angleterre.

– C'est dans un café, dit doucement Ginny. *Les Petits Chiens*. Il s'appelle comme ça.

Ils roulèrent en France pendant environ trois heures, ponctuées par quelques virages risqués et de brusques jurons de la part de Keith. Ellis faisait la navigation tandis qu'il conduisait sa voiture avec volant à droite sur ce qui était pour lui le mauvais côté de la route. Oliver s'était remis à écouter de la musique en regardant par la fenêtre. Ginny se retrouvait seule avec ses pensées, ce qui était honnêtement la dernière chose dont elle avait envie.

Ils arrivèrent à Paris vers cinq heures, juste au moment où la circulation grondait dans les rues baignées de la lueur orange des réverbères, la nuit étant déjà tombée. C'était étrange de voir comment une autoroute banale se transformait d'un seul coup en... eh bien, en Paris. Pour la première fois depuis qu'elle était montée dans cette voiture, Ginny ressentit une bouffée d'enthousiasme. Il y avait la tour Eiffel, illuminée pour la nuit. Les longues étendues de bâtiments crème avec leurs toits bombés gris-noir et leurs lucarnes. Il y avait les portiques du métro Art nouveau datant du début du XXe siècle, en fer vert sinueux et ouvragé, évoquant des plantes grimpantes s'enroulant sur elles-mêmes. Cet endroit étrange et incroyable qui ressemblait tout en même temps à une collection de palais, à une ville malpropre, à un musée, à une grappe de cafés resserrés.

L'été dernier, elle avait vu des arbres verts et fournis. Désormais, leurs branches étaient nues mais chargées de lumières, d'innombrables lumières, comme des bulles de champagne. Paris ne prenait pas ses décorations de Noël à la légère. Les odeurs de la ville pénétrèrent à l'intérieur de la voiture : celle du pain sortant des boulangeries, l'odeur chaude s'échappant d'un camion de crêpes, les bouffées occasionnelles des égouts ou des ordures. Puis à nouveau celle du pain et des crêpes. Le ventre de Ginny gargouilla.

– Je pourrais manger un de ces petits chiens, dit Ellis en désignant une personne qui promenait une créature ressemblant à un rat. Honnêtement, j'ai faim à ce point.

– Moi aussi, dit Keith en faisant une embardée pour éviter un piéton, à moins que ce ne soit pour en renverser un, difficile à dire. Je suis content qu'on aille dans un café.

Ils roulaient dans des rues de plus en plus petites et de plus en plus familières, débouchant finalement dans une artère étroite où les motos avaient complètement envahi les trottoirs, tant pour circuler que pour s'y garer. La voiture entrait à peine dans la rue. Keith s'arrêta quand il ne put aller plus loin et qu'ils pensaient être dans le bon quartier. Ils descendirent de voiture. Oliver attrapa aussitôt son paquet de cigarettes et en fourra une dans sa bouche.

– Je sais où on est, dit Ginny.

Quelque part dans son cerveau, elle avait enregistré la disposition de ces petites ruelles. Elle se mit en route, s'étonnant elle-même de son assurance. Comme elle s'y attendait, quand elle prit un tournant, elle vit l'arbre qui dissimulait la façade, et qui avait maintenant perdu ses feuilles. Il n'y avait pas de lumière à l'intérieur des Petits Chiens, mais un panneau était accroché à la porte, à peine visible. Ce n'est jamais bon signe, quand on trouve un mot sur la porte d'une boutique ou d'un restaurant. Ce n'est jamais pour dire : « Nous sommes ouverts et tout marche très bien. »

Ginny se servit de son téléphone pour l'éclairer.

– C'est en français, dit-elle.

Ses trois années et demie de français au lycée l'avaient préparée à ce moment.

– Il est écrit… « Chers clients, Jean-Claude et moi sommes partis à Orange pour les vacances. Le restaurant… ouvrira… quelque chose, quelque chose… le 3 janvier. Joyeux Noël et bonne année… » Oh, mon Dieu. C'est fermé jusqu'en janvier.

Et voilà. Un échec instantané, dès le départ. Oliver mit ses mains en coupe autour de ses yeux et regarda à l'intérieur. Il essaya d'ouvrir la porte, même si cela ne servait à rien. Keith partit aussitôt du rire fatigué de celui qui vient de conduire une vieille bagnole de Londres à Paris.

– Alors, on a fait tout ce voyage pour rien, lâcha-t-il. Formidable. C'est peut-être le genre de truc qu'on aurait pu vérifier si on avait eu la lettre.

– Bon ! s'exclama Ellis d'un ton enjoué. Ce n'est qu'un petit contretemps. On s'est débrouillés pour venir jusqu'ici, alors on va trouver une solution.

Comme personne ne répondait, elle fit une nouvelle tentative, sautillant légèrement tout en parlant :

– On n'a pas fait un vrai repas de la journée. Il faut juste qu'on mange quelque chose pour reprendre des forces, et il se trouve justement qu'on a la meilleure cuisine du monde à portée de main. On va se trouver un joli petit café pour dîner. Ensuite, on pourra réfléchir à ce qu'on va faire. D'accord ?

Rien.

– D'accord ?

– Autant aller manger, répondit Keith. Je meurs de faim.

Il passa un bras autour des épaules d'Ellis. De son autre main, il fit signe à Ginny d'approcher. Elle obtempéra promptement. Il enroula son deuxième bras autour de ses épaules, de sorte qu'ils formaient désormais un groupe de trois amis. Derrière eux, Ginny entendit Oliver qui marchait doucement dans leur sillage.

Le tricheur aux cartes

Ils étaient dans un café, à quatre rues des Petits Chiens. Ils l'avaient choisi simplement parce que, de tous les établissements devant lesquels ils étaient passés, c'était celui qui ressemblait le plus à un café parisien typique, avec de toutes petites tables rondes aux plateaux en marbre, du bois sombre, un bar nickelé, et un simple menu écrit sur une ardoise, proposant trois plats et un verre de vin pour dix-huit euros. Il était encore tôt pour que des Parisiens soient en train de dîner, si bien qu'ils avaient le restaurant presque pour eux seuls.

Oliver avait été obligé de s'asseoir tout seul à une petite table dans un coin. Ginny voyait bien qu'il s'efforçait de rester digne, malgré ce bannissement public. À le voir assis là, dans son long manteau noir, s'appliquant à se tenir bien droit tout en mangeant son poulet rôti, Ginny ressentait presque de la pitié pour lui. Elle devait se forcer à ne pas le regarder. Ils avaient déjà vidé un bol de soupe à l'oignon et s'attaquaient désormais aux grands plats de moules et aux cornets de frites qui encombraient la table. C'était la première fois qu'elle mangeait des moules. Elle les trouvait très étranges, avec leurs coquilles noires, presque opalescentes, qui s'écartaient largement pour révéler de petits bouts de crustacé. Mais elles se révélèrent très bonnes, surtout baignées d'une sauce au vin blanc et à l'ail qu'on pouvait ensuite boire dans les coquilles vides ou éponger avec du pain frais. C'était sans doute typiquement le genre de repas que tante Peg aurait aimé voir sur son plateau de table.

– Bien, dit Ellis en mangeant la dernière frite de son cornet. Et maintenant, on fait quoi ?

C'était une excellente question, à laquelle Ginny était bien incapable de répondre. Pourtant, ils la regardaient tous les deux comme s'ils s'attendaient à ce qu'elle débite des perles de sagesse.

– Je ne sais pas, dit-elle. Enfin, je veux récupérer ce plateau de table, mais Paul n'est pas là. Je peux essayer de trouver son adresse mail, ou bien lui laisser un mot quelque part. Il pourrait peut-être me l'envoyer... Ou un truc comme ça.

Keith jouait avec le reste de sa nourriture, et Ellis gigotait sur son siège. Ce n'était pas une réponse très enthousiasmante. Ginny se mit à fixer ses coquilles de moules et le peu qu'il restait de bouillon au fond de son bol. Elle était toujours à Paris, et dégustait de la cuisine parisienne par une belle soirée d'hiver parisienne. C'était déjà ça.

– Quelqu'un veut-il entendre ma suggestion ? demanda Oliver, trois tables plus loin.

– Pas vraiment, répondit Keith d'une voix forte.

Oliver prit son assiette de poulet rôti et de pommes de terre et se joignit à eux, se faisant une place du côté de Ginny.

– Le propriétaire du restaurant sait déjà que tu vas venir chercher le plateau de table. La lettre le dit clairement.

– On ne va pas le voler, dit Ginny.

– Ce n'est pas du vol s'il t'appartient déjà. Il s'agirait simplement de s'introduire dans le café sans rien casser.

– Et qu'est-ce que ça signifie ? demanda Keith.

– On force la serrure.

Keith grogna et secoua la tête. Il prit un morceau de pain et le coupa en deux.

– Tout ce qu'il me faut, c'est un petit morceau de fil de fer, continua Oliver. Je suis prêt à tenter le coup, si personne n'a de meilleure idée.

– Tu veux te planter là-bas, en pleine rue, et tenter toutes les techniques de crochetage de serrure que tu as apprises sur Internet, c'est ça ? demanda Keith, qui semblait un peu sur la défensive. Comme c'est astucieux !

Ginny s'était retenue jusque-là mais, cette fois, il fallait qu'elle parle.

– On arrête ça tout de suite, dit-elle. Il s'agit de mon plateau de table. C'est moi qui dicte les règles. Tais-toi et retourne dans ton coin.

Elle fut surprise par la fermeté de sa voix. À en juger par leur expression, c'était aussi leur cas. Keith sourit. Ellis étouffa un rire dans sa serviette de table. Oliver ne fit rien pendant trente secondes, puis il prit son assiette et se leva.

– Écoute, dit-il en la regardant droit dans les yeux, si on quitte Paris sans ce plateau de table, alors ça ne sert plus à rien de continuer, et on aura fait tout ce voyage pour rien. C'est ta seule chance. J'ai toujours mon billet de retour. Réfléchis bien.

Personne n'ajouta rien pendant un moment. Ginny écoutait le son étouffé d'une radio française s'échappant des profondeurs de la cuisine, le bruit déchirant d'une moto passant de temps à autre dans la rue. Elle était le capitaine d'une opération désastreuse, qui ne savait ni quoi faire ni où aller. Elle savait seulement ce qu'elle ne voulait pas faire, mais ce genre d'information ne mène nulle part.

– Je n'aime pas être d'accord avec lui, dit finalement Ellis en désignant Oliver de la tête et en baissant la voix, mais je crois qu'il a raison. Et si on pouvait entrer dans le café sans faire aucun dégât ? Tu pourrais t'en occuper, Keith. Tu le sais. Je t'ai vu ouvrir des fenêtres et t'introduire dans toutes sortes d'endroits.

– Oui, je peux m'en occuper, admit-il. Là n'est pas le problème. Il s'agit du tableau de Gin. Et si elle ne veut pas entrer par effraction, alors...

Ils se turent quand on leur apporta les tartes aux pommes et les cafés inclus dans le menu. Elles étaient superbes, dorées, tout juste sorties du four.

– ... Cela dit, je pourrais aller y faire un tour pour voir quelles sont nos options. Il y a peut-être une façon de procéder qui ne dérangerait personne. Puisqu'on est là, ce serait bête de repartir sans même y avoir jeté un deuxième coup d'œil, Gin.

Ginny coupa sa pâtisserie en deux avec sa fourchette. Elle laissa échapper un petit nuage de vapeur. La serveuse revint et déposa un petit pot de crème sur la table. Cette suggestion était tellement raisonnable que Ginny ne trouva pas d'argument à lui opposer. Il aurait été bête de repartir sans même être retourné voir le bâtiment. Quelques tables plus loin, Oliver les fixait ouvertement, ne perdant pas une miette de leur conversation.

– OK, dit-elle. Si tu veux examiner les lieux. Juste les examiner. Ça ne peut pas faire de mal.

Keith tapa sur la table et se leva.

– Tu n'as pas mangé ta tarte, dit Ellis.

– Ce n'est pas grave, répondit-il en leur adressant un sourire inquiétant, je n'aime pas les fruits.

Quand il fut parti, Ginny et Ellis se retrouvèrent seules dans le gros box en bois, se dévisageant par-dessus la table en marbre. Ellis mangeait sa tarte avec bonheur, marmonnant sa joie d'être à Paris et de manger de la nourriture française pour la première fois. Ginny avait un peu mal au cœur, mais elle se força à avaler de petites bouchées brûlantes. Lorsqu'elles eurent terminé leur dessert et leur café, il ne resta plus rien entre elles. Pas de distractions. Juste du temps pour profiter l'une de l'autre. Ellis était tout ce que Ginny n'était pas. Pas seulement une Anglaise, mais une Londonienne. Positive, intrépide alors que Ginny était prudente et inquiète. Organisée. Joyeuse. Pas étonnant que Keith sorte avec elle. C'était logique.

Ellis joua avec sa bague pendant un moment, puis elle sortit le jeu de cartes de son sac.

– Tu veux jouer ? lui demanda-t-elle. Je sais que c'est idiot, mais j'adorais ça, quand j'étais petite. J'ai eu des vingtaines de jeux. Sans eux, ce n'était pas de vraies vacances. Voyons voir... J'en ai avec des dinosaures, Harry Potter, des voitures...

Oliver se glissa dans le box, à côté de Ginny.

– Vous voulez voir un tour ? demanda-t-il.

Sans attendre leur réponse, il attrapa l'un des jeux et se mit à le battre de façon très sophistiquée. Puis il étala les cartes sur la table, en éventail, face vers le bas. Il s'agissait du paquet avec les chiens.

– Prenez une carte, dit-il. Regardez-la, mais ne me dites pas ce que c'est.

– Mais qu'est-ce que tu fabriques ? demanda Ginny.

– Je vous montre un tour de magie. Il faut que l'une d'entre vous prenne une carte, la regarde, puis la remette dans le paquet.

Au moins, Ellis et Ginny se trouvaient à nouveau sur un pied d'égalité. Parmi tous les aspects de sa personnalité qu'il leur avait montrés jusque-là, « Oliver le magicien » était de loin le plus étrange. Ellis éclata de rire.

– Bon, vas-y, dit-elle en prenant une carte. De toute évidence, tu es fou à lier.

Lorsqu'elle l'eut regardée et remise à sa place, Oliver rassembla le jeu, le battit encore une fois, puis il se mit à passer les cartes en revue.

– Tu crois que ça fait de nous des amis ? demanda Ginny.

– Non, répondit-il sans s'interrompre. C'est ta carte ?

Il leur en montra une avec une photo de carlin.

– Non, répondit Ellis.

Il en examina d'autres, puis leur montra un labrador noir.

– Celle-là ?

– Non plus.

Oliver continua, mais Ellis secouait la tête à chaque fois. Il arriva au bout du jeu.

– C'est bizarre, dit-il, ça marche normalement. Qu'est-ce que c'était ?

– Un golden retriever.

La porte s'ouvrit bruyamment et Keith les rejoignit précipitamment. Il avait les joues rougies par le froid, et ses yeux brillaient.

– Bon, dit-il, on a de la chance. Il y a un passage derrière les bâtiments de cette rue. J'y suis allé et j'ai trouvé une fenêtre à l'arrière du restaurant. Je n'aurai aucun mal à l'ouvrir et à me glisser à l'intérieur. Sans rien casser. Sans faire de dégâts. Faites-moi confiance : je faisais ça tout le temps, avant.

Ginny se creusa la cervelle à la recherche de quelque chose, n'importe quoi, qui pourrait mettre un frein à tout ça.

– Et s'il y a une alarme ? demanda-t-elle.

– J'en doute fortement. C'est un restaurant avec une seule salle et quatre tables. Il n'y a qu'une serrure toute simple sur la porte, qui de toute façon est presque entièrement vitrée. N'importe qui pourrait la briser et entrer n'importe quand. Il emporte sans doute sa caisse avec lui le soir. De toute manière, il n'y a rien à voler, à part la vaisselle. Je ne veux pas critiquer les talents de décoratrice de ta tante, mais à ce que j'en ai vu par la fenêtre, on dirait que cet endroit a déjà été vandalisé. Ce resto est comme ma voiture : trop pourri pour mériter qu'on le cambriole.

– Ça me va, dit Oliver. Je viens.

– Ce n'est pas à toi de décider, répliqua Keith. C'est à elle.

Tous les yeux s'étaient posés sur Ginny. Des quatre personnes assises à cette table, elle était apparemment la seule à avoir des doutes. La radio continuait de bourdonner dans la cuisine, et le cliquetis de la vaisselle s'amplifiait. Dehors, on entendait de nombreux Klaxon. Tout montait en puissance. Comme si quelque chose se passait et que, si Ginny n'y participait pas, elle resterait à jamais sur le carreau.

– Qu'est-ce qu'on cherche, déjà ? demanda-t-elle.

Oliver posa les mains sur la table et cligna une fois des yeux. Ginny le voyait presque feuilleter les pages dans son cerveau.

– « Je pense... »

Il s'interrompit, pianota des doigts, puis hocha la tête avec assurance.

– « Je suppose que tu te souviens du restaurant de mon ami Paul, celui que j'ai décoré ? J'ai fabriqué quatre plateaux de table pour lui, à partir de portes peintes à la main. La peinture que j'ai utilisée n'était pas vraiment conçue pour l'usure induite par l'activité d'un restaurant, alors ils devraient être très marqués. À toi de savoir celui qu'il faut prendre. Tu le sauras en le voyant. Utilise ton instinct. »

– Quatre tables, dit Keith. Ce ne sera pas difficile.

– OK, dit-elle.

– Wouhou ! s'écria Keith en tapant sur la table. Voilà la dingue que je connais !

– Et nous ? demanda Ellis en désignant Oliver et elle-même.

– Inutile qu'on y aille tous. Ginny doit entrer pour identifier la table, mais tu devrais rester près de la voiture, El. Je ne pense pas qu'on ait le droit de rester garés là-bas bien longtemps, et la dernière chose dont on ait besoin, c'est qu'on nous mette un sabot. Le snob attendra devant. Pas juste devant...

– Oui, j'aurais pu le deviner tout seul, merci.

– ... mais à proximité. Tu peux traîner dans la rue, fumer et passer pour un Français. En cas de problème, tape sur la vitre. Tout le monde est prêt ?

Ginny était loin d'être prête, mais la machine était lancée. On leur apporta l'addition et elle posa soixante euros sur la table pendant que les autres enfilaient leurs manteaux.

– Je vais juste raccompagner Ellis à la voiture, dit Keith. Restez ici. Je reviens dans une minute.

Oliver plaça son briquet sur la table et le fit tourner.

– Je ne me fais aucune illusion sur nous deux, dit-il. J'ai fait ce tour avec les cartes parce que tu avais l'air nerveuse. Quand on est nerveux, on a besoin d'une distraction. Je t'en ai fourni une.

– N'empêche que tu n'es pas si doué que ça pour les tours de passe-passe. Heureusement que tu ne vas pas crocheter la serrure.

Il haussa les épaules.

– Moi aussi je suis nerveux, dit-il en se levant. Je vais aller fumer une cigarette. Je t'attends dehors.

Il y eut un petit tintement de cloche quand la porte se referma derrière lui. Ginny mangea d'un air absent la croûte de la tarte aux pommes intacte de Keith. Elle ne savait pas ce qui l'agaçait le plus : le fait qu'Oliver ait réussi à la distraire et à la rendre momentanément moins nerveuse, ou le fait qu'il ait été honnête sur sa propre nervosité. Elle ne voulait pas qu'il ait de qualités. Les personnes horribles devraient tout le temps se comporter de façon horrible. Ce devrait être la loi.

Elle regarda dans la rue, se rappelant la dernière fois qu'elle avait été à Paris avec Keith. Ils s'étaient introduits par effraction dans un cimetière. Et ils s'étaient fait prendre. La dernière fois, on les avait relâchés. Cette fois, ils n'auraient peut-être pas autant de chance.

En réalité, la seule question désormais, c'était de savoir si elle devait appeler Richard avant que la police ne les arrête, ou après. Elle mit la main dans sa poche pour y prendre son téléphone. Quelque chose tomba par terre quand elle l'en retira. Elle se pencha pour le ramasser.

Par terre, près de sa chaise, se trouvait une carte ornée de la photo d'un golden retriever.

La grande aventure de la table

Keith enfonça son bonnet sur sa tête, aplatissant les longueurs de ses cheveux sur son visage. Cela lui faisait comme des favoris dissimulant presque entièrement ses yeux.

– J'ai l'air sournois, pas vrai ? demanda-t-il. Tant mieux. Autant avoir la gueule de l'emploi.

Il tapa dans ses mains et les frotta vivement l'une contre l'autre.

– Je n'arrive pas à savoir si tu es enthousiaste ou si tu t'apprêtes à avoir de violentes nausées, reprit-il.

– Il n'y a pas une troisième option ?

– Courage ! dit-il en posant un bras sur ses épaules. Tu es avec moi. Te pousserais-je jamais à faire quelque chose de stupide ? Mieux vaut ne pas répondre. Contente-toi de me suivre dans cette allée sombre, par là-bas.

Formulée ainsi, cette idée était plus attrayante. Suivre Keith dans le noir... Oui, ça, elle pouvait le faire, même si l'allée en question faisait à peine plus de trente centimètres de largeur. Il s'agissait d'une mince séparation entre les immeubles, pas d'un passage que les gens étaient vraiment censés emprunter. Keith se plaça en biais et se mit à avancer rapidement. Ginny ne distinguait que sa silhouette, et le suivait principalement à l'oreille, s'appliquant à ne pas égratigner son visage ou ses genoux sur l'un des murs. Ce devait être l'endroit où le restaurant entreposait ses ordures. Tout ce qu'elle piétinait était spongieux et glissant — peut-être du carton, peut-être de la nourriture... Elle se refusait à envisager d'autres possibilités. Et à vrai dire, les déchets des restaurants parisiens sentaient plutôt meilleurs que les autres déchets. Il s'en dégageait une odeur plus fraîche, plus sucrée, comme celle des fruits trop mûrs. Peut-être pourrait-elle en parler dans sa rédaction : « Je me faufilai alors dans l'odorante allée aux ordures pour m'introduire dans le restaurant... »

– Ça va ? demanda Keith. Fais attention en arrivant au bout. Il faut enjamber un vieux vélo.

– OK, dit-elle en essayant de garder une voix assurée.

Même s'il l'avait prévenue, elle se prit les pieds dans le vélo. Sans doute justement parce qu'il l'avait prévenue et qu'elle n'arrêtait pas de se répéter qu'il ne fallait pas qu'elle trébuche. Cela lui arrivait, parfois. Elle trouvait souvent plus facile de ne pas savoir quels obstacles obstrueraient son chemin. L'espace derrière le restaurant était plus large, mais encombré de poubelles, de cartons et de vieux morceaux de meubles. Keith avait allumé son téléphone pour avoir de la lumière et le dirigeait sur une étroite fenêtre à environ un mètre cinquante du sol.

– Tu vois, dit-il en s'agrippant au rebord et en se hissant pour pouvoir regarder à l'intérieur. Facile.

Ce qu'il qualifiait de « facile » aurait été décrit plus exactement par les termes « trop haut, trop étroit, et trop fermé », mais Ginny garda cette pensée pour elle.

– Très bien, dit-il en se laissant retomber à terre. Je vais ouvrir la fenêtre. Il me faut juste un outil...

Il fouilla dans les ordures pendant un moment, jusqu'à trouver une chaise qui semblait extrêmement instable. Si la manœuvre lui paraissait déjà risquée dans le noir, elle préférait ne pas imaginer ce qu'elle en aurait pensé si elle avait pu examiner correctement la chaise. Néanmoins, Keith grimpa dessus et s'attaqua à la fenêtre.

– Elle est verrouillée ? demanda-t-elle.

– Ce n'est pas un problème, répondit-il. Parle moins fort.

Tout d'abord, il tenta de l'ouvrir avec douceur, mais au bout d'une minute ou deux, comme elle ne cédait pas, ses efforts se firent plus bruyants, et son ton plus frustré et plus déterminé. Finalement, il y eut un craquement et il ouvrit la fenêtre, triomphant.

– Et voilà ! dit-il en descendant de la chaise. Aucun problème. Vas-y.

– Je passe en premier ?

– Je suis un gentleman.

Ginny monta sur la chaise aux pieds bancals, dont l'assise tissée menaçait de lâcher à tout instant. Plus vite elle passerait par la fenêtre, mieux ce serait. Elle introduisit la tête et les épaules à l'intérieur. La pièce était plongée dans le noir complet ; il y régnait une odeur épouvantable de fosse septique. Elle voyait simplement qu'il s'agissait d'une petite pièce, et qu'il y avait un objet blanc juste au-dessous d'elle : des toilettes. Elle ne pouvait donc pas s'y laisser glisser la tête la première. En fait, il semblait n'y avoir aucune solution. Elle resta pendue là, à un mètre cinquante de haut, à moitié dedans, à moitié dehors, n'ayant rien à quoi se raccrocher. Sans compter qu'elle aurait pu parier que ses hanches ne passeraient pas.

– Allez ! dit-il. Il faut se dépêcher. Je vais te donner un coup de main.

Sur ce, il plaça les mains sous ses pieds et la poussa à l'intérieur jusqu'à la taille. Elle chancelait entre le monde des toilettes et celui de l'allée, sa moitié supérieure face à un funeste destin, sa moitié inférieure s'agitant en direction de Keith. Comme elle l'avait prévu, ses hanches arrêtèrent sa chute, et elle resta là à se balancer d'avant en arrière.

– Tourne-toi sur le côté, chuchota-t-il.

– Je sais.

Elle essaya de pivoter lentement, espérant s'en tirer par une pirouette assez gracieuse. Cependant, dès qu'elle commença à tourner, elle se remit à chuter en avant, directement dans le monde des toilettes. Keith la tenait par les jambes maintenant, si bien qu'elle pendait au-dessus de la cuvette. N'ayant pas d'autre choix, elle tenta de poser les mains sur le siège. Ses cheveux détachés tombèrent dans la cuvette. Il ne servait plus à rien de résister désormais. Elle laissa son poids l'entraîner vers le bas et glissa sans aucune grâce en direction de ce vieux pot français. Puis, elle se retrouva par terre et, pour ajouter à ce terrible outrage, une mèche de ses cheveux trempés atterrit dans sa bouche. Elle la recracha.

Keith, qui avait beaucoup plus d'expérience en la matière, réussit à se hisser sur la fenêtre, à passer ses pieds en premier et à les poser sur le siège des toilettes, puis par terre, se redressant en silence et plus ou moins gracieusement, sans trop d'effort.

– Tu vois ? dit-il. Facile.

Les toilettes étaient très petites, à peine plus larges qu'un placard à balais, si bien qu'ils étaient serrés l'un contre l'autre... Pas face à face, mais face contre profil. Elle se trouvait si proche de lui qu'elle l'entendit sourire.

– On y va ? demanda-t-il.

Elle sentit la caresse de ses lèvres contre les cheveux qui lui recouvraient l'oreille. L'espace d'un instant, elle regretta amèrement de ne plus avoir ses nattes. Ses lèvres auraient alors touché sa peau.

C'en était trop. Elle commençait à avoir la tête qui tournait. Heureusement qu'il faisait aussi sombre : cela lui donnait une bonne excuse pour s'accrocher au cadre de la porte. Elle inspira profondément à plusieurs reprises afin de se reprendre, puis elle le suivit, passant le rideau de perles qui révélait la cuisine minuscule, le bar, et la pièce avec les quatre tables. La devanture du restaurant était principalement constituée de deux grandes vitres agrémentées de lourds rideaux en velours violet, lesquels étaient grands ouverts. Keith les désigna. Il en tira un pan, et Ginny tira l'autre pan. Ils bloquaient très efficacement la lumière. Désormais, il faisait noir comme dans un four.

– Allumons la lumière et faisons ça aussi vite que possible, dit-il.

Il leur fallut tâtonner un bon moment. *Les Petits Chiens* n'était pas très vaste. Même s'ils passaient chacun des différents murs en revue, ils se heurtèrent plusieurs fois ; un nombre de fois étonnamment élevé, à vrai dire. Finalement, l'un des deux trouva l'interrupteur et le minuscule lustre s'alluma. Soudain, Ginny vit l'œuvre de sa tante, qui recouvrait toutes les surfaces. Il y avait ses collages, ses photographies et les morceaux de vaisselle cassée fixés comme une mosaïque sur le mur : des centaines d'images de chiens, accumulation d'yeux, de queues et de fourrure.

– Très bien, dit Keith en observant les quatre tables aux couleurs criardes. Tu penses que c'est laquelle ?

Il y en avait une orange, une prune, une jaune et une bleue. Toutes étaient parsemées de motifs et de points colorés. Elle se tenait à un bout de la pièce, et ses yeux couraient de l'une à l'autre, encore et encore.

– Elle veut un ciel, non ? reprit Keith en désignant la table bleue. Celle-ci ressemble à un ciel.

Son regard s'attarda un instant sur la table bleue, couverte d'éclaboussures qui auraient pu représenter des étoiles. Elles étaient jaunes et en avaient vaguement la forme. Mais tante Peg n'aurait pas peint un ciel bleu avec des étoiles jaunes. Elle aurait plutôt peint le contraire. Elle se tourna donc vers la table jaune. Il n'y avait presque pas d'autres couleurs sur elle, à part quelques mouchetures rouges, qui semblaient presque accidentelles.

– Ce n'est pas celle-là, dit Keith. Elle est banale.

Pourtant, Ginny n'arrêtait pas de la regarder. Elle était profondément tachée par des traces de verre, des cercles de vin rouge, des cicatrices d'humidité. C'était la table qui avait la couleur la plus pâle, le moins de protection. Celle qui marquerait le plus. Elle posa la main sur elle et toucha en même temps la table couleur prune. Cette dernière avait une surface froide et lisse. Sa peinture semblait protectrice. La jaune était différente.

– C'est celle-là, dit-elle.

– La jaune ? Tu en es sûre ?

– Regarde, expliqua-t-elle en lui montrant les anneaux et les marques. C'est exactement ce qu'elle voudrait. Elle a parlé de personnes buvant du vin, se retrouvant au-dessus d'une table. Et ces taches ressemblent au soleil, ou à la lune, ou...

Ou à rien du tout. Néanmoins, elle savait qu'elle avait fait le bon choix. Keith s'agenouilla et examina la table par en dessous. Il sortit un outil multifonctions rangé dans une trousse, avec plusieurs têtes de tailles différentes.

– Où as-tu dégoté ça ? demanda Ginny, ébahie.

– Dans ma voiture. Je l'ai laissé là depuis que j'ai ramené le décor.

Comme il avait la tête sous la table, Ginny pouvait regarder le reste de son corps pendant qu'il travaillait. C'était un spectacle apaisant et agréable, seulement interrompu par le son caractéristique d'une sirène au loin, l'une de ces sirènes européennes qui rappelaient une mélopée funèbre. Ginny vit alors une lumière rouge clignotante provenant d'un peu plus loin dans la rue. Elle tira un peu sur le rideau et se retrouva face à Oliver, qui lui adressa des signes frénétiques pour qu'elle le relâche.

– Oh, mon Dieu ! dit-elle. Oh, mon Dieu… arrête ! Arrête !

Keith se figea, prenant conscience à son tour de ces informations sensorielles.

– C'est pour nous ? s'enquit-il.

– Il faut qu'on s'en aille !

– Ah. J'avais peut-être tort, pour le système d'alarme. Enfin. On ne peut rien savoir tant qu'on n'a pas essayé. J'ai presque réussi à le détacher, de toute manière.

Il avait dit tout cela avec calme, comme s'il s'agissait d'une simple bagatelle. Il se leva et secoua le plateau de table.

– Allez, saloperie ! dit-il en grognant un peu pour défaire le dernier écrou.

– Il faut qu'on y aille ! siffla Ginny.

– Ça ne sert plus à rien. Éteins la lumière et referme la fenêtre de derrière.

– Quoi ?

– Ils vont sans doute simplement vérifier les portes et les fenêtres et repartir, dit-il tout bas. Il faut juste qu'on se fasse discrets.

Plusieurs secondes de panique totale s'ensuivirent alors que Ginny essayait de retrouver l'interrupteur, puis tâtonnait dans le noir, heurtant les toilettes en voulant atteindre la fenêtre. Elle revint ensuite d'un pas mal assuré dans la pièce principale. Keith était invisible dans l'obscurité.

– Baisse-toi, murmura-t-il, cette fois avec une trace d'urgence dans la voix.

Ginny se mit à genoux puis rampa jusqu'au bar. Elle se cacha derrière, roulée en boule. Dehors, Oliver parlait très fort avec quelqu'un :

– Je dois retrouver quelqu'un ici, disait-il. C'est ici qu'elle habite. J'ai essayé d'ouvrir la porte...

Elle entendit des phrases rapides en français, puis d'autres protestations de la part d'Oliver, qui jouait le touriste perplexe à peu près aussi bien que Keith ce matin. Un touriste anglais arrogant et légèrement ivre.

– Écoutez, continua-t-il. Je ne sais pas ce qui se passe, mais je ne faisais qu'attendre ici. Vous parlez anglais ? Elle a dit vingt-cinq rue de... Attendez. Dans quelle rue sommes-nous ? Dans quelle rue sommes-nous ? Pouvez-vous juste me montrer... ?

– Il me pique mon numéro, chuchota Keith depuis l'autre côté de la pièce. Le bâtard.

Ils restèrent ainsi plusieurs minutes, jusqu'à ce que les voix s'éloignent. Elle entendit bouger Keith et jeta un coup d'œil derrière le bar. Il s'était levé et tirait à nouveau sur la table.

– Il faut qu'on sorte de là ! dit-elle.

– Je l'ai presque... Mets-toi près de la porte, d'accord ?

– Il y a la police dehors !

– Ils sont partis, ce qui veut dire qu'on doit agir vite. Fais-moi confiance, j'ai déjà fait ça auparavant. Tu me fais confiance, hein ? Quand je dirai « maintenant », tu ouvriras brusquement la porte. Alors, déverrouille-la.

Elle n'avait pas le temps de réfléchir. Elle maîtrisa le tremblement de ses mains pour manipuler les verrous. Il y avait deux verrous à pêne et un autre plus étrange qu'il lui fallut secouer un bon moment avant de le débloquer.

– Prête ? demanda-t-il.

– Euh...

– Maintenant !

La porte des Petits Chiens s'ouvrit à toute volée. Keith souleva le plateau de table et se précipita à l'extérieur, puis il le déposa avec précaution sur le trottoir.

– Prends-le, dit-il. Amène-le à la voiture.

– Et toi ?

– Ne t'en fais pas pour moi. Je te rejoins dans une seconde.

Il retourna à l'intérieur et referma la porte, laissant Ginny seule devant le restaurant, en compagnie d'un plateau de table fabriqué à partir d'une moitié de porte. Elle n'avait pas d'autre choix que de bouger, aussi rapidement que possible. Il y avait une petite rue à une dizaine de mètres de là, presque aussi étroite que celle-ci. Elle l'emprunta, n'ayant aucune idée de l'endroit où elle menait. Il était presque impossible d'y avancer avec une moitié de porte dans les bras, mais elle ne pouvait pas non plus rester dans la même rue que le restaurant. Elle progressa donc en zigzag, prenant à gauche puis à droite, se faufilant entre des bennes à ordures et des vélos. Elle ne cessait de cogner la porte contre des guidons de vélo, des murs en brique et d'autres objets indéterminés.

Cette ruelle sinuait entre les immeubles, formant une longue courbe. Elle déboucha enfin dans une rue bien plus éclairée et animée, bordée de petites boutiques : une épicerie ouverte tard le soir, un magasin d'emballages, un stand de crêpes, un restaurant sénégalais. Après plusieurs tentatives, elle arriva enfin dans une rue qu'elle reconnut et vit la voiture blanche garée tout au bout. Les passants la regardaient avec insistance, mais elle persévérait, se frayant un chemin à travers la foule. Ellis sauta de la voiture pour l'aider.

– Où est Keith ? demanda-t-elle.

– Il arrive !

– Et Oliver ?

– Je ne sais pas.

Ellis lui ouvrit la portière et monta de l'autre côté pour l'aider à rentrer le plateau de table. Puis, alors qu'elle ne l'avait pas entendu approcher, Keith les rejoignit.

– En fait..., commença-t-il.

Derrière lui, Oliver courait à toute vitesse. Sa taille lui conférait une démarche étrange et sautillante, et le bas de son manteau se soulevait et retombait au rythme de ses foulées. L'espace d'un instant, Ginny fut subjuguée par ce spectacle.

– Monte, monte, monte, lança-t-il brusquement, la poussant sur le siège arrière, avec le plateau de table.

Il se faufila lui aussi à l'intérieur et parvint tout juste à refermer la portière. Ils étaient encore enchevêtrés quand Ellis appuya sur le champignon.

En route pour la Belgique !

La situation à l'intérieur de la voiture était devenue beaucoup plus complexe. Tout d'abord, le plateau de table formait un mur entre les sièges avant et les sièges arrière, ne laissant qu'une ouverture d'une dizaine de centimètres en haut à gauche pour leur permettre de communiquer. Ginny et Oliver disposaient désormais de leur propre petite pièce : une pièce qui ne pouvait absolument pas les contenir tous les deux. Il y avait deux fois plus d'Oliver que de Ginny. Il avait les genoux repliés contre son torse, et son envergure était beaucoup plus large que le siège arrière. Il était coincé. Pendant ce temps, le véhicule allait bringuebalant dans une rue parisienne, Ellis essayant de s'habituer à la conduite à droite. Ginny était ballottée dans le peu d'espace qu'il lui restait, se cognant contre Oliver, puis contre la porte, et ainsi de suite. La plupart de leurs contacts étaient du genre épaule contre visage, ou coude contre abdomen… avec quelques variantes impliquant un choc de tout le corps.

Sur le front des bonnes nouvelles, il semblait que personne ne les poursuivait.

– Si je pouvais juste déplacer ça..., dit Oliver en essayant de soulever le plateau de façon à pouvoir glisser ses jambes et ses pieds dessous. Keith jeta un coup d'œil par-dessus la planche de bois pour voir l'étrange petit monde du siège arrière.

– Ça a l'air vraiment inconfortable, commenta-t-il en appuyant ses mains et son menton sur le plateau, qui écrasa un peu les orteils d'Oliver.

– Tu permets ?

– Tu m'as volé mon baratin de ce matin. Tu es un bâtard.

– Et je t'ai sauvé la mise.

– J'aurais pu nous sortir de là. Tout ce qu'on avait à faire, c'était attendre que ça passe.

– Je vais où ? demanda Ellis. Quelqu'un va-t-il me donner des indications ?

– Tu penses que tu pourrais nous faire une de tes petites lectures pour qu'on puisse avoir une idée de ce qui nous attend ? demanda Keith. Où la lettre nous envoie-t-elle maintenant, ô, monsieur le Branleur ?

– Sors simplement de la ville.

– Il nous faut un peu plus que ça, répliqua Keith.

– Je ne peux pas vraiment sortir mon téléphone pour regarder l'itinéraire.

– Alors dis-nous quel sera notre prochain arrêt, dit Keith.

– Je vous dirai où on va passer la nuit, répondit Oliver. Vous aurez la suite demain. Et arrête d'appuyer sur cette table !

Keith la relâcha et disparut. Oliver reprit ses efforts pour soulever la table et s'asseoir normalement. Il y parvint après de nombreuses contorsions. Après encore d'autres manœuvres pénibles, il réussit à récupérer son téléphone. Il regardait l'itinéraire.

– Pourquoi tu ne veux pas simplement nous dire où on va ? demanda Ginny alors que sa tête cognait contre son épaule.

– Parce que je ne veux pas me retrouver sur le bas-côté de la route après avoir été poussé de la voiture. Plus longtemps je serai le seul à savoir, plus longtemps je pourrai éviter ça.

Elle devait bien admettre qu'il y avait une certaine logique là-dedans. Une légère euphorie l'envahit, accompagnée d'une crise de hoquet. Ils avaient réussi. Ils étaient allés à Paris et avaient récupéré la table. Et même si les circonstances n'étaient pas idéales, Paris était toujours Paris, et le succès toujours le succès.

Ils se trouvaient sur les Champs-Élysées, l'une des grandes avenues de Paris. Ginny le reconnut grâce aux souvenirs de son manuel de français, et plus particulièrement d'un dialogue intitulé « Sur l'avenue des Champs-Élysées ». Il s'agissait de l'un des nombreux dialogues entre Véronique et Sylvie, deux jeunes filles qui passaient leur temps à lire les cartes des restaurants à haute voix et à réciter de longues suites de numéros de téléphone. Dans ce dialogue-là, en revanche, elles sortaient un peu de leur zone de confort et se promenaient en s'exclamant que tout était vraiment formidable sur les Champs-Élysées. Pendant les fêtes de Noël, cette avenue n'était plus que lumières. Elles ruisselaient des arbres. À la vitesse où ils allaient (ils suivaient l'allure des autres voitures, si bien qu'ils allaient probablement beaucoup trop vite), toutes les lumières se fondaient en une seule bande merveilleuse. Tante Peg avait raison. Paris n'était pas le genre de ville qui se comprenait en une seule visite. Il faudrait une vie entière pour découvrir cette ville extraordinaire.

– Oh, non, dit Ellis.

– Ah, dit Keith pour toute réponse.

– Ah ? répéta Ginny en se forçant à sortir de sa transe. Oh, non ? Qu'est-ce que ça veut dire ?

Ils s'étaient arrêtés brièvement. Juste devant eux, baigné dans un océan de lumière, se trouvait l'un des grands monuments de Paris, l'arc de triomphe de l'Étoile : une immense arche blanche, si large qu'un petit avion aurait pu passer sous elle. Et, autour de cette arche, tournaient des voitures... des centaines, des milliers, peut-être même des millions de voitures, qui tournaient, tournaient, tournaient. Il devait y avoir de quoi faire huit ou dix voies séparées, sauf qu'il n'y avait pas de voies. Rien n'obligeait les véhicules à garder une trajectoire particulière.

– Qu'est-ce que je fais ? hurla Ellis. Où je vais ?

– Attends un moment, dit Oliver, toujours penché sur son téléphone.

– Je ne peux pas attendre !

– Tu sais ce que j'ai entendu dire un jour ? lança Keith d'un air sombre, alors que le feu passait au vert. Que l'assurance n'était pas valable sur le cercle autour de l'arc de triomphe.

La petite voiture se lança en crissant dans la mêlée et se mit à tourner autour du monument, des véhicules provenant de toutes les directions, se joignant au mouvement, d'autres se détachant du cortège, se plaçant devant eux, se glissant derrière eux. Des voitures leur fonçaient même dessus depuis les côtés !

– Bon, dit Oliver. Bon. Il faut prendre la troisième sortie. Celle qui mène à la place de la Porte-Maillot...

– Quelle troisième sortie ? Il n'y a pas de sorties !

Une moto passa près d'eux en vrombissant, à quelques centimètres seulement de la vitre de Ginny. Ellis avait dû appuyer sur l'accélérateur, car la voiture fit une embardée et vibra.

– Vous voulez jouer ? cria Ellis. Très bien ! J'ai beaucoup joué aux jeux vidéo quand j'étais petite !

– Là ! s'écria Oliver. Par là ! Vers le boulevard périphérique. Là ! Là !

La voiture vira brusquement à droite. Keith jura pendant une bonne dizaine de secondes.

– Désolée ! dit Ellis, se décalant de plus en plus vers la droite, avec une détermination démentielle.

D'un coup de volant osé, elle fit sortir le véhicule du rond-point.

– Tourne à droite ! hurla Oliver. Prends l'A1, direction Lille !

– Où ?

– LILLE.

– L'A1 ?

– OUI !

Faisant crisser les pneus dans un dernier tournant, ils entreprirent de quitter Paris.

L'A1 était juste une autoroute, et la nuit baignait dans un blanc hivernal. Il faisait plus froid que jamais.

Ginny et Oliver s'étaient débrouillés pour trouver un compromis pacifique avec le plateau de table, mais au final, il reposait sur leurs pieds et bloquait complètement la chaleur venant de devant. Si bien que deux éléments leur engourdissaient les membres. Ils entrèrent tous les deux en mode hibernation, silencieux, enfouis dans leurs manteaux. Le seul avantage, c'était que, serrés comme ils l'étaient, chacun profitait de la chaleur de l'autre. Soudain, il y eut de l'agitation à l'avant, et Ginny vit qu'ils s'arrêtaient à une station-service.

– Arrêt essence ! s'écria Ellis.

Oliver et Ginny ne pouvaient pas sortir simplement du véhicule. Il fallait qu'ils soient extraits de sous le plateau de table. Keith et Ellis manœuvrèrent chacun d'un côté, l'un poussant et l'autre tirant, pour sortir le plateau de table de la voiture. Ginny et Oliver descendirent en trébuchant, et Oliver s'éloigna d'un pas mal assuré pour aller fumer. Ginny avait des fourmis dans les pieds. Il lui faudrait plusieurs minutes avant de pouvoir marcher. Elle s'appuya contre la voiture tandis qu'Ellis partait chercher les toilettes et que Keith remplissait le réservoir. Elle regardait tourner le compteur qui indiquait une somme incroyable d'euros. L'essence était chère par ici.

– Il faut que je te donne de l'argent, dit-elle.

– Je vais utiliser le sien pour l'instant. Comment te sens-tu, au fait ? Qu'est-ce que ça fait, d'être une voleuse ?

– Je me sens mal à l'aise.

– C'est bon signe. Tu t'es bien débrouillée.

– Je n'arrive toujours pas à croire qu'on a fait ça.

– Oh, tu sais comment ça se passe. On va à Paris, on vole une table, et ensuite on roule toute la nuit pour aller en Belgique. Bon Dieu, c'est toujours la même histoire.

– En Belgique ? demanda-t-elle.

– C'est là qu'on va arriver si on continue dans cette direction. Je parie que tu as toujours voulu aller en Belgique.

Ginny se creusa la cervelle à la recherche d'un dossier sur ce pays, mais elle ne trouva rien, à part un petit mémo sur le chocolat. Et elle se souvint qu'elle n'avait pas appelé Richard. Il fallait qu'elle le fasse tout de suite, avant qu'il ne soit trop tard et qu'ils aient quitté la France.

– Il faut que je passe un coup de fil, dit-elle en brandissant son téléphone.

Keith hocha la tête et continua de faire le plein. Ginny endura la douleur de marcher sur des pieds morts et s'efforça de conserver une démarche régulière. Richard décrocha à la toute première sonnerie.

– Salut, dit-elle en essayant de prendre un ton nonchalant. C'est moi. Nous sommes en France...

– Comment est Paris ?

– Très... animé.

Il y avait beaucoup de bruit de fond là où se trouvait Richard.

– Tu es toujours au travail ? demanda-t-elle.

– Malheureusement, oui. Vous êtes dans le même hôtel que la dernière fois ?

– Oh... On était sortis. On va aller prendre une chambre maintenant.

Ce n'était pas un mensonge. C'était certainement leur intention.

– Vous n'avez pas encore de chambre ? Il n'est pas neuf heures passées ?

– Si... Mais c'est bon. On y va maintenant. Vraiment.

– Je n'en doute pas, mais... Envoie-moi un texto quand tu seras en sécurité à l'hôtel, d'accord ?

– OK. Je n'y manquerai pas.

Quand elle eut raccroché, elle regarda les étoiles. Le ciel était incroyable ici, noir et dégagé. Aux alentours, à part la station d'essence, il n'y avait qu'une grappe sombre de maisons et une éolienne au loin. Elle distinguait deux fois plus d'étoiles que chez elle, trois fois plus peut-être. Le ciel en était parsemé.

Ellis était avec Keith, près de la voiture. Ils parlaient à voix basse et riaient doucement. Même s'ils discutaient sûrement de ce qu'ils venaient d'accomplir, Ginny éprouva une bouffée de jalousie. Elle se hâta de les rejoindre.

– Hé, branleur ! s'écria Keith à l'attention d'Oliver. Monte en voiture ou on te laisse là !

Oliver jeta sa cigarette et revint vers eux.

– Regardez comme son manteau claque dans le vent quand il marche, dit Keith. Très élégant. On dirait Batman.

En réalité, Ginny trouvait vraiment ça élégant. Avec un manteau aussi long, bien des garçons auraient paru tout petits, mais il allait très bien à Oliver, et il claquait effectivement contre ses mollets alors qu'il marchait vers eux.

– Tu nous emmènes en Belgique ? demanda Keith d'un air las. J'ai besoin de savoir. Il est tard. On va devoir s'arrêter bientôt. On n'a pas arrêté de la journée.

– On peut passer la nuit à Gand, répondit-il. Ce n'est pas trop loin. À une heure d'ici environ. Continue sur cette route.

– Bien. Il faut qu'on vous remette dans la voiture, tous les deux. Montez.

Ginny regarda le ciel une dernière fois, frémit sous son poids, puis elle retourna dans la voiture, où le monde était plus petit, mais pas plus facile à comprendre.

Une impression de sécurité

Alors qu'ils roulaient vers le nord, direction Gand, le ciel dégagé devint graduellement plus rose, plus laiteux, alors qu'une neige fine commençait à tomber. Il était près de vingt-deux heures quand ils entrèrent dans la ville à proprement parler, qui présentait un sacré contraste avec la monotonie de l'autoroute ou l'étendue magnifique de Paris. Gand ressemblait à une congrégation de cathédrales. Tous les bâtiments du centre étaient richement décorés, avec un millier de petits détails, de crochets, de flèches et de sculptures en pierre ou en brique. Une lumière jaune chaleureuse baignait les rues, couvertes d'une légère couche de neige. La ville était située autour d'une rivière, qui luisait sous les réverbères.

– Eh bien, on dirait qu'on a trouvé Poudlard, dit Keith. On va où maintenant ?

– On essaie de trouver un endroit ouvert, répondit Oliver. Il est tard, et ce sont les vacances, alors je ne peux pas vous garantir qu'on va trouver quelque chose. J'avais réservé un endroit à Paris...

– Pourquoi tu ne nous l'as pas dit ???

– Parce qu'on fuyait la police. Je pensais que même toi tu l'aurais compris. J'avais un plan. Mon plan aurait fonctionné. Vous l'avez changé. Ce n'est pas ma faute.

– Oh, non, répliqua Keith, rien de tout ça n'est ta faute.

– Ce que j'essaie de dire…

– Les garçons ! s'écria Ellis. On est fatigués maintenant ! Au lit ! Dodo !

– J'ai cherché quelques adresses à l'instant, continua Oliver. Des auberges de jeunesse et de petits hôtels. Il y a un quartier étudiant qui doit en regorger. On devrait essayer là-bas en premier. Je suggère qu'on se gare et qu'on y aille à pied. Ce serait plus facile de faire du porte-à-porte que de tourner éternellement en voiture.

Keith arrêta la voiture dans une ruelle, sur ce qui pouvait être ou pas une place de stationnement. Encore une fois, Ginny et Oliver furent extraits de leur espace de rangement. Ils sortirent sous la neige qui tombait doucement : de gros flocons qui recouvraient déjà comme une poudre les ponts et les trottoirs. Le froid avait complètement pénétré Ginny désormais, s'infiltrant jusque dans ses os. Mais au moins, elle était debout. Elle pouvait bouger.

Gand était une jolie ville, et tout était fermé. Dans le centre-ville, les portes encadrées de lierre étaient verrouillées, et aucune lumière ne brillait aux fenêtres entourées de guirlandes de Noël lumineuses. Ils traversèrent un marché couvert vide rempli de petits stands verts aux rideaux tirés. Ils passèrent devant un petit château près duquel se dressait une statue de toile d'araignée. Ils trouvèrent la rue des hôtels, qui étaient soit fermés soit complets. Ils passèrent devant une auberge de jeunesse, mais elle avait fermé en octobre. Ils parcoururent les rues environnantes, avec le même résultat. Au bout d'un moment, s'étant clairement écartés du circuit touristique, ils se retrouvèrent à errer dans une zone résidentielle. À l'intérieur des maisons et des appartements douillets, Ginny voyait des téléviseurs, des ordinateurs, des personnes étendues sur des canapés. Tout ce qu'elle voulait désormais, c'était un endroit où dormir. N'importe où.

– J'ai l'impression qu'on rejoue l'histoire de la Nativité, dit Keith en enfonçant son bonnet sur ses oreilles. Pas de place à l'auberge, nulle part où poser notre plateau de table.

– Et ça ? demanda Oliver en désignant un panneau à une fenêtre, comportant un message en plusieurs langues.

On pouvait lire en anglais : « Chambres pour étudiants ou voyageurs, bon marché et propres, sonnez. » Le bâtiment ressemblait à une maison normale, l'une des plus modernes de la rue. À l'étage, les fenêtres étaient sombres, mais il y avait de la lumière au rez-de-chaussée, et une ampoule près de la porte.

– C'est un *bed and breakfast ?* demanda Ellis. Ce n'est pas vraiment indiqué.

– Il y a le panneau, dit Oliver.

– On n'a rien à perdre, dit Keith en appuyant sur la sonnette.

Une minute plus tard, un homme d'un certain âge vêtu d'un cardigan leur ouvrit la porte. Lorsqu'ils lui eurent expliqué la situation, et qu'il se fut habitué à l'anglais, il hocha plusieurs fois la tête.

– Êtes-vous… allergiques… aux chats ?

Ils firent un rapide sondage. Aucun d'entre eux n'avait d'allergie aux chats. Il ouvrit un peu plus la porte.

– Entrez, dit-il. Entrez, mais dépêchez-vous.

Ils pénétrèrent rapidement dans une salle de séjour chaude et encombrée. Ce n'était pas un hôtel. C'était une maison. Une maison qui sentait le chat.

– Je dirige un refuge pour chats, expliqua l'homme. Et avec le froid, j'en ai beaucoup plus que d'habitude. Aujourd'hui, j'en ai… vingt-six.

– Vingt-six chats ? répéta Keith.

– Il s'agit surtout d'un refuge pour chats, mais parfois, je loue des chambres. Parfois. Combien vous en faut-il ? J'en ai deux. Elles sont à quarante euros chacune.

– On va prendre les deux, dit Ginny.

– Oh, bien.

L'homme hocha la tête et enleva un chat installé sur le comptoir, qui grignotait une plante posée sur le rebord de la fenêtre.

– Attendez un moment, s'il vous plaît. Je vais aller les préparer. Si j'avais su que vous veniez, je vous aurais prévu un petit déjeuner. Enfin…

Il leur fit signe de patienter et monta à l'étage.

– On va mourir, dit Keith, à peine avait-il disparu. Ce type est un *serial killer*. On va mourir, et il va nous enterrer dans son jardin et construire un abri pardessus.

Cet endroit était étrange, et oui, ça sentait le chat... Mais tous ces félins avaient l'air gentils. Et ils étaient mieux ici que dans la neige. Ginny se pencha et prit le petit chat qui était venu se frotter contre ses chevilles. C'était presque encore un chaton, long, fin, avec de grands yeux, et il joua joyeusement avec ses cheveux tout en se blottissant sur son épaule. Oliver n'avait pas l'air content du tout. Deux chats étaient assis à ses pieds et le fixaient du regard. Il les considérait avec méfiance.

– Qui peut diriger un mélange de refuge pour chats et d'auberge ? continua Keith. Sachant que le refuge pour chats constitue l'activité principale ? Seulement quelqu'un qui veut vous tuer avec une hache, vous mettre dans le jardin et construire un abri sur vous, voilà qui.

– Elles sont prêtes ! lança l'homme un instant plus tard.

– Ça a été rapide, dit doucement Ellis.

Les chambres ressemblaient à des chambres normales. Elles ne dégageaient pas cette impression d'anonymat propre aux hôtels ou aux auberges de jeunesse. Et il y avait des chats à l'intérieur. Des petits yeux dorés les observaient dans le noir.

– Alors, dit l'homme en ouvrant les portes, il y en a une avec deux petits lits, et une avec un grand lit.

– On va prendre celle-là, dit Oliver en entrant dans la chambre à deux lits.

– Je vois, dit Keith d'un air sombre. J'ai tiré la courte paille.

– C'est bien, dit Ellis en regardant Ginny. On partagera le grand lit. Ça te va, Gin ?

Ginny surprit un fragment de communication non verbale entre Ellis et Keith. Il lui fallut une seconde pour le décoder et, si le message était un peu brouillé, l'essentiel donnait ceci : « Ç'aurait pu être notre chambre. On aurait pu partager le grand lit. Mais on a ces deux-là avec nous. » Ils l'épargnaient, lui évitant de partager sa chambre avec Oliver.

Ils entrèrent dans leurs chambres respectives et installèrent leurs affaires. Les deux pièces n'étaient qu'à quelques petits mètres l'une de l'autre. Elle voyait Oliver poser ses affaires sur un lit, tandis que Keith se laissait tomber sur l'autre. Leur hôte s'attardait dans le couloir, dans la flaque de lumière entre les chambres. Des chats grouillaient là, passant la tête à l'intérieur pour voir qui était venu leur rendre visite. Un gros chat roux sauta immédiatement sur le sac de Ginny quand elle le posa par terre. Un autre fila sous le lit.

Ginny sortit son téléphone pour envoyer un texto à Richard et lui dire qu'ils étaient à l'abri pour la nuit. Son regard passait de leur hôte, aux chats, à son téléphone.

« On est à l'abri pour la nuit. Tout va bien ! » écrivit-elle.

Elle se sentait soulagée. La seule chose qui la chiffonnait était le plateau de table. Il était resté dehors, dans les rues enneigées de Gand.

– Ça ne te dérange pas si je vais chercher le plateau de table dans la voiture ? demanda-t-elle à Keith. Je me sentirais mieux si je l'avais ici.

– Une voiture ? demanda aussitôt leur hôte, visiblement intéressé. Vous avez une voiture ? Il faut l'amener ici. Vous pourrez la garer derrière la maison. Allez la chercher et mettez-la derrière la maison.

– Ce n'est pas la peine, dit Keith en se levant pour venir à la porte. On a seulement besoin du plateau de table...

– Vous devez prendre votre voiture et la ramener ici maintenant. Vous n'allez pas la laisser dans la rue alors que vous pouvez la garer ici. Allez la chercher et garez-la chez moi.

– Bien, dit Keith. Gin et moi allons ramener la voiture et le plateau de table. On revient tout de suite.

Pour la deuxième fois de la soirée, Ginny et Keith partirent tous les deux, cette fois dans une ville différente. Leurs pas crissaient doucement dans la neige alors qu'ils marchaient jusqu'à la voiture.

– Il n'a pas tiqué, dit-il quand ils se furent éloignés d'une rue. Il n'a pas tiqué. La plupart des gens auraient demandé : « Comment ça, un plateau de table ? Pourquoi voyagez-vous avec un plateau de table ? » Mais lui, non.

– Peut-être ne comprend-il pas très bien l'anglais.

– Ce qu'il veut, c'est qu'on mette la voiture derrière sa maison pour que personne ne la voie abandonnée dans la rue quand il nous aura assassinés. D'ailleurs, il construira sans doute son abri à l'endroit où il y avait la voiture. En plus, il aura besoin de la voiture pour nous assassiner.

– Arrête de parler de meurtre. Et d'abris.

– Je ne peux pas m'en empêcher. Cet endroit me remplit… d'abris.

C'était incroyablement stupide, mais Ginny ne put s'empêcher de rire. Il lui jeta un coup d'œil et sourit, ravi.

Ils s'étaient bien éloignés pour trouver un logement, et il leur fallut vingt bonnes minutes pour retrouver l'endroit où ils s'étaient garés. Cela dit, c'était une magnifique promenade. Cette ville dégageait vraiment une atmosphère de conte de fées. Les bâtiments en brique semblaient pousser des rues pavées. La neige s'était infiltrée dans les moindres fissures des immeubles, et avait recouvert le sol. Au loin, il y avait un château avec une grosse tourelle carrée, surmontée de quatre drapeaux à chaque coin. En résumé, c'était assez romantique.

Pire encore, Keith n'avait jamais été aussi beau : la neige sur son manteau, son visage rougi par le froid. Il enleva son bonnet, et ses cheveux se dressèrent un peu. À ce moment-là, Ginny l'aimait tellement qu'elle avait l'impression que ses côtes allaient craquer sous la pression.

– Keith Dobson, dit-il en dérapant dans la neige, acteur et metteur en scène prometteur, considéré par beaucoup comme l'un des meilleurs de sa génération, décédé dans la fleur de l'âge, assassiné par des Belges. Ce n'est pas comme ça que je me voyais partir. J'avais prévu autre chose : noyé dans du pudding, dévoré par un loup-garou, étouffé par des fans en adoration. Pas ça. Pas ça. Ah, l'auto. Je t'ai manqué, ma jolie ?

Il déverrouilla la portière passager et l'ouvrit pour Ginny, puis il s'assit à côté d'elle. Il mit le contact et posa la main sur le levier de vitesse, mais rien ne se produisit. Elle émit un horrible grincement, puis plus rien. Il essaya une nouvelle fois, avec le même résultat. Il cessa ses tentatives et se tourna vers elle.

– Elle n'aime pas le froid. Ni la neige. Ni la pluie. Ni l'humidité. Ni... la température.

Il caressa le tableau de bord avec amour.

– Alors, qu'est-ce qu'on fait ?

– Accorde-lui quelques minutes. Tu n'as pas un Monopoly dans ta poche, par hasard ?

– Je l'ai oublié, répondit-elle.

– Dommage. Je suppose qu'on n'a plus qu'à attendre.

Avec la neige sur les vitres, ils se seraient crus dans un petit cocon. Il frotta ses mains pour les réchauffer.

– On peut dire qu'on ne s'ennuie pas, pendant ce voyage, reprit-il. Mais avec toi, on ne s'ennuie jamais. Ça fait deux fois qu'on doit fuir les forces de l'ordre à Paris, tu te rends compte ? La dernière fois qu'on a failli se faire arrêter, les circonstances étaient différentes, mais quand même...

C'était la première fois qu'il faisait une allusion directe à ce qui s'était passé entre eux, et elle n'avait pas l'impression que c'était accidentel. En fait, il s'était positionné de telle manière qu'il était pile face à elle.

– Je ne pensais pas revenir, dit-elle. C'est bizarre.

– Tu es bizarre. Il fallait s'y attendre.

– Toi, tu ne m'attendais pas.

– Non, répondit-il après une hésitation. Honnêtement, je ne t'attendais pas.

Il fit ce qu'il faisait toujours quand il ne se sentait pas sûr de lui : il commença à s'essuyer la bouche avec le dos de sa main, comme pour en chasser des mots ou en garder à l'intérieur.

– Je devrais essayer encore une fois, dit-il. Tu ne crois pas ?

Cela pouvait vouloir dire un tas de choses, mais dans ce cas particulier, il parlait probablement de démarrer la voiture. Probablement.

– Sûrement, répondit-elle.

Il se gratta la tête, pensif, se rassit correctement et tourna la clé. Cette fois, la voiture démarra.

– Regarde-moi ça, dit-il. Elle s'en sort toujours.

Il mit les essuie-glaces en marche pour enlever la neige du pare-brise, et la lumière de la rue et de la lune se déversa dans la voiture. Elle dérapa un peu quand il s'engagea sur la route, mais en quelques minutes, ils étaient de retour à la maison des chats, sains et saufs.

À l'intérieur, Ellis avait déjà enfilé son pyjama et était au lit, où elle lisait une sorte de livre sur le développement personnel.

– Vous voilà ! dit-elle quand Keith et Ginny entrèrent dans la chambre avec le plateau de table. Je craignais que vous ne vous soyez vraiment fait tuer.

– La voiture ne voulait pas démarrer, dit Keith. Je crois qu'elle n'aime pas la neige.

Il jeta un dernier coup d'œil au lit qu'Ellis et Ginny allaient partager et soupira.

– Il faut que j'y aille, dit-il. Mon camarade de chambre m'attend.

– Passe une bonne nuit ! dit Ellis en lui faisant coucou et en riant.

– Je vous déteste toutes les deux, dit-il en souriant et en fermant la porte.

Même si elle n'avait rien fait de mal, Ginny se sentait coupable. Elle fouilla tranquillement dans son sac, sortant un pantalon de jogging et un T-shirt. Il fallait s'habiller quand on partageait le lit de la copine du garçon qu'on aimait.

– J'ai fait sortir les chats, dit Ellis. Il y en avait une dizaine. Je ne savais pas si ça te plairait de dormir avec eux. Je les aime bien, mais...

– Moi aussi, je les aime bien. Mais c'est mieux comme ça, je suppose.

Ellis glissa du lit et s'accroupit devant le plateau de table pour mieux le regarder.

– Alors c'est ça, dit-elle. Ça ressemble à de l'art, à tes yeux ? Je n'ai vraiment pas la fibre artistique. C'est toi, l'experte.

Il s'agissait d'un jugement incroyablement généreux. Ginny avait choisi un plateau de table dans un restaurant et l'avait volé. Elle était capable de détecter des petits tourbillons dans la peinture, laissés par une brosse minuscule. Et même si le jaune semblait uniforme, il était plus sombre à certains endroits et plus clair à d'autres. Les traces de verres à vin se trouvaient plutôt au centre, avec de petites gouttes et des ombres sur les bords.

– Je pense que c'est la bonne, dit Ginny.

Ellis suivit du doigt l'un de ces anneaux, étranges sphères flottant sur toute la surface. Puis elle frissonna et retourna au lit, tirant la couverture sur elle. Ginny envisagea un moment d'aller se changer dans le couloir, puis se dit que c'était ridicule. D'une façon ou d'une autre, elle allait faire la connaissance d'Ellis. Elle défit son soutien-gorge, le fit glisser dans sa manche, puis elle posa ses vêtements et enfila son pantalon aussi vite que possible.

– Tu veux que j'éteigne la lumière ?

– Oui, je suis crevée.

Ginny éteignit la petite lampe de bureau et monta de l'autre côté du lit. Même si la lumière était éteinte, leur lit était calé contre la longue fenêtre dotée de multiples carreaux, qui n'avait ni rideaux ni volets. Le ciel était clair, rosé, et projetait sur elles de longs rectangles étirés. Quand elle mettait la tête en arrière, elle voyait la neige qui tombait. C'était un beau spectacle, même si cela lui donnait le vertige d'observer la trajectoire des flocons, tombant parfois tout droit, ou s'entremêlant de façon irrégulière, arrivant sans cesse d'une distance impossible et passant devant elle en direction du sol.

Rien qu'elle et Ellis. Enfin seules. Observant toutes les deux la neige.

– J'aime la neige, dit Ellis. Je suis contente de ce voyage. La semaine de Noël peut être tellement ennuyeuse, parfois. Rien d'ouvert pendant des jours. Et j'étais tellement jalouse que Keith participe à ta dernière aventure. Merci de m'avoir laissée venir. Maintenant, j'ai l'impression de faire partie du club.

Ginny ne savait absolument pas quoi répondre à cela. Elle fit donc un bruit qui ne voulait rien dire, du genre *oheurggghhh*. Le type de commentaire qu'aurait pu faire Frankenstein. Il fallait qu'elle trouve mieux que ça.

– C'est gentil de votre part de me conduire. Sinon, je me serais retrouvée seule avec Oliver.

– Il est tellement bizarre, dit Ellis en se redressant. Vu le coup qu'il te fait, on aurait pu s'attendre à ce qu'il soit plus affreux. Plus irritant. On dirait un mec normal. Il est joli garçon. Calme. Je ne sais pas... Ça ne tient pas debout.

Un chat miaula comme un malheureux. Il gratta un peu le bois et glissa une patte sous la porte.

– Le pauvre, dit Ellis. Je m'en veux de l'avoir mis dehors. Ça t'embête si je le laisse dormir avec nous ?

– Non.

À peine Ellis avait-elle ouvert la porte qu'un chat blanc se faufila à l'intérieur, suivi de plusieurs autres silhouettes félines. Ginny n'aurait su dire combien il y en avait. Au moins quatre. Le chat blanc sauta directement sur le lit et l'explora un moment, puis il s'installa en plein milieu. Un autre, le gros chat roux, sauta au bout du lit et s'étendit sur les pieds de Ginny, l'empêchant de bouger. Ellis se recoucha et elles recommencèrent à admirer la neige, cette fois accompagnées de leurs amis à fourrure.

– Alors, dit Ellis, Keith m'a dit que tu t'inscrivais à l'université ?

– Ouais, répondit-elle, avec bien moins d'enthousiasme qu'elle ne l'aurait souhaité.

– Où vas-tu t'inscrire ? Je ne connais pas beaucoup d'établissements américains. Je ne sais même pas comment ça marche. Je sais juste que c'est très cher.

– Je postule à plusieurs endroits. Surtout des facs proches de chez moi.

– Que vas-tu étudier ?

– Je n'en sais rien. Je me suis dit que j'allais suivre le tronc commun la première année et décider ensuite.

– Je trouve ça super de pouvoir faire ça. C'est bien plus précis, ici. Mon établissement est très rigide. On ne nous laisse pas beaucoup le choix.

– Tu es actrice ? demanda Ginny. Goldsmiths est une fac d'art, non ?

– Moi ? Mon Dieu, non ! répondit Ellis en remuant un peu la tête. Je ne vais pas dans la même fac que Keith. Je vais à la LES.

– La LES ?

– La London School of Economics[1]. J'étudie la politique sociale. Je suis une vraie dingo de politique barbante. Je voulais passer un diplôme qui me permettrait d'être utile, mais je ne sais pas si ce sera le cas. Je finirai probablement à la Sécu, à faire des graphiques ou à compter le nombre de lits des hôpitaux. Une amie de lycée va à Goldsmiths. Je suis allée à une fête chez elle en novembre. C'est comme ça que j'ai rencontré Keith.

Novembre. Ginny fit le calcul. C'était à peu près l'époque où il avait changé ses habitudes sur Internet, où il avait cessé de lui écrire tous les jours. Même si elle connaissait déjà la fin de l'histoire — elle était dans un lit à Gand avec la fin de l'histoire —, cela lui faisait quand même mal.

1. École de sciences économiques de Londres.

– Je crois qu'on devrait dormir. Si je vole les couvertures, donne-moi une tape, d'accord ?

Sur ce, Ellis se tourna sur le côté. Les chats se repositionnèrent autour d'elles, et le lit se mit à vibrer de leurs ronronnements. Ginny entendit bientôt une respiration douce et régulière. Ellis s'était endormie facilement, paisiblement. Ginny était complètement réveillée, son cerveau rejouant chaque seconde de ce qui s'était passé dans la voiture avec Keith. À supposer qu'il se soit passé quelque chose. Bon, il ne s'était rien passé. Mais tout de même... Elle avait senti quelque chose. S'il s'était approché d'elle pour l'embrasser, l'auraitelle laissé faire ?

Oui. Oh, oui. Tout de suite. Elle n'aurait même pas hésité.

Elle se tourna pour regarder Ellis, qui souriait à moitié dans son sommeil, les cheveux étalés sur son oreiller, comme un halo. Quand Ginny baissa les yeux, elle vit que le chat blanc l'observait. Il avait une tête terriblement mignonne. Le chat roux avait plutôt un regard méprisant, comme s'il dominait le monde entier. Ce lit était rempli d'anges et de démons.

Ginny ignorait de quel côté elle se situait.

La loi des pantalons

Ginny ouvrit les yeux et se trouva face à face avec Ellis, avec qui elle partageait le même oreiller. Il y avait cinq chats sur le lit maintenant, en boule, étendus de tout leur long, affalés, très contents de ces nouveaux radiateurs humains qu'on leur avait installés. Ginny sortit du lit avec mille précautions, relevant lentement les jambes, millimètre par millimètre, s'efforçant de ne déranger aucune des six créatures qui occupaient le lit. Ellis ne se rendit compte de rien. Le chat roux, en revanche, se laissa tomber par terre avec un bruit sourd, extrêmement contrarié. Il sortit de la pièce, indigné.

Le plateau de table paraissait un peu moins enthousiasmant à la lumière matinale : moitié de porte jaune éraflée appuyée contre le mur. Elle voyait désormais qu'elle avait été sciée grossièrement, et que la peinture était fine et pleine de traînées. Peut-être que ce n'était pas la bonne. Peut-être qu'un chef-d'œuvre était resté là-bas.

Enfin, c'était celui qu'ils avaient. Elle se dit qu'elle devrait contacter Paul dès que possible... Quoique, peut-être pas. Peut-être y avait-il un enregistrement vidéo de ce qui s'était passé. Peut-être qu'il le regarderait et se souviendrait de Ginny.

Il fallait qu'elle arrête de penser à ça. Elle rassembla ses vêtements, ramassant chaque article délicatement, comme si Ellis risquait d'être réveillée par le bruit d'un pull. Aujourd'hui, elle porterait plusieurs couches, même ces espèces de longs sous-vêtements que sa mère lui avait achetés pour ce voyage en insistant pour qu'elle les emporte. Deux autres chats attendaient dans le couloir quand elle sortit, blottis contre le radiateur. Il y avait une grosse horloge dorée au mur. Il était six heures dix du matin. C'était sans doute bien de démarrer tôt.

Elle se dirigea sur la pointe des pieds jusqu'à la salle de bains et tomba sur Oliver, seulement vêtu d'un boxer et d'un T-shirt, en train de se brosser les dents. C'était officiellement la première fois qu'elle tombait sur un type à l'état sauvage ne portant qu'un boxer, et cette image resterait gravée dans sa mémoire. Le boxer en question était marron, avec une fine bande grise. Il avait de longues jambes, pas trop poilues, mais ses poils étaient foncés. Elle ne savait pas trop où regarder. Elle n'arrivait pas à détacher les yeux de ce boxer. Elle le voyait surtout de derrière, mais eut un aperçu du devant quand il se tourna vers elle. Elle s'ordonna de ne pas regarder l'ouverture à l'avant et, bien entendu, ce fut là que son regard se porta.

Il cracha et mit la bouche sous le filet d'eau pour la rincer. Le tout, toujours en sous-vêtements. Pendant tout ce temps, elle se contenta de fixer le point crucial de son boxer.

– J'en ai pour une seconde, dit-il en refermant la porte.

– Oh. Désolée, dit-elle à la porte close. Ce n'était pas fermé à clé.

– Ce n'est rien, répondit-il d'une voix étouffée.

Pourquoi s'excusait-elle ? C'était lui qui n'avait pas verrouillé la porte.

Alors qu'elle commençait juste à se remettre de ses émotions, la porte s'ouvrit à nouveau, et il passa devant elle, toujours en T-shirt et boxer, pieds nus, aussi calme que jamais.

– Elle est à toi, dit-il.

Il ne voyait donc pas où était le problème ? Comme si Ellis ou elle allaient se balader en sous-vêtements dans le palais des chats ! Pourquoi Oliver pensait-il qu'il s'agissait d'une tenue matinale acceptable ? Pourquoi n'avait-il pas mis un pantalon pour emprunter le couloir ? Pourquoi les mecs, chez qui il se passait sans doute plus de choses à ce niveau-là, pouvaient-ils se trimballer en sous-vêtements comme si de rien n'était ?

En plus, il avait rempli la salle de bains de buée. Non seulement elle avait eu droit à deux visions d'Oliver en sous-vêtements, mais maintenant elle était plongée dans la vapeur de sa douche. Sans compter qu'elle ne prenait pas sa douche toute seule. Le chat roux, toujours contrarié d'avoir été dérangé, avait décidé de l'accompagner dans la salle de bains et de la regarder. Le propriétaire avait laissé des serviettes, mais pas de savon, alors elle se contenta de se rincer à l'eau chaude. Puis elle s'habilla rapidement et ficha le camp.

Même si la neige était tombée toute la nuit, elle ne s'était pas beaucoup accumulée. Dans le New Jersey, une tempête de neige durant toute la nuit avait pour résultat une bonne cinquantaine de centimètres de neige lourde qui tenait pendant des jours. Ici, cependant, il n'y en avait qu'une petite dizaine de centimètres qu'on pouvait facilement déloger à coups de pied. Oliver époussetait la voiture avec ses mains gantées, une cigarette dans la bouche. Il regarda Ginny par-dessus le toit et la salua d'un signe de tête.

Maintenant qu'elle l'avait vu en sous-vêtements, les choses avaient changé. Peut-être l'avait-il fait exprès, pour paraître plus humain, plus vulnérable.

– Pourquoi t'es-tu réveillé aussi tôt ? demanda-t-elle.

Elle ne savait pas pourquoi elle lui demandait ça. Elle s'en fichait. Il fallait juste qu'elle dise quelque chose. Qu'elle fasse la conversation. Pour chasser de son esprit l'image de son boxer.

– Tu crois que j'ai bien dormi dans la même chambre que lui ? demanda-t-il en écrasant sa cigarette dans un tas de neige, sur le toit de la voiture. J'aimerais autant garder mes sourcils, merci !

– Tu te comportes comme si c'était lui qui causait des problèmes.

– Oui, tu sais, j'ai appris beaucoup de choses dans cette voiture avec vous trois.

Il finit d'essuyer la voiture, se frotta les mains et repartit vers la porte de la cuisine.

– Qu'est-ce que ça veut dire ? demanda-t-elle.

Il la regarda. À la lumière du soleil, ses yeux étaient d'une pure couleur ambrée. À la lumière normale, ils étaient marron foncé, presque noirs.

– Hé ! s'écria Keith depuis la fenêtre. Arrête de toucher ma voiture.

– J'enlevais la neige, répondit Oliver.

– Je m'en fous.

Oliver secoua la tête et rentra dans la cuisine. À l'intérieur, le propriétaire s'affairait à préparer le petit déjeuner. Il avait mis quatre couverts sur la petite table de cuisine, avec des assiettes orange très gaies et des petits coquetiers rouges.

– Je suis désolé, dit-il. Je n'étais pas prêt à recevoir des clients. J'ai quatre œufs, des yaourts, un peu de pain...

– Ça ira très bien, dit Ginny.

– Non, ça ne va pas bien. J'aurais dû être préparé. Bon, qu'est-ce que vous voulez ?

Keith et Ellis descendirent l'escalier.

– Un œuf au plat sur un toast pour moi, dit Keith. Et du bacon, si vous en avez.

– Je suis désolé. Pas de bacon.

– La même chose pour moi, dit Ellis.

– Pareil, dit Oliver.

– Je peux avoir un œuf brouillé ? demanda Ginny.

– Brouillé ?

– Brouillé... Vous savez... Secoué ? Ou...

– Bien sûr, répondit-il. Je comprends.

Elle le regarda secouer l'œuf dans sa coquille, puis le casser et le cuire au plat.

Ils mangèrent devant un public. Le propriétaire resta debout à côté d'eux, et les chats formèrent un cercle autour d'eux. L'un d'entre eux sauta sur la table et regarda Oliver en face.

– Alors, dit Keith, où va-t-on aujourd'hui ?

– Amsterdam, répondit Oliver en regardant le chat. Là où tu es allée la dernière fois. Chez l'ami de ta tante, Charlie ?

Ginny, jusque-là occupée à examiner son étrange œuf au plat, releva les yeux. C'était un véritable désastre, bien pire qu'un restaurant fermé. C'était la fin de leur voyage.

– Attendez, dit Keith. Ce n'est pas à Amsterdam que... ?

Ginny répondit en enfouissant la tête entre ses mains.

– Encore une fois, ç'aurait été bien que tu lui donnes la lettre qui lui appartient, ajouta Keith.

– Que se passe-t-il ? demanda Ellis. Je ne comprends pas.

Oliver paraissait perdu lui aussi.

– C'est très joli, Amsterdam, dit le propriétaire. Mon cousin fabrique des perruques là-bas.

Ils laissèrent passer ce commentaire.

– Amsterdam n'a rien donné, dit Ginny. J'avais l'adresse de Charlie, mais il avait déménagé. Il est parti. Je n'ai aucune idée de l'endroit où il se trouve.

Oliver se contenta de hausser les épaules et se remit à manger son œuf.

– Alors on va le trouver, dit-il simplement. 60, Westerstraat. C'est l'adresse indiquée dans la lettre. On y va et on interroge le voisinage. Quelqu'un le connaît forcément et doit savoir où il est parti.

– Il n'est peut-être plus à Amsterdam. Il peut être n'importe où.

– En effet. Mais cette fois, tu as plein d'avantages que tu n'avais pas la dernière fois. Nous avons des téléphones. J'ai un ordinateur. Nous avons des cartes. Et nous sommes quatre. Ce sera peut-être facile. Peut-être qu'on le trouvera tout de suite.

Keith regarda Ginny et secoua la tête.

– Ouais, dit-il. Je suis sûr que c'est exactement ce qui va se passer.

Ellis et Ginny portèrent le plateau de table ensemble par-dessus la neige, glissant un peu au passage. Ginny et Oliver s'installèrent d'abord sur le siège arrière, puis on déposa avec précaution la table sur eux. (Enfin, elle heurta plusieurs fois Oliver, mais ensuite elle fut disposée avec soin.)

– Si tu recules ton siège, tu déplaceras tout le plateau de table, dit Oliver d'une voix forte. Tu ne feras pas souffrir que moi.

L'installation soigneuse ne changeait pas grand-chose. Il y avait peut-être quelques centimètres de plus en haut, si bien que Ginny pouvait maintenant apercevoir le haut des oreilles de Keith et Ellis. En fait, cela l'aidait de ne pas les voir très bien. Cela la protégeait de cette réalité-là.

Ils démarrèrent. Encore une autoroute européenne, remplie de petites voitures, de camions à l'avant plat et de motos. Ginny apprit le nom des stations-service les plus courantes en Belgique et aux Pays-Bas — une information qui, elle n'en doutait pas, lui serait très utile à l'avenir. Comme Oliver, elle mit ses écouteurs. Les nombreuses couches qu'elle avait enfilées portaient leurs fruits, tant en terme de chaleur que de rembourrage. Elle était comme dans un cocon.

Elle et Oliver s'étaient accidentellement assis plus près l'un de l'autre aujourd'hui. Leurs bras se cognaient de temps en temps. Le seul avantage, c'était qu'il irradiait de la chaleur corporelle, si bien qu'il faisait légèrement plus chaud près de lui que près de la fenêtre. Une vague odeur de cigarette se dégageait de son manteau, mais ce n'était pas désagréable. Elle décida de le considérer comme une sorte de cheminée de mauvaise qualité.

Au bout de deux heures, elle entendit Keith crier qu'il fallait de l'essence, et ils s'arrêtèrent dans une station-service qui, à la grande surprise de Ginny, abritait un grand McDonald's.

– J'ai choisi celle-ci pour que tu te sentes chez toi, dit Keith en sortant le plateau de table, libérant Oliver et Ginny.

Ils décidèrent de s'accorder une demi-heure pour manger et se dégourdir les jambes. La neige était plus lourde, ici, mais il faisait plus doux, et elle commençait à fondre.

Oliver choisit de ne pas se joindre à eux et resta dehors, sur le parking humide, à fumer et à parler au téléphone. Ils le regardaient par la fenêtre en mangeant.

– Toujours en train de fumer, dit Keith. M. le Branleur magique va se tuer, à ce rythme-là, ce qui me fait éprouver un respect tout neuf pour l'industrie du tabac. Qui appelle-t-il, à votre avis ? Sa mère ?

– Peut-être qu'il a une petite amie, dit Ellis. Ou un petit ami.

– Non, dit Keith en prenant une grande gorgée de soda. Non. Impossible.

– On ne sait jamais, dit-elle. On se disait hier soir qu'il n'était pas mal du tout.

– Ah oui ?

Keith mit quelques frites dans sa bouche et considéra à nouveau Oliver.

Ginny et Ellis venaient de jeter leurs déchets et sortaient dehors quand Keith démarra la voiture, fit ronfler le moteur (autant que possible), puis fonça droit sur Oliver. Celui-ci parut surpris, mais il ne bougea pas, pas même quand la voiture blanche s'approcha de lui.

– Qu'est-ce qu'il… ? commença Ellis. Oh, mon Dieu.

On aurait dit que cette bataille de volontés allait se terminer par la mort, mais à la dernière seconde, Keith tourna brutalement le volant, dérapa et projeta une vague de neige fondue sale et glaciale sur Oliver.

Keith descendit et contempla son œuvre d'un air satisfait. Oliver essayait de rester digne, s'époussetant calmement. La force du jet devait avoir fait tomber son briquet de sa main. Il le ramassa dans une flaque glacée, les mains nues, et tenta de l'allumer à plusieurs reprises, mais aucune flamme n'en sortit.

– Il ne marche plus ? demanda Keith. Comme c'est dommage.

Oliver ôta son manteau avec précaution et le secoua de toutes ses forces pour enlever le plus gros de la neige et de l'eau crasseuse, puis il le roula en boule.

– Je peux le mettre dans le coffre ?

– Le coffre est plein, répondit Keith.

– Ça va la mouiller, elle aussi.

Keith leva les yeux au ciel, prit le manteau et le fourra dans un coin du coffre, l'écrasant aussi fort que possible.

– Voilà, dit-il.

Une fois dans la voiture, Oliver serra ses bras autour de lui et se tourna vers la fenêtre, résolu et silencieux. Il ne mit même pas ses écouteurs. Il s'efforçait de ne pas le montrer, mais une colère crépitante s'échappait de lui. Si Ginny l'avait touché, elle était certaine qu'elle aurait reçu une décharge d'électricité. Cela dit, une part d'elle — une toute, toute petite part d'elle — avait envie de lui proposer un pull ou une petite tape sur l'épaule.

Comment s'y prenait-il ? Comment se débrouillait-il pour qu'elle éprouve de la pitié pour lui ? Il y avait quelque chose de terriblement brut chez lui. Au soleil hivernal, son visage était très pâle, à part les ombres noires sur son menton. C'était l'un de ces mecs qui devaient se raser souvent, peut-être deux fois par jour, sinon la bête apparaissait. Même s'il était grand et semblait plus que capable de se défendre, il restait assis là, avec un air de défi, sans rien faire. Il semblait avoir l'habitude qu'on le maltraite.

Mais, se rappela-t-elle, il était maltraité pour de bonnes raisons. Il était silencieux parce qu'il ne pouvait se défendre d'aucune manière. C'était lui qui causait du tort, ici.

Elle décida de ne plus le regarder, pas même de lui jeter un coup d'œil. Elle n'allait regarder personne. Elle avait le plateau de table pour la protéger des sièges avant, et ses écouteurs pour le reste. Elle pouvait simplement dormir. Comme cela semblait être la meilleure option, elle ferma les yeux et se recroquevilla contre la paroi. De petits filets d'air froid la poignardaient en s'infiltrant par les trous de la fenêtre, et la paroi elle-même était comme de la glace, mais elle tenta de ne pas s'en soucier. Elle ferma les yeux de toutes ses forces et s'ordonna de se reposer, d'oublier tout le reste.

La dernière chose qu'elle vit en fermant les yeux fut le boxer.

La tache sur la page

Lorsqu'elle rouvrit les yeux, Ginny se rendit compte qu'elle avait le visage écrasé contre la vitre. Dehors retentissait le tintement régulier et doux des sonnettes de bicyclette.

– On est à Amsterdam, dit-elle d'une voix endormie, ses lèvres frottant contre le verre froid.

– Tu as bien roupillé ? demanda Keith.

Quelque chose pesait sur elle. Elle se tourna et vit la forme endormie d'Oliver affalé contre elle, se servant d'elle comme d'un oreiller. Il était chaud, et pas trop lourd. C'était sans doute grâce à sa chaleur corporelle qu'elle avait aussi bien dormi. Elle se redressa, et Oliver, toujours inconscient, tomba de l'autre côté, vers sa fenêtre. Cela le réveilla et il se frotta machinalement le visage en regardant autour de lui.

– On est arrivés ? demanda-t-il.

– On est presque arrivés, répondit Keith. Même si on n'a aucune idée de l'endroit où l'on doit aller. Où va-t-on, au juste ?

– On devrait laisser la voiture à l'extérieur de la ville et prendre le tram, dit Oliver. On devrait tomber sur un parking dans quelques minutes.

– Ce n'est pas vraiment une réponse, répliqua Keith. Donne-nous la suite. Récite, malade.

Oliver était encore en train de se réveiller. Il bâilla longuement, pressa la main contre sa tempe, et commença :

— « De Paris, il est temps... » Attendez.

Il cligna plusieurs fois des yeux et regarda le plafond en remuant les lèvres en silence.

– Il a oublié, c'est ça ? demanda Keith.

– Ferme-la. « De Paris, il est temps de retourner à Amsterdam, la ville des canaux, des bicyclettes et des délicieux, délicieux fromages. Les Néerlandais sont connus pour leurs fenêtres. Pas de rideaux. Pas de volets. Leurs maisons sont exhibées. Promène-toi dans les rues longeant les canaux, Gin. Tes yeux seront au niveau de toute une variété de vies humaines. Tu pourras apercevoir un millier de mondes différents.

« Mais voilà le truc : tu n'es pas censée regarder. C'est une coutume néerlandaise implicite. Tout sera exposé à ton regard, mais tu ne pourras pas tourner la tête et regarder. C'est à la fois élégant et incroyablement pervers. L'idée, je pense... »

Il fit une nouvelle pause.

– C'est vraiment mieux que d'avoir apporté la lettre, commenta Keith.

— « ... c'est que ce que tu fais dans ta maison, la façon dont tu choisis de vivre, ne pose aucun problème. Il n'y a aucune raison d'avoir honte, et rien à cacher. Mais en même temps, il faut suffisamment respecter ses voisins pour ne pas les observer.

« Je n'en sais rien. J'invente tout ça. Je ne sais même pas si les Néerlandais savent pourquoi il en va ainsi. Il existe sans doute un précédent historique compliqué impliquant le syndicat des fabricants de rideaux, ou quelque chose du genre. D'ailleurs, moi je regardais. Je jetais des coups d'œil à toutes les fenêtres où il semblait se passer quelque chose de vaguement intéressant. On ne peut pas me mettre quelque chose sous les yeux et s'attendre à ce que je l'ignore.

« Alors, pour la prochaine couche de la peinture, j'ai décidé de fabriquer une fenêtre néerlandaise, sauf que les gens sont censés regarder à travers elle. C'est Charlie qui l'a. Je suis sûre que tu l'as déjà vue. Il faut juste que tu ailles la récupérer. Je me rends bien compte que c'est difficile de transporter un plateau de table, Gin Et maintenant, je te demande de transporter un plateau de table et une fenêtre. C'est pour ça que je ne t'ai pas demandé d'aller les chercher la première fois. Quand tu l'auras récupérée, prends le ferry jusqu'en Angleterre. Rentre à la maison, chez Richard. »

Voilà. C'est tout le passage. On retourne là où tu as commencé la dernière fois.

– Alors après ça, on aura fini ? demanda Ginny.

– Pas exactement.

– Encore des énigmes, dit Keith en quittant l'autoroute en direction du parking. Formidable.

Une demi-heure plus tard, ils frappaient à la porte du 60, Westerstraat. La personne qui leur répondit n'était pas la même que celle que Ginny avait rencontrée cet été. Et cette personne ne connaissait pas de Charlie.

– Alors, on va interroger les voisins ? demanda Ginny en passant la rue en revue.

Westerstraat ne bordait pas un canal, et ses immeubles étaient relativement modernes.

– Est-ce que tu sais autre chose sur lui ? demanda Ellis. Son nom de famille ? Son travail ? N'importe quoi ?

– La lettre ne donnait que son prénom et son adresse.

– Bon, dit Ellis, dans ce cas, on va juste demander aux gens s'ils connaissent Charlie. On peut faire ça.

Il n'y avait pas grand monde dans le coin, et frapper aux portes des deux maisons voisines du 60 ne donna aucun résultat. Ils élargirent leur recherche, Keith et Ellis partant à gauche, Ginny et Oliver à droite. Personne ne connaissait Charlie.

Ils s'arrêtèrent brièvement pour s'acheter des sandwichs.

– Je ne pense pas que ça va marcher, dit Keith en examinant une feuille de salade mystérieuse sur le sien.

– Peut-être que Charlie est une version anglaise de son prénom, ou un truc comme ça, dit Ginnny. Ce qui compte, c'est la fenêtre. Les peintures de ma tante sont assez bizarres... Peut-être qu'on pose la mauvaise question. Peut-être qu'on devrait les interroger sur la peinture.

Alors, ils essayèrent à nouveau, se concentrant cette fois sur la fenêtre. Cela fonctionna avec la femme qui travaillait dans la boutique de fleurs.

– Oh, vous voulez dire la fenêtre avec la jungle ?

Ginny regarda Oliver pour voir s'il savait si « la fenêtre avec la jungle » pouvait être le genre de chose qu'ils recherchaient.

– Ça pourrait être ça, dit-il en hochant la tête. L'homme avec cette fenêtre, vous savez où il est parti ?

– Je ne connaissais pas son nom, mais je crois qu'il travaille à De Bevlekte Pagina. C'est une librairie. C'est un homme très… très étrange…

– C'est lui, dit Ginny.

Le qualificatif « très étrange » s'appliquait à la plupart des amis de tante Peg.

De Bevlekte Pagina était un endroit minuscule, quelques rues plus loin. Il s'agissait d'une sorte de bâtisse médiévale, bancale, depuis l'inclinaison étrange des murs, la forme inhabituelle de la pièce et le plancher en pente, jusqu'à la marche qui, dans un coin, menait à une porte minuscule à mi-hauteur du mur. Ginny n'avait jamais vu un magasin aussi petit, ou imaginé qu'on pourrait y fourrer autant de choses. Il y avait une employée, une fille vêtue d'une veste en velours frappé rouge, les cheveux au carré, teints dans la même couleur. Son T-shirt était suffisamment décolleté pour révéler un gros cœur tatoué sur son véritable cœur.

– Bonjour, dit Ginny en l'approchant. Nous recherchons un certain Charlie.

– Vous êtes des lecteurs ? demanda-t-elle en relevant à peine la tête.

– Des lecteurs ?

La fille n'en dit pas plus.

– Est-ce qu'il travaille ici ? demanda Ellis.

– S'il travaille ici ? répéta la fille d'un air méprisant. Il n'est pas un employé.

– Pouvez-vous aller le chercher s'il est ici ? demanda brusquement Oliver.

La fille n'avait pas l'air d'avoir envie de leur fournir des informations, mais elle parut apprécier la vue d'Oliver. Elle lui sourit d'un air charmeur avant de quitter le comptoir et d'aller pousser un rideau en velours au fond de la pièce, qui dissimulait un passage.

– Charlie, *er zijn wat mensen hier voor you.*

Une voix s'éleva des profondeurs :

– *Wie zijn het ?*

– *Geen flauw idee*, dit la fille en nous jaugeant. *Ze zijn Engels.*

– *Engelse ?*

– *Ze zien er uit als studenten.*

Elle relâcha le rideau, revint vers le comptoir et se remit à lire son livre.

– Est-ce qu'il… arrive ? demanda Ginny.

– Quand il aura fini, dit-elle sans relever les yeux. Vous avez apporté des livres à lui faire signer ou vous voulez en acheter ?

– Des livres ? Non.

La fille soupira et secoua la tête. Ils la décevaient terriblement. Même son intérêt pour Oliver se dissipa, juste comme ça.

Rien ne se passa pendant plusieurs minutes. Ils errèrent dans la librairie, mais elle était à peine plus grande que leurs chambres à l'hôtel. Les livres étaient dans un mélange de néerlandais, d'anglais, de français et d'allemand, d'occasion pour la plupart. Oliver se lassa et partit fumer dehors. Keith et Ellis avaient une discussion dans un coin. Ginny s'assit dans un rayon de soleil, sur le rebord de la fenêtre ouverte.

Finalement, quelqu'un repoussa le rideau. Un homme sortit de l'obscurité. Il était plus petit que Ginny, il devait avoir vingt-cinq ans, et il était complètement émacié. Ce qui lui manquait en taille et en corpulence était concentré dans sa pilosité : barbe hirsute, mèches rebelles se dressant dans tous les sens. Il portait une chemise de bûcheron en tissu écossais rouge et épais, complètement déboutonnée et exposant sa poitrine couverte de poils. Trois ou quatre colliers en argent luisaient sous cette couche pileuse. Il avait un pantalon en cuir noir déchiré et abîmé à force d'être porté, et pas de chaussures. Ses ongles de pied et de main étaient peints en noir ; on aurait plus dit de l'encre que du vernis à ongles. C'était le genre de phénomène qu'on aurait pu observer dans une réserve naturelle, si l'on faisait des réserves naturelles où l'on pouvait admirer de la frénésie artistique à l'état sauvage.

C'était sans le moindre doute le type qu'ils cherchaient.

– Bonjour, dit Ginny. Je suis Ginny. La nièce de Peg.

Il se pencha en avant. Ginny n'aurait su dire s'il ne comprenait pas son anglais ou s'il la reniflait.

– Je suis la nièce de Peg, répéta-t-elle. Margaret Bannister ? La peintre ?

Cela sembla lui rappeler quelque chose. Il haussa les sourcils et s'appuya contre une bibliothèque, puis il croisa les bras sur sa poitrine. Il exposa ce faisant le bas de son bras et Ginny vit qu'il y avait des mots écrits là, toute une tartine de mots.

– Vous parlez anglais ? demanda-t-elle lentement.

– Bien sûr que je parle anglais.

Ginny s'était rendu compte lors de son premier séjour aux Pays-Bas que tous les Néerlandais semblaient parler un anglais parfait. Il hocha la tête et se tourna vers la fille au comptoir.

– Margaret est *een Amerikaanse schilderes. Ze* est *erg gord. Maar ik kan niet geloven dat deze meid haar nichte.*

Ginny n'avait aucune idée de ce qu'il racontait, mais elle doutait que ce soit très flatteur.

– Ma tante m'a écrit une lettre. Elle a dit que je devais venir vous voir. Je suis venue cet été, mais je suis allée à votre ancienne adresse. Vous avez quelque chose que ma tante vous a donné. Quelque chose qu'elle m'a demandé de venir chercher. Une fenêtre...

Charlie prit un stylo et commença à se curer les ongles avec la pointe.

– La fenêtre est sur le bateau, dit-il d'un ton neutre.

– Le bateau ?

– J'ai un bateau, dit-il. Il est sur le canal.

Cette pensée l'occupa un petit moment.

– C'est un bon endroit pour un bateau, dit doucement Keith.

– Le bateau est parti, continua Charlie.

Cela avait presque l'air de lui faire plaisir, comme si le bateau avait enfin retrouvé la liberté et menait désormais une vie plus heureuse ailleurs.

– Je le loue. Quelqu'un l'a loué aujourd'hui. Il reviendra demain. Vous pourrez avoir la fenêtre à ce moment-là. À moins que ce soit après-demain ?

Cette question s'adressait à la fille derrière le comptoir, qui releva les yeux et haussa les épaules.

– Nous n'allons pas rester aussi longtemps, dit Ginny, nerveuse. Je ne veux pas vous embêter, mais nous en avons vraiment besoin aujourd'hui.

– Aujourd'hui, il n'est pas là. Revenez plus tard. Dites bonjour à Margaret de ma part.

Charlie semblait avoir fini de parler et, après les avoir salués de la main, il repartit en direction du rideau.

– Elle est morte, dit Ginny.

Elle n'avait pas dit cela à voix haute depuis longtemps, et elle n'aimait pas annoncer cette nouvelle. L'attitude de Charlie se transforma complètement. Même la fille posa son livre et les regarda, perplexe.

– Margaret ? Elle est morte ? Mais, comment ? Elle est tellement jeune. Elle a eu un accident ?

– Elle ne vous avait pas dit qu'elle était malade ? demanda Ginny.

– Malade ? Malade de quoi ?

– Elle avait un cancer.

On aurait dit qu'elle avait aspiré tout l'air de la pièce avec une paille. Charlie s'assit par terre, dans le petit espace entre les bibliothèques.

– La fenêtre, dit-il.

Ce fut tout ce qu'il parvint à dire pendant un moment.

– Je l'ai rencontrée à New York, reprit-il finalement. Elle est venue ici pour approfondir ses connaissances sur la peinture hollandaise, sur l'utilisation de la lumière. Sur les natures mortes. Elle a séjourné avec moi, et je lui ai montré mon bateau. Elle l'a adoré. Elle l'a peint. C'est un bateau très particulier. Il est rose.

Rose très vif. Elle a dit qu'elle voulait faire quelque chose pour lui, quelque chose à travers quoi on pourrait regarder, des deux côtés. Elle a installé la vitre sur la fenêtre de mon appartement et elle l'a peinte debout sur une boîte, sur le trottoir.

Ginny imaginait parfaitement la scène. Tante Peg, si petite, si gracieuse, ses longs cheveux bruns noués, sans doute sur la pointe des pieds. Elle bougeait comme une ballerine, même si elle n'avait jamais pris un cours de danse de sa vie, et était incapable de suivre un rythme.

– Je suis poète, reprit Charlie. Vous connaissez peut-être mon travail ?

– Non, répondit doucement Ginny. Désolée.

– Le nom de cette boutique signifie « la tache sur la page ». Nous aimions tous les deux cette idée. Peindre, écrire. Ces deux activités tachent la page.

Il inspira profondément et fixa les livres en face d'eux, puis il dessina une longue ligne déchiquetée sur son pied nu, avant de poser la tête entre ses genoux. La fille lui toucha la tête. Ginny avait beau comprendre que les gens avaient le droit, tout autant qu'elle, de souffrir de la mort de Peg, elle n'en était pas moins irritée par ce petit numéro. Il n'avait même pas su qu'elle était morte, n'avait pas été impliqué dans sa maladie. Cela dit, tante Peg avait caché sa maladie à beaucoup de monde, y compris à sa famille. Seul Richard avait été là dans les pires moments.

Finalement, Charlie se reprit.

– Le bateau, je le loue à des touristes, ou pour des fêtes. Quelqu'un l'a loué cette semaine, mais il le ramènera demain. Venez demain matin. Je vous y conduirai.

Lorsqu'ils furent sortis, Oliver fut le premier à parler :

– J'ai réservé un endroit où dormir. Deux chambres. On devrait peut-être y aller.

Pour la première fois, Keith ne fit aucun commentaire sur l'idée d'Oliver.

Le Koekoeksklok

L'auberge de jeunesse qu'Oliver avait trouvée était de loin la plus belle de celles où Ginny avait séjourné lors de ses voyages. Elle occupait une maison entière, au bord d'un canal, haute et étroite, avec une immense fenêtre sur la façade et à l'arrière de chaque étage. Les fenêtres disposaient de volets rouges, aussi gros que des portes. Tout au sommet, près du toit, il y avait une horloge, et sur toute la façade, de minuscules peintures d'oiseaux bleus. Elle s'appelait le *Koekoeksklok*. Ginny n'avait pas besoin d'un dictionnaire pour comprendre que cela signifiait « pendule à coucou ».

Ce thème se poursuivait à l'intérieur, où l'on trouvait une grande salle commune lambrissée, avec des coucous sur tous les murs.

– J'espère qu'ils ne fonctionnent pas, dit Ellis en regardant autour d'elle.

Le personnel se composait d'étudiants, pas de meurtriers avec des dizaines de chats. Il y avait un escalier en bois central qui s'élevait en s'enroulant dans le mince bâtiment, chaque étage n'étant séparé que par quelques marches au grincement assourdissant. Oliver et Keith avaient leur chambre au deuxième étage, et Ellis et Ginny celle juste au-dessus, donnant sur le canal. Le plafond était pointu, sous le toit, à cinq mètres de haut environ. Malgré la décoration basique, la chambre était très propre, et les lits chargés d'une pile de couvertures multicolores.

Elles avaient une immense fenêtre — le trou du coucou — qui faisait face au canal. Ginny regarda la ligne des toits. Tous étaient de hauteur différente, et presque chaque maison, au bord du canal, avait de petits ornements à son sommet. Beaucoup d'entre elles disposaient d'un petit crochet dépassant de leurs façades. Ginny avait appris à quoi ils servaient lors de son dernier séjour. Comme les maisons étaient très étroites, on ne pouvait faire passer les meubles dans l'escalier. Il fallait donc les hisser grâce à une corde et les faire entrer par les fenêtres. Les fenêtres étaient vraiment la clé de tout, ici.

En dessous, un flux régulier de bateaux voguait sur le canal, et sur la route et les trottoirs, des centaines de personnes roulaient à vélo. Amsterdam était un courant continu d'énergie ; pas survoltée, juste aussi rapide que la roue d'un vélo ou l'allure d'un bateau. Ginny aimait vraiment beaucoup cette ville, peut-être plus que Paris ou Londres. Elle n'était pas écrasante. Elle était pratique, belle et animée.

– On ne peut pas faire grand-chose ce soir, dit Keith en se laissant tomber sur lit d'Ellis. Et maintenant ?

L'inertie prenait le pouvoir. Ellis était allongée par terre. Keith la regardait, pas d'une façon particulière, il ne bavait pas, ni rien de ce genre, mais son regard s'était posé sur elle et y était resté. Cela rendait Ginny mal à l'aise.

– Je suppose qu'on devrait manger, dit Ellis au plafond. On devrait sortir.

Ginny se leva pour aller dans la salle de bains et se préparer. Elle n'y resta qu'une minute ou deux mais, quand elle en sortit, Ellis était assise, le dos contre le lit, et Keith avait changé de position, si bien qu'il avait la tête contre son épaule, près de son oreille. Encore une fois, ils ne faisaient rien, mais Ginny aurait pu jurer que c'était seulement parce qu'elle était là.

– Je ne peux pas bouger, dit Keith. Je crois qu'il faut que je dorme.

– Moi aussi, dit Ellis.

Il était tout à fait possible qu'ils soient juste fatigués. Ginny était un peu fatiguée. Mais il y avait quelque chose de vraiment gênant à rester avec eux à ce moment-là. Fuir. C'était le seul moyen.

– Je dois appeler Richard, dit-elle. Je serai dehors. Je vais peut-être faire un tour.

Keith bâilla et la salua de la main.

L'été dernier, Ginny avait passé beaucoup de temps toute seule, sans Internet, sans télévision, sans musique, sans rien pour l'engourdir et la distraire de sa solitude. Ça n'avait pas été par choix. La première lettre avait édicté les règles. Elle n'avait pu apporter ni ordinateur, ni téléphone, pas même un journal intime... Rien qui puisse la détourner de l'expérience d'être seule en Europe. D'abord, elle avait trouvé cela désagréable et bizarre, mais au fil du temps, elle avait pris ses marques. Elle s'était habituée à être en sa propre compagnie.

Maintenant, évidemment, elle avait beaucoup de compagnons à qui penser.

Ellis était… extraordinairement jolie, spontanée, gentille. Elle compensait le côté brusque de la personnalité de Keith. On n'avait pas besoin de l'amadouer pour la convaincre d'escalader une barrière ou de passer par une fenêtre. Elle n'aurait pas eu besoin qu'on la pousse ou qu'on lui fasse la courte échelle. Ellis aurait escaladé toute seule. Et elle était anglaise. Elle était à sa place. Elle avait un style londonien et une démarche assurée et discrète. Certes, Ginny n'avait plus ses nattes, mais la couleur rouge de ses cheveux commençait déjà à passer, et son tout nouveau courage n'était qu'une fine couche de vernis. Elle était l'Américaine : un peu plus bruyante, un peu plus décalée. Si elle avait eu le choix, elle aussi serait sortie avec Ellis. C'était normal.

Elle s'assit sur un banc au bord du canal et sortit son téléphone pour appeler Richard. Il répondit à la première sonnerie.

– Salut… Désolée, je te dérange ? demanda-t-elle.

– Non, tu appelles au bon moment. Je me cache dans mon bureau. Comment vas-tu ? Où es-tu ?

– À Amsterdam.

– Amsterdam ? Quand es-tu arrivée ?

– Il y a quelques heures. Nous sommes dans une auberge très sympa. Une sorte de pendule à coucou.

– Je vois. Et qu'est-ce que tu fais là-bas ?

– On doit récupérer une fenêtre. Je suppose qu'une partie du tableau est une plaque de verre. Elle se trouve sur un bateau que quelqu'un a loué. Alors on ira la chercher quand il reviendra.

– Et où irez-vous ensuite ?

– Je ne sais pas trop. On doit encore le découvrir.

Un autre téléphone sonna, et elle l'entendit déplacer des choses sur son bureau.

– Laisse-moi réfléchir à ce que je suis censé te demander... T'es-tu comportée de manière excessivement dingue sous l'emprise de l'alcool ?

Elle n'était pas ivre quand elle avait volé le plateau de table, donc elle pouvait répondre.

– Non.

– Erres-tu dans les rues, seule, dans une brume de marijuana légale ?

– Non.

– As-tu l'intention d'entrer dans le business de la prostitution, qui est également légale à Amsterdam ?

– Probablement pas aujourd'hui.

– Bien, bien. Ai-je oublié quelque chose ? C'est nouveau pour moi.

– Tu as été très complet.

– Tu sais que je te fais confiance, Gin, dit-il, paraissant presque gêné. Je sais que tu peux faire ce que tu veux. Tu as dix-huit ans. À ton âge, j'ai fait plein de choses...

La porte du *Koekoeksklok* s'ouvrit et Oliver apparut. Il frotta son manteau encore humide et regarda autour de lui. Dès qu'il aperçut Ginny, il se dirigea vers elle.

– Non, dit-elle rapidement. Je vais bien. Et merci. Pour tout.

– Tu sais que je suis là.

Oliver attendit à quelques mètres qu'elle ait terminé sa conversation téléphonique. Il ne respectait peut-être pas la propriété privée, mais il prenait soin de laisser leur espace personnel à chacun.

– Où sont les autres ? demanda-t-il.

– Ils sont fatigués. Je crois qu'ils font la sieste.

Ils ne faisaient probablement pas la sieste. Enfin, peut-être que si. Sûrement pas. Elle ne voulait pas penser à ce qu'ils faisaient.

– J'allais partir chercher le bateau, dit-il. Tu veux te joindre à moi ?

Ils se dévisagèrent un bon moment, évaluant la situation. Ils étaient là, et avaient une tâche à accomplir. Plus important encore, cela leur donnerait quelque chose à faire pendant que Keith et Ellis faisaient ce qu'ils avaient à faire... À savoir, la sieste, évidemment.

– D'accord, dit-elle.

– J'ai quelques indications, dit-il en sortant son téléphone et une carte touristique. Les canaux entourent la...

– Je connais bien la ville, le coupa-t-elle. Enfin, les quartiers touristiques.

– Je croyais que ça s'était mal passé.

– En effet. Mais je ne suis pas partie. Je me suis retrouvée dans une auberge vraiment affreuse, alors je me suis enfuie et j'ai rencontré une famille, les Knapp, des Américains. Ils m'ont prise sous leur aile pendant la semaine. Ils étaient gentils, mais c'était de vrais touristes. On aurait dit qu'ils participaient au « concours des touristes les plus touristes de l'année ». Ils voulaient voir quelque chose, prendre une photo d'eux devant ce quelque chose, acheter le T-shirt, et passer à autre chose. Ils avaient imprimé des emplois du temps pour chaque jour…

Elle se mit en marche, et Oliver lui emboîta le pas.

– Alors pourquoi n'es-tu pas partie, s'ils étaient aussi agaçants ?

– Ce n'était pas des gens méchants. Ils voulaient juste cocher tout ce qu'il y avait sur leur liste. Il y a sans doute beaucoup de gens qui voyagent comme ça.

– Beaucoup de gens vivent comme ça…

C'était le genre de chose que tante Peg aurait pu dire. Le faisait-il exprès ? Elle lui jeta un regard méfiant.

– Ça n'explique toujours pas pourquoi tu n'es pas partie.

– J'en avais assez d'être toute seule. Je ne sais pas. Je suis restée avec eux, c'est tout. Enfin, le centre-ville est assez petit, et les canaux principaux en font le tour, formant plusieurs demi-cercles. Ça ne nous prendra pas longtemps de jeter un coup d'œil dans les principaux quartiers touristiques. Quelques heures, peut-être. Après tout, on cherche un gros bateau rose. Combien peut-il y en avoir ?

– Nous sommes à Amsterdam. Il pourrait bien y avoir une petite flotte de bateaux roses, pour ce qu'on en sait. Mais je vois ce que tu veux dire. On commence par là ? On est presque au bout de la rue, de toute façon.

Ils se mirent à longer le canal, sous les arbres nus. Les lumières et la lune se reflétaient sur l'eau, ce qui aurait été romantique si elle s'était promenée avec quelqu'un d'autre.

– Tu ne pouvais rien amener la dernière fois, dit-il. Pas de guides. Pas de cartes. Pas d'ordinateur ni de téléphone ni rien du tout. Elles étaient un peu dingues, ces règles. Est-ce que tu les as respectées ?

– Oui, répondit-elle en scrutant les bateaux.

Il faisait de plus en plus sombre, et il était de plus en plus difficile de déterminer leur couleur.

– Pourquoi ? Je veux dire, qui l'aurait su si tu ne l'avais pas fait ?

– Je l'aurais su, moi.

– Oui, mais... Tout ce temps dans des avions, dans des trains, avec rien à écouter. Pas d'Internet. Ça devait être la torture. J'aurais tout amené.

– Tu n'es pas moi.

– Tu ne t'es jamais demandé si elle s'attendait à ce que tu transgresses certaines de ces règles ?

Bizarrement, elle ne s'était jamais posé la question. Elle se décala pour laisser passer un vélo, barrant ce faisant la route à un autre cycliste, qui la contourna d'une manœuvre experte.

– Je ne sais pas, reprit-il. Peut-être que tu aimes les règles, les retours en arrière, les jeux. Moi, je trouve ça agaçant.

– Ça ne t'est pas destiné.

– Je trouve ça agaçant en général. Elle aurait simplement pu te donner les tableaux. Tous ces allers et retours, c'est vraiment un exercice absurde.

– Écoute, on ne parle pas d'elle, OK ? Tu ne parles pas d'elle, ni de ce qu'elle a fait.

– Tout ce que je dis, c'est qu'elle n'était pas du genre à suivre les règles, et donc qu'elle s'attendait peut-être à ce que tu ne les suives pas non plus.

– Alors c'est comme ça que tu justifies ce que tu es en train de faire ?

– Ce que je fais n'est peut-être pas très éthique...

– Pas très éthique ? C'est du vol.

– Ce n'est pas du vol, dit-il fermement.

Ginny s'arrêta. Ils étaient au bord du canal, et il n'y avait pas de rambarde. L'eau était haute, et deux cygnes et quelques canards qui passaient là les regardèrent d'un air curieux.

– Comment ça, ce n'est pas du vol ? demanda-t-elle, s'adressant principalement aux cygnes.

– Quelqu'un a volé ton sac. Pas moi. Je l'ai acheté, sans savoir qu'il avait été volé. À l'intérieur, j'ai trouvé des affaires. J'ai passé du temps et utilisé des ressources à te chercher pour te rendre ces affaires. En échange, je t'ai demandé un pourcentage. Tu as accepté.

– Sinon tu allais partir avec mes affaires, répliqua Ginny. Mes affaires volées. N'es-tu pas tenu légalement de me les rendre ?

– Je ne suis pas un spécialiste de la loi grecque, pas plus que toi, pour autant que je le sache. Tout ce que j'ai, de toute manière, c'est un sac... que j'ai proposé de te rendre... et quelques bouts de papier. Ceux-ci ne se trouvaient pas dans une enveloppe scellée distribuée par Royal Mail, auquel cas, il aurait été illégal d'y toucher, alors il n'y a aucun problème. Et j'ai accepté de te rendre ces papiers après notre accord. Tu veux me traîner devant les tribunaux pour quelques bouts de papier qui valent moins d'une livre sterling ?

– Comment se fait-il, se demanda-t-elle, que je ne connaisse que deux Anglais, et que vous soyez tous les deux... Enfin, l'un était un voleur, et l'autre, c'est toi.

– Je crois que ça en dit plus long sur toi que sur nous.

– Sur moi ?

– Sur les gens que tu attires.

– Ce n'est pas moi. C'est ma tante.

– C'est toi. Elle n'est pas là, au cas où tu ne l'aurais pas remarqué. Tu es le dénominateur commun de toute cette histoire. Et ne me mets pas dans le même sac que lui. Je ne t'ai jamais menti. J'ai fait très attention à ne pas te mentir. Je déteste les mensonges. Je ne suis pas un voleur, et je ne suis pas un menteur.

C'était la première fois qu'elle entendait ce qui pouvait ressembler à une émotion dans la voix d'Oliver.

– Alors, qu'est-ce que tu es ?

– Un opportuniste.

– Et qu'est-ce que ça veut dire ?

– J'ai vu une opportunité, et je l'ai saisie. Voilà ce que ça veut dire. J'ai été complètement franc à ce propos, et je continuerai de l'être.

– Tu délires.

– Non. Je sais que tout cela ne fait pas de moi quelqu'un de bien, mais je ne raconte pas de mensonges.

– Alors je suppose que ça va, tant que tu es honnête.

Oliver sortit encore ses stupides cigarettes. Il avait un nouveau briquet. Bon marché, en plastique, pas comme le Zippo chic qu'il avait eu avant. Il inspira et exhala lentement, soufflant la fumée sur le côté, loin d'elle. Maintenant qu'elle y pensait, il était la seule personne à fumer parmi ses connaissances. C'était une manie vraiment ridicule. Les cigarettes étaient son support, sa façon d'éviter tout ce qu'il ne voulait pas affronter, de mettre de la distance entre lui et les autres.

Elle prenait sans doute ça trop au sérieux.

– Tu détestes le fait que je fume.

– Qu'est-ce que ça peut bien te faire ? Tu vas arrêter parce que je n'aime pas ça ?

Ils approchaient de quelques marches menant au canal. Oliver descendit jusqu'au bord et trempa le bout de sa cigarette dans l'eau pour l'éteindre. Il la brandit pour la lui montrer.

– Je ne suis pas déraisonnable, dit-il.

– Bien sûr que non, répondit-elle.

Une nuit de vice

Ils marchèrent pendant deux heures. Par les fenêtres, Ginny voyait des sapins de Noël et des lumières, et quelques chandeliers juifs ornés. Elle se rendit compte avec satisfaction qu'elle avait gardé un bon souvenir de la géographie d'Amsterdam. Les canaux variaient en largeur, faisant parfois celle d'une voiture, parfois de six ou plus. Ils découpaient la ville comme une toile d'araignée, avec des bateaux à quai de chaque côté, toutes sortes de bateaux. De longues péniches traditionnelles côtoyaient des yachts flambant neufs, suivis de minuscules barques plates qui donnaient l'impression qu'elles couleraient dès que quelqu'un y poserait un pied. De temps à autre, ils passaient devant un bateau ayant rencontré un funeste destin, à moitié submergé, couché sur le côté, que les canards regardaient d'un air moqueur.

Ils arrivèrent dans le quartier rouge : la zone de prostitution légale d'Amsterdam. Il y avait de longues vitrines entre des maisons et des boutiques, toutes encadrées d'une fine lumière rouge. Soit il y avait une personne à l'intérieur, généralement une femme, soit le rideau était tiré, indiquant que la petite boutique était occupée.

Ces vitrines étaient étrangement douillettes. Parfois, les femmes étaient assises et lisaient, ou se vernissaient les ongles, ou faisaient simplement coucou. Ginny avait de l'affection pour ces vitrines et leurs occupantes. Elles avaient complètement horrifié les Knapp.

– Tu sais ce que je croyais ? demanda Oliver. Quand j'ai lu qu'on allait devoir trouver une fenêtre à Amsterdam, j'ai cru que ce serait l'une de celles-ci.

Elle devait bien admettre que ce n'était pas bête. Tante Peg se serait beaucoup amusée à décorer l'une de ces vitrines.

– Ça ne sert à rien, dit Ginny.

– Mais c'est marrant.

Elle n'avait aucune idée de ce qu'il y avait de drôle là-dedans. Oliver était complètement indéchiffrable. Il se contentait de regarder autour de lui, les mains enfouies dans ses poches.

En plus des lumières rouges, il y avait plusieurs *coffee shops* dans cette rue. Des cafés qui vendaient de la marijuana. On aurait dit qu'ils n'étaient là que pour les touristes, avec leurs néons et la musique tonitruante qui s'en échappait. Ils passèrent devant une échoppe un peu plus calme, qui ressemblait à un petit café normal. Il y avait deux menus, l'un listant différentes concoctions à base de marijuana, l'autre de la nourriture. Surtout des pizzas.

– Je veux entrer, dit-elle.

– Tu veux fumer ?

– Non. J'ai faim. Ils ont de la pizza.

– Beaucoup d'endroits ont de la pizza. C'est cool si tu veux fumer. Je ne vais pas te juger.

– Je ne veux pas fumer, dit-elle fermement.
– Dans ce cas, on peut aller quelque part où l'on mange bien. Il y a plein de bons restaurants à Amsterdam. Ces endroits ne sont pas réputés pour…
– Je veux juste aller là, OK ?
Il leva les mains en signe de reddition.
Pour dire la vérité, Ginny n'avait pas envie d'entrer dans ce *coffee shop*. Elle ressentait un besoin pervers d'y aller. Les Knapp (du moins papa et maman Knapp) avaient refusé de s'en approcher, et quelque chose au fond de Ginny la poussait à faire tout ce qui déplaisait aux Knapp. Et pour être tout à fait honnête avec elle-même (cela lui arrivait de temps à autre), elle devait admettre que ces endroits l'effrayaient elle aussi. Même s'ils étaient légaux, et remplis de touristes, ils dégageaient une impression d'interdit… littéralement. Et Richard venait de lui demander si elle se baladait dans une brume de marijuana légale. Elle allait pénétrer dans un nuage de marijuana. Elle poussa la porte avec bien plus de force que nécessaire et entra.
Un bref coup d'œil lui révéla que ce lieu ne différait pas beaucoup d'un café normal. Il y faisait peut-être un peu plus sombre. Il régnait dans l'air l'odeur caractéristique, un peu sucrée, de la fumée de marijuana. Cet endroit ressemblait à la chambre d'un camé : des coussins et des chaises en osier bon marché, des posters noirs avec des *smileys*, et des dizaines de bougies dans des photophores colorés, tout droit sortis du catalogue IKEA. Les cartes, tant pour la nourriture que pour la drogue, étaient écrites en vert et violet fluorescents sur un tableau illuminé. C'était un peu triste, franchement.

Tante Peg aurait pu faire un travail formidable dans un endroit comme celui-ci. Ses peintures auraient réellement déconnecté les gens.

Si elle avait été seule, Ginny aurait fait demi-tour et serait partie ; mais puisqu'elle avait tant insisté, étrangement, pour entrer, il fallait bien qu'elle reste et mange de la pizza. Oliver et elle s'assirent à une petite table bancale, dont la moitié était occupée par un énorme cendrier.

– Tiens, dit Ginny en le poussant vers lui, cadeau.

– Je ne fume pas à l'intérieur.

Il n'y avait pas beaucoup de monde, mais pour autant le service n'était pas très rapide. Leur serveur, quand il finit par se montrer, était visiblement perturbé par le fait qu'ils soient venus ici pour manger. Néanmoins, étant détendu et défoncé, il accepta de prendre la commande et s'éloigna tranquillement. Elle et Oliver étaient les seules personnes à se tenir droites. Ils avaient l'air rigides, pas naturels. Elle essaya de se détendre sur sa chaise, mais s'affaler paraissait encore moins naturel. Oliver poussait une bougie d'avant en arrière sur la table tout en l'observant.

– Alors, dit-elle, qu'est-ce que tu fais ?

– Comment ça ?

– Dans la vie ?

– Je suis allé à l'université pendant un an. En sciences politiques.

– Et tu n'y vas plus ?

– J'ai arrêté.

– Pourquoi ?

– Ça ne servait à rien de rester.

C'était le genre de chose qui l'étonnait toujours, les gens qui quittaient des institutions, juste comme ça. Des gens qui quittaient l'école quand ils ne voyaient pas l'intérêt de continuer. Tante Peg avait fait ça. Ginny savait qu'elle ne ferait jamais une chose pareille. Soit parce qu'elle était quelqu'un qui travaillait dur et allait au bout des choses, soit parce qu'elle n'avait pas le courage de se détacher du troupeau. Peut-être les deux.

Bien sûr, si elle n'écrivait jamais sa rédaction, le problème ne se poserait pas.

On glissa deux pizzas devant eux, ainsi qu'une bière pour Oliver, et un soda pour Ginny. Les pizzas n'étaient pas terribles, un peu molles et humides, mais elle avait connu pire. Elle allait la manger, de toute manière, puisqu'elle les avait traînés là.

– Comment as-tu mémorisé toute la lettre ? demanda-t-elle en coupant sa pizza en morceaux.

Elle n'avait pas besoin de couteau, sa fourchette suffisait à percer la croûte spongieuse.

– Tu aimes vraiment poser des questions, hein ?

– Tu as dit que tu étais honnête.

Il la considéra un moment tout en coupant une grosse part de pizza et en en prenant une bouchée. Elle était trop molle pour tenir droite, alors il la reposa et se servit de ses couverts.

– Je suis juste doué pour retenir des trucs. Je n'essaie même pas de les mémoriser, la plupart du temps. Ça se fait tout seul.

– Tu veux dire que tu as une mémoire photographique ?

– Non. Ce serait utile. C'est bien plus aléatoire que ça. Je peux réciter tout le premier chapitre de chaque tome de *Harry Potter*. Je peux réciter les quarante-sept pages de mon manuel scolaire. Je peux recréer huit épisodes de la saison deux de *Doctor Who* avec le dixième docteur, mot pour mot. J'ai mémorisé le code de la route. Apparemment, je mémorise des trucs qui ont un certain sens pour moi…

Il s'interrompit brutalement.

– C'est arrivé comme ça, reprit-il. Je ne le contrôle pas. Ça tombait bien, remarque.

– Tu peux réciter tous les premiers chapitres de *Harry Potter ?*

– Oui, enfin… Je peux réciter les chapitres un à quatre du premier tome, les chapitres un et deux du deuxième, les chapitres…

– OK, attends, dit Ginny. Je veux entendre ça. Parce que je ne te crois pas.

– Lequel veux-tu ?

– Le premier tome.

– Je peux finir ma pizza ?

Elle hocha gracieusement la tête. Il continua à manger, s'essuya la bouche, but une gorgée de bière et s'adossa contre sa chaise. Il reprit la même position : yeux fermés, tête en arrière.

– OK, dit-il. Tome un…

Alors, il commença. Ginny ne connaissait pas le premier livre par cœur, mais cela sonnait juste. Normalement, Oliver parlait d'un ton neutre, dénué d'expression. Quand il récitait la lettre, sa voix était complètement plate. Mais cette fois, son visage se détendit et sa voix devint plus basse. C'était un très bon narrateur, à vrai dire.

Au bout de quelques instants, ils avaient attiré l'attention de quelques personnes vraiment défoncées assises deux tables plus loin. Elles dévisageaient ouvertement Oliver, bouche bée, les yeux injectés de sang et émerveillés. Elles commencèrent à s'approcher, faisant glisser leurs chaises vers eux, millimètre par millimètre. Le serveur se rapprocha lui aussi. Oliver semblait apprécier d'avoir un public. Il continua pendant trois chapitres encore, devenant de plus en plus expressif.

– C'était *Harry Potter ?* demanda l'un des clients.

– Qu'est-ce qui te fait dire ça ? répondit Oliver.

– Tu n'arrêtais pas de dire « Harry Potter », répondit le type, très sérieusement. Et ça y ressemblait vraiment. On aurait dit que tu lisais le livre. Comment tu as fait ça ?

Oliver resserra son manteau noir autour de lui, se pencha vers le type et répondit tranquillement :

– Je suis Dumbledore.

Malgré elle, Ginny éclata de rire.

– Est-ce qu'on essaie encore de trouver ce bateau ? demanda Oliver alors qu'ils quittaient le *coffee shop*. Ou bien a-t-on abandonné ?

– Je crois qu'on abandonne.

– Bien. Comme ça, on peut rentrer par le même chemin.

Il faisait froid, mais la promenade était agréable, passant au-dessus des canaux, sur des ponts. Ils ne parlaient pas, mais leur silence était paisible. Oliver fumait, et Ginny enroula son écharpe autour de son visage. Ce fut seulement quand ils arrivèrent à proximité du *Koekoeksklok* que Ginny se rappela pourquoi elle était sortie, et depuis combien de temps.

– Oh, mon Dieu, dit-elle. Je ne leur avais pas dit que je partais.

– Et alors ?

– Et s'ils sont inquiets ?

– Je ne pense pas qu'ils le soient, dit-il en laissant tomber sa cigarette par terre avant de l'écraser.

La légère tolérance que la lecture de *Harry Potter* avait éveillée en elle fut instantanément détruite par cette remarque désinvolte.

– Et qu'est-ce que ça veut dire ? demanda-t-elle sèchement.

– Laisse tomber, dit-il rapidement.

Oh, mais elle ne pouvait pas laisser tomber. Son esprit s'emballait déjà. Ce qu'il voulait dire, c'est qu'ils ne s'inquiéteraient pas parce qu'ils étaient contents qu'elle soit partie. Ils étaient occupés.

– Tu n'arrêtes pas de dire des trucs comme ça, dit-elle, incapable de dissimuler son émotion. C'est quoi, ton problème ? Tu veux bien aller au bout de ta pensée ?

– Écoute, dit-il en levant les mains en l'air, sur la défensive. Je ne pense pas que tu aies envie que je te donne des conseils, c'est tout.

– Je ne veux pas de tes conseils. Je veux savoir pourquoi tu dis toujours des trucs comme ça.

Il poussa un gros soupir et s'arrêta.

– Voilà tout ce que j'ai à dire à ce sujet. J'ai été coincé dans cette voiture avec vous trois. Je n'avais rien d'autre à faire qu'observer. Je ne sais pas ce qui s'est passé entre toi et... Keith...

Manifestement, il n'aimait pas prononcer le nom de Keith.

– ... Mais je sais qu'il s'est passé quelque chose. Et je devine aussi que ça n'a pas été réglé.

– Comment... ?

– Parce que c'est évident. C'est la chose la plus évidente que j'ai jamais vue. Il flirte avec toi. Tu flirtes avec lui...

– Il ne flirte pas. Et moi non plus.

– Aucun mec ne conduirait jusqu'en France pour une fille avec qui il veut seulement être ami.

– Oh, tu fais partie de ces gens qui pensent que les mecs ne peuvent pas être amis avec des filles...

– J'ai dit que personne ne conduit jusqu'en France pour une fille avec qui il veut seulement être ami.

– Il a une petite amie, dit-elle, sur la défensive.

– Ouais. J'avais remarqué. Je ne pense pas que ça change grand-chose. Comme je l'ai dit, je ne pense pas que tu veuilles de mes conseils, mais à ta place... Je ferais attention.

C'était d'une absurdité totale. Elle était dehors avec Oliver, qui lui disait de se méfier de Keith. Oliver, l'extorqueur. Elle le bouscula, en colère contre elle-même.

Et il s'avéra que Keith et Ellis étaient dans l'entrée, essayant de comprendre les règles d'un vieux jeu de société néerlandais.

– Où tu étais, espèce de dingue ? demanda Keith. Tu avais dit que tu allais passer un coup de fil.

Ginny jeta un coup d'œil contrit à Oliver, qui l'avait suivie à l'intérieur.

– On a cherché le bateau, répondit-elle.

– *On* a cherché le bateau ?

Keith regarda Oliver de haut en bas. Ce dernier secoua la tête et se dirigea vers l'escalier. L'espace d'un instant, toute conversation fut impossible à cause du grincement des marches. Les marches les plus bruyantes du monde.

– J'étais dehors, dit simplement Ginny. Je me promenais. Il était dehors aussi. On a cherché le bateau.

– Vous l'avez trouvé ? demanda Ellis.

– Non.

– Quelle surprise, dit Keith en se retournant vers le jeu. Tu veux jouer ? On n'a aucune idée de comment ça marche, mais on a décidé que celui qui obtenait cinq cents points aurait gagné. À toi de voir comment tu peux gagner des points. J'en ai gagné en cachant les jetons d'Ellis dans ma chemise.

Il secoua une petite poche en tissu près de son ventre. Il y eut un cliquetis.

– Tricheur, marmonna Ellis.

– Je crois que je vais aller me coucher aussi, dit Ginny.

– Tu fais tout comme lui ! s'écria Keith. Tu es amoureuse de lui.

Elle sentit son regard la suivre longtemps après qu'elle eut disparu dans l'obscurité de la cage d'escalier.

Actes de cruauté aveugle

Le lendemain matin, Ginny fut réveillée par un hurlement. Heureusement, ce n'était pas le sien. Il était fort, masculin, et venait de l'étage inférieur. Ellis se réveilla en sursaut dans son lit, à côté d'elle.

– Qu'est-ce que c'était ? demanda-t-elle. Est-ce que j'ai rêvé ? C'était toi ?

Maintenant, il y avait des cris et des bruits de coups. Elles bondirent hors du lit au même moment et descendirent les marches à toute vitesse, dérapant sur le bois lisse. La porte de la chambre de Keith et Oliver était fermée, et une conversation échauffée avait cours à l'intérieur.

– Qu'est-ce qu'on fait ? demanda Ellis. Il se passe quelque chose là-dedans. Est-ce qu'on doit les interrompre ?

Elles entendirent un autre cri étouffé, suivi par un rire tonitruant. Celui de Keith.

– Oui, répondit Ginny en ouvrant la porte.

Keith se tenait le plus proche de la porte, vêtu d'un pantalon de pyjama large et du T-shirt de la veille. Oliver ne portait qu'un boxer et un T-shirt mais, cette fois, elle ne pouvait pas le lui reprocher. Il était trempé, et n'arrêtait pas de jurer.

– Fermez la porte ! hurla-t-il.

Cette fois, il n'était pas d'humeur à exhiber son boxer. Et à nouveau, Ginny se retrouva à le fixer du regard. Keith ne ferma pas la porte. Au contraire, il l'ouvrit en grand, laissant entrer l'air froid de la cage d'escalier.

– Il a neigé, dit-il en passant un bras par-dessus sa tête et en se grattant paresseusement la nuque.

Maintenant, Ginny la voyait. De la neige par terre, et sur le lit d'Oliver. Il y en avait tellement qu'elle ne pouvait provenir que d'une seule source. Keith devait avoir été très, très discret, car cet escalier était comme un instrument de musique. Et il avait dû faire plusieurs allers-retours, parce qu'il y avait beaucoup de neige. Oliver attrapa son sac et poussa un grognement de consternation quand de la neige s'en échappa. Ses vêtements étaient complètement trempés.

– Oh, là là ! dit Keith. Ça va être froid et désagréable.

Oliver lui donna un coup d'épaule et passa rapidement devant Ellis et Ginny pour se rendre dans la salle de bains. Keith le laissa faire en souriant.

– C'était méchant, dit Ginny.

– Méchant ? répéta-t-il en s'asseyant sur son lit et en examinant les dégâts d'un air satisfait.

Il y avait aussi de la neige sur son lit, sans doute jetée là par Oliver.

– Ce n'est rien. J'aurais pu faire bien pire, et tu le sais.

Il y avait une note de défi dans sa voix. Ellis plaqua la main sur sa bouche, peut-être pour réprimer un gloussement.

– Il va se geler, dit-elle.

– Encore une fois, je ne vois pas où est le problème.

Ginny s'en alla, remontant lourdement dans leur chambre. Elle ne savait pas vraiment pourquoi elle était en colère contre Keith, et pourtant, elle l'était. Elle attrapa ses vêtements, sans même prendre une douche. Elle entendait l'eau qui courait dans les tuyaux, cependant, alors qu'Oliver prenait la sienne. Ellis revint quelques instants plus tard et referma doucement la porte.

– Il essaie simplement d'aider, dit-elle. Honnêtement.

– Je sais, dit Ginny, mais je ne veux pas de ce genre d'aide.

Ellis hocha la tête et enfila elle aussi ses vêtements. Elles descendirent au rez-de-chaussée, où une table chargée de yaourts, de muesli, de pain, de fromage et de viande les attendait. Keith les rejoignit peu après, chantonnant joyeusement dans sa barbe.

– Je meurs de faim. Pas vous ?

Il remplit son assiette et s'assit à table. Ellis et Ginny le dévisageaient.

– Quoi ? demanda-t-il.

– Ginny a raison, dit Ellis. Ça suffit.

– Vous avez oublié ce qu'il est en train de faire.

– Non, mais...

Le craquement de l'escalier interrompit leur conversation. Oliver entra dans la pièce avec ses vêtements mouillés qui le moulaient. Son pantalon collait à ses mollets. Même ses chaussures étaient trempées. Il sortit soixante-dix euros humides de son portefeuille et les tendit à Ginny.

– Pour la chambre. Je serai dehors.

– Je parie que ton manteau n'est pas tout à fait sec après avoir été éclaboussé hier, dit Keith. Quelle déveine.

Oliver sortit sans un mot. Ellis donna un petit coup de poing sur l'épaule de Keith.

– Quoi ? répéta-t-il.

Il faisait encore plus froid que la veille, si bien que la marche jusqu'à la librairie dut paraître terrible à Oliver. Il avait les bras serrés sur sa poitrine. Charlie les attendait devant la boutique, vêtu d'un jean blanc moulant, d'une veste en cuir noir, et d'énormes lunettes de soleil miroir. Ses cheveux étaient encore plus hauts et plus en bataille que la veille.

– Tu es trempé, dit-il en baissant ses lunettes pour regarder Oliver.

– Il est tombé dans un canal, dit Keith en désignant du pouce le canal derrière eux.

À l'honneur d'Oliver, il ne poussa pas Keith dans ledit canal.

– Oh. Ça arrive. Venez.

Suivre Charlie était une drôle d'expérience. Il marchait en zigzaguant vaguement, et Ginny aurait juré qu'il sautillait de temps à autre. Pas assez haut pour faire claquer ses talons. Il levait juste les pieds plus haut que nécessaire. Puis il serpentait, serpentait, serpentait.

– Ce mec est défoncé, dit Keith à voix basse. Ou, pire encore, il ne l'est peut-être pas. Qu'est-ce qui cloche chez tous les gens que connaît ta tante, bon sang ?

Cette question se révéla encore plus pertinente quand ils virent le bateau.

Pour être juste, le bateau rose n'était pas aussi horrible que Ginny l'avait redouté. Dans son esprit, elle l'avait imaginé rose pétant, et peint de partout, même sur les fenêtres. En réalité, il y avait au moins quatre nuances de rose. Il n'en demeurait pas moins très rose.

– C'est Margaret qui a choisi les couleurs, dit Charlie en caressant une fine branche d'arbre dénudée.

Ginny n'en aurait pas douté. C'était soit tante Peg, soit un groupe de gamins de cinq ans.

– Où est la fenêtre ? demanda Oliver.

Charlie ôta ses chaussures et sauta sur le pont du bateau. Il se dirigea vers l'avant (ou la proue, peu importe comment on appelle ça). Et elle était là, tout à l'avant, servant plus ou moins de pare-brise au bateau. C'était une scène de jungle peinte, genre bande dessinée : d'immenses feuilles vertes, d'énormes fleurs orange et un gigantesque perroquet. La peinture se concentrait principalement sur le pourtour de la fenêtre, laissant le centre dégagé, comme une ouverture dans le feuillage. Le capitaine devait naviguer en se dirigeant à travers l'étrange paysage de tante Peg. C'était intéressant, à défaut d'être entièrement sûr.

– Laissez-moi simplement l'enlever.

– Oh, oh, dit doucement Keith.

Ginny et Ellis le dévisagèrent toutes les deux, et il haussa les épaules d'un air penaud. Il n'était pas encore complètement sorti d'affaire.

Charlie agrippa les bords de la fenêtre et se mit à tirer, ce qui ne correspondait pas tout à fait à la méthode d'extraction que Ginny avait imaginée.

– Vous avez besoin d'aide ? demanda Oliver, prêt à monter à bord.

Charlie le chassa d'un geste de la main.

– Pas de problème, dit-il. Je l'ai fixée avec de la colle. Rien que de la colle.

Cet étrange personnage arachnéen luttait contre la fenêtre. Il grognait et grommelait, bloquant ses jambes grêles et tirant encore et encore, la tête en arrière. Ses lunettes glissèrent de son visage. On aurait dit une sorte de Muppet dérangé ayant décidé d'attaquer un navire.

– C'est incroyable, dit Keith. On peut le ramener à la maison avec nous ?

Il y eut un craquement, et le ventre de Ginny se serra.

– Voilà, dit Charlie en revenant sur le côté du bateau.

Il leur tendit la vitre. Le verre n'était pas brisé, heureusement. Le craquement avait été celui de l'encadrement en bois.

– Je suis désolé pour Peg, dit Charlie en posant doucement ses mains couvertes d'encre sur les épaules de Ginny. C'est une grande perte pour tout le monde, pour tout, pour l'art.

– Oui, dit doucement Ginny. C'est vrai.

Ils prirent le ferry *Hoek van Holland*, au sud d'Amsterdam, pour rentrer en Angleterre. Ginny avait fait une très longue traversée en bateau lors de son dernier voyage : vingt-quatre heures pour aller en Grèce. Bien sûr, elle avait passé une grande partie de ce trajet à se prélasser au soleil, et non à s'abriter de l'air de décembre et des embruns glacés. Mais cette traversée était beaucoup moins longue.

Ginny s'inquiétait un peu d'avoir laissé la fenêtre dans la voiture. Elle avait sorti tous ses vêtements de son sac pour l'envelopper avec soin, au cas où le bateau tanguerait. Idéalement, elle serait restée avec elle dans la voiture, mais il gelait dans la cale et, de toute manière, les passagers n'avaient pas le droit d'y rester.

Ils s'assirent tous les trois autour d'une table basse soudée au sol. Oliver fut relégué à une autre table. Il avait l'air d'avoir encore plus froid à l'intérieur, mais il prit bravement un énorme roman et essaya de lire. Ellis sortit à nouveau ses cartes.

– Allez, dit-elle, vous savez que vous voulez jouer avec le jeu des chevaux.

Elle était obsédée par ces cartes. La petite Ellis en elle ne trouverait pas la paix tant que quelqu'un n'aurait pas joué avec elle.

– Bon, vas-y, dit Keith.

– Ginny ?

Ginny haussa les épaules.

– Il va falloir m'apprendre, dit-elle.

C'était un jeu où l'on vous donnait des cartes sur lesquelles il y avait une image (un cheval, en l'occurrence) et des tas d'informations sur ce cheval, sa vitesse, sa taille, etc. Celui qui avait le meilleur cheval remportait les deux cartes. On répétait la manœuvre jusqu'à ce que quelqu'un ait toutes les cartes. En gros, c'était exactement comme le lycée, sauf que ça ne durait que trois minutes. Ce qui était vraiment plus humain, quand on y pensait.

– Vous vous sentez vraiment en vacances, hein ? demanda Ellis après qu'ils eurent fait une partie.

– Bizarrement, oui, répondit Keith. Mais on a perturbé l'Américaine. Regarde-la. On voit bien qu'elle n'a jamais passé de vacances à la mer où l'on reste dans la voiture, sous la pluie, à manger des sandwichs.

– Ce sont les meilleures, dit Ellis en hochant la tête.

– Vous inventez tout ça, répliqua Ginny. Vous essayez de m'avoir.

Keith tapa violemment sur la table, faisant sursauter Oliver.

– Hé ! Où on va ensuite ?

– À Dublin, répondit-il en tournant la page avec raideur.

– Dublin ? répéta Keith. Genre, en Irlande, de l'autre côté de l'Angleterre ?

– Tu es très malin. Oui, Dublin. Et puisque nous devons traverser l'Angleterre pour y aller, je suggère que nous nous y arrêtions pour la nuit. Vous n'êtes pas obligés de venir avec nous si vous n'en avez pas envie. Nous sommes tout à fait capables de nous en occuper tout seuls.

– Dublin ? demanda Ellis. C'est le Nouvel An ! Dublin pendant le Nouvel An, ça doit être génial ! Il faut le faire.

– Elle a raison, dit Keith en adressant un signe de tête à Ginny. Il le faut. Au fait, je crois que tu as remporté haut la main le concours du pantalon mouillé. Je vote pour toi, et c'est sincère.

Oliver se leva et sortit sur le pont.

– J'ai dit quelque chose qu'il ne fallait pas ? demanda Keith.

– Je vais au bar, dit Ginny. Vous voulez quelque chose ?

Ils secouèrent la tête. Ginny y alla donc toute seule, titubant de droite à gauche à cause du roulis. Elle aperçut Oliver par la fenêtre. De toute évidence, il avait hésité entre l'humidité et son envie de cigarette. La dernière l'avait emporté. Il était sur le pont, dans les embruns glacés, et n'arrêtait pas d'essayer d'allumer son briquet, à la recherche d'une étincelle. Ce spectacle la rendit triste, alors sur un coup de tête, elle acheta deux cafés et sortit. Elle lui en tendit un. Il le regarda, perplexe.

– Je suis désolée, pour ce matin.

Oliver la regarda, puis regarda à nouveau le café. Il le serra entre ses mains comme s'il s'agissait d'un objet rare et précieux, et peut-être un peu dangereux.

– Merci, dit-il. Mon plan, c'est de trouver un endroit où me cacher sur ce bateau et de dormir.

– Te cacher ?

– Si j'ai appris une chose au pensionnat, gamin, c'est qu'ils n'arrêtent jamais. Il ne faut pas qu'ils te trouvent endormi. C'est ma faute.

La cachette d'Oliver était la voiture. Ils le trouvèrent là quand on leur demanda de rejoindre le pont des automobiles. Il était monté dans le coffre, avait pris tous les vêtements secs de Keith et les avait empilés sur lui. C'était un tas de linge endormi.

– Il consulte vraiment des sites pour apprendre à forcer les serrures, dit Keith en lui jetant un coup d'œil par la vitre et en frappant bruyamment pour le réveiller. Cette voiture est un coffre-fort. Personne ne peut y pénétrer.

– Un jour, j'ai ouvert une de ses portières avec un stylo, dit Ellis.

– Ne me dis pas des choses comme ça.

– C'est vrai. Rien qu'un petit tour de Bic et... hop ! Elle était ouverte.

Oliver s'installa sur le siège arrière et laissa de la place à Ginny, fourrant tous les vêtements de Keith à ses pieds. Avec toutes ces affaires en plus, ils étaient encore plus serrés que d'habitude. De retour sur son sol natal, Keith appuya sur le champignon, sûr de lui. La petite voiture blanche fila bruyamment sur l'autoroute. Dès qu'ils entrèrent dans Londres, Keith s'arrêta sur le côté de la route. Il n'y avait pas d'arrêt de métro, rien. Il se retourna et regarda Oliver.

– C'est là que tu descends.

– Où sommes-nous ?

– Je viens de le dire : à l'endroit où tu descends. Voilà où nous sommes.

– Bien, répondit Oliver. Je vais juste prendre la fenêtre avec moi. Vous pouvez garder la porte.

Ginny s'agrippa de toutes ses forces à la fenêtre. Il n'était pas question qu'Oliver l'emporte.

– Dehors, dit Keith. On garde la fenêtre.

Oliver réfléchit un moment, puis se tourna vers Ginny.

– Bon, vous ne pouvez pas faire grand-chose avec ça, sans la pièce finale. Pour demain... Dois-je conclure qu'on va y aller en voiture, ou veux-tu qu'on prenne le train et le ferry ensemble ?

– Je suppose que ce serait trop demander que de savoir où on va exactement en Irlande ? dit Keith.

– Tu me demandes vraiment ça alors que tu me jettes sur le bord de la route ?

– Au moins, je t'ai conduit jusqu'à Londres. J'aurais pu te laisser au pays de Galles.

– Je vous contacterai, dit Oliver en ouvrant la porte.

Keith démarra avant qu'il ait eu le temps de prendre son sac, obligeant Oliver à marcher sur plusieurs centaines de mètres pour le récupérer. À peine avait-il atteint la voiture que Keith avançait à nouveau. Cette fois, Oliver attendit un moment avant d'approcher la voiture. Quand il fut à son niveau, Keith recula, le forçant à sauter sur le trottoir.

– Keith ! lança Ellis. Arrête !

Soudain, le siège arrière était très spacieux. Trop spacieux. Ginny gigota, mal à l'aise, et regarda par la vitre arrière. Oliver s'éloignait d'un pas décidé, comme s'il savait exactement où il allait, son manteau claquant dans le vent. Pour une raison qui lui échappait, cette vision la rendit très triste.

Quand ils arrivèrent à la maison de Richard, il n'y avait pas de place libre, alors Keith laissa tourner le moteur alors qu'ils sortaient avec précaution les pièces du tableau. Ils l'aidèrent à tout porter en haut des marches.

– Bon, on attend d'avoir de tes nouvelles demain, dit Keith. L'heure, la destination, tout ça. Je suppose qu'on va devoir partir à une heure indécente.

– Ça ne vous dérange pas ? D'aller en Irlande ?

– Bien sûr que non. On ne te laisserait jamais seule avec lui, pas vrai, El ?

– Sûrement pas, répondit-elle. Je suis tout excitée ! Jusque-là, ç'a été excellent !

Ellis la serra dans ses bras. Keith lui donna une petite tape amicale sur le bras. À peine étaient-ils partis, la voiture pétaradant et crachotant dans la rue, qu'Oliver apparut. Ginny n'avait même pas eu le temps d'ouvrir la porte. Il était là, comme s'il avait poussé sur un buisson, ou jailli d'une poubelle.

– D'où est-ce que tu viens ? demanda-t-elle.

– J'attendais juste là que tu rentres chez toi.

– Je t'aurais vu. Tu étais accroupi ?

– Non. J'étais juste là...

– Comment as-tu fait pour arriver aussi vite ?

– J'ai pris le métro. Je vous ai devancés de dix minutes. En fait, il m'a laissé à un endroit très pratique...

– Comment savais-tu où... ? Oh, les lettres.

– Maintenant qu'on a éclairci la situation, dit-il en soupirant, tu ne veux pas savoir ce que je fais là ?

– Qu'est-ce que tu fais là ?

– Tu dois faire quelque chose, et je n'ai pas vraiment eu l'occasion de te l'expliquer dans la voiture. Au moins, je peux t'aider à rentrer ça à l'intérieur.

Il désignait la table et la fenêtre appuyées contre la porte. Était-il venu les récupérer ? Cela paraissait improbable. Comme il l'avait dit, elles étaient sans intérêt sans la pièce finale. Peut-être pour une autre raison sournoise ? Probablement pas. Keith l'avait bel et bien viré de la voiture. Il n'aurait pas pu planifier ça.

– Vas-tu me laisser entrer ?

– D'accord, dit-elle en enfonçant la clé dans la serrure.

Contrairement à Keith, qui était toujours entré comme s'il était chez lui, Oliver entra prudemment, la tête un peu penchée, à pas de loup, regardant autour de lui comme s'il craignait que quelqu'un ne l'attende, embusqué derrière le canapé. Il n'alla pas chercher à manger dans la cuisine. Il ne s'assit même pas. Il se contenta de regarder les décorations du salon.

– Alors, qu'est-ce que tu es venu me dire ? demanda-t-elle. Tu aurais simplement pu m'envoyer un e-mail pour me donner les instructions pour demain.

– Sauf que nous devons faire quelque chose aujourd'hui. Ici. Dans cette maison.

Il ponctua cette affirmation en touchant la guirlande que Ginny avait accrochée autour de la porte, et en fit tomber un bout par terre sans le vouloir. Il essaya de la remettre, la manipulant pendant un bon moment sans succès.

– Laisse, dit-elle. Dis-moi simplement ce qu'on doit faire ici.

Il s'appuya contre la porte et reprit sa position de récitation, la tête en arrière, les yeux fermés.

– « J'ai une grande surprise, Gin. J'ai réalisé des tableaux qui valent de l'argent, et puisque tu es de retour, tu peux très bien aller les récupérer. Tu les trouveras dans mon atelier, à Harrods, enfermés dans les placards du fond. La clé est collée dans de la patafix sous la reproduction du *Bar aux Folies-Bergère...* »

Il ouvrit les yeux et regarda Ginny.

– Il s'agit des peintures que tu as déjà vendues.

– J'avais compris.

Il se racla la gorge et se remit à réciter :

– « Je me suis dit que la cacher là serait une jolie touche. J'aurais trouvé ça bête de laisser la clé de mon héritage accrochée à un porte-clés "J'aime Londres" sur le frigo. Il faut avoir un peu de style quand on transmet des choses depuis l'au-delà. Dans le placard, tu trouveras aussi le nom et l'adresse d'un homme travaillant dans un cabinet d'enchères, qui est parfaitement préparé à organiser la vente des tableaux. Il s'appelle Cecil Gage-Rathbone et il est très doué dans son travail. Cecil pourra aussi s'occuper de la vente de notre œuvre en cours, qui n'est pas encore terminée !

« Dans ma chambre, il y a une cheminée dont on ne se sert plus. Je suis sûre que tu l'as déjà vue. Je l'ai repeinte. Entre à l'intérieur, tends la main et, derrière, tu trouveras la prochaine chose dont tu as besoin. Emmène-la avec toi à ta destination suivante, qui est...

« L'Irlande ! Je parie que tu as toujours voulu aller en Irlande, Gin. Je suis là pour te faire plaisir. L'Irlande est vraiment l'un de mes endroits préférés, et le dernier que j'ai visité.

« Il y a un problème, cependant. Je ne me rappelle pas vraiment comment on arrive à l'endroit où je veux que tu ailles. Richard le sait, et puisque tu es avec lui en ce moment, tu peux le lui demander. Dis-lui que tu veux les indications pour te rendre à "l'endroit près de chez sa grand-mère". Il saura de quoi tu parles. »

Ginny se dirigea aussitôt vers l'escalier. Elle était devant la porte de sa chambre quand elle se rendit compte qu'Oliver ne l'avait pas suivie. Il était encore en bas de l'escalier, les yeux levés vers elle.

– Quoi ? demanda-t-elle.

– Je peux monter ?

Il ne lui était pas venu à l'esprit qu'il hésiterait à la suivre dans sa chambre.

– Viens, dit-elle.

La réaction qu'il avait eue en voyant les décorations de Noël n'était rien comparée à celle qu'il eut en parvenant à l'embrasure de la porte.

– Bon sang ! lâcha-t-il.

La chambre de Ginny — la chambre de tante Peg — assaillait vraiment les sens la première fois qu'on la voyait. Oliver observait le collage d'emballages et de bouts de papier assortis allant du sol au plafond. Ginny était déjà par terre et poussait la valise qu'elle avait posée devant la cheminée. Elle s'allongea sur le dos et glissa la tête à l'intérieur. Le conduit avait été bouché, mais un courant d'air glacial descendait toujours de l'obscurité. Quelques centimètres plus haut, un objet y était coincé en biais. Elle tendit la main et l'attrapa. Une poignée de poussière et de saletés lui tomba sur le visage. Elle éternua et sortit la tête de la cheminée.

Il s'agissait d'une longue boîte étroite dans laquelle on aurait pu ranger un parapluie rétractable. Elle était composée de deux morceaux, qu'il fallait simplement tirer pour l'ouvrir. Il y avait trois choses à l'intérieur : un objet long, un rouleau de Scotch et un petit sac en plastique. Le sac contenait des pastels : de gros crayons avec des étiquettes en italien. Il y en avait quatre : un gris, un blanc, un vert foncé et un vert clair. L'objet long était une feuille de papier blanche.

– Oh, non, dit Ginny.

Pour être juste envers le papier, c'était du très beau papier. Il avait l'air fait à la main. On en voyait les fibres. Et il était presque complètement translucide. N'empêche que cela supposait qu'il fallait dessiner quelque chose, et cela ne lui plaisait pas du tout.

– Qu'est-ce que je suis censée faire avec ça ? demanda-t-elle. Elle pense que je peux dessiner ? Parce que je ne sais pas dessiner. Allez, tu sais ce que je dois faire, toi.

– Ça va aller, dit-il.

– Je me sentirais mieux si tu me le disais.

– Honnêtement, je ne crois pas. Ça n'a aucun sens quand on ne connaît pas l'endroit, mais la tâche en elle-même n'a pas l'air difficile. On pourrait partir ce soir. On pourrait y aller sans eux. Je parie qu'on pourrait trouver un vol bon marché, et on y serait en un clin d'œil. C'était ce que j'avais prévu avant qu'ils ne s'en mêlent.

L'espace d'un instant, Ginny fut tentée. Elle ne serait plus obligée de voir Keith et Ellis ensemble. Il suffisait qu'ils s'en aillent maintenant. Mais non… non. Keith avait proposé de conduire. Voilà comment elle irait en Irlande. Les choses devaient se passer comme ça.

– On y va avec eux, dit-elle.

– Alors, on ferait mieux de regarder les horaires de ferry.

L'ordinateur de Ginny était posé par terre, à côté du lit. Elle s'en saisit. Oliver resta au-dessus d'elle alors qu'elle tapait, appuyé contre le bureau. On aurait dit qu'il faisait cinq mètres de haut.

– Il y a un ferry pour Dublin à treize heures, dit-elle. Il part de Holyhead.

– Au pays de Galles. C'est à environ six heures de route. Il va falloir qu'on parte à cinq heures du matin.

Il avait dit cela comme s'il lui lançait un défi.

– Dans ce cas, on partira à cette heure-là, répondit-elle.

– Bon, eh bien alors, je suppose que je ferais mieux de...

Il posa les yeux sur un eye-liner que Ginny avait laissé sur son bureau, le prit et l'examina curieusement, comme s'il n'avait jamais vu un objet aussi fantastique auparavant.

– ... d'y aller, conclut-il. On se voit demain matin, chez lui, je suppose.

Il quitta la pièce. Ginny l'entendit descendre l'escalier à toute vitesse et sortir de la maison.

– Tu es tellement bizarre, dit-elle à voix haute.

Richard fut légèrement surpris de trouver Ginny assise sur le canapé en rentrant chez lui ce soir-là.

– Tu es rentrée, dit-il. Et tu as ramené... un tas de rebuts.

Il désignait le plateau de table et la fenêtre qui s'étaient joints aux nombreuses décorations de la salle de séjour. Ils n'étaient vraiment pas très impressionnants, sortis de leur contexte. La table était jaune, avec des taches rougeâtres circulaires, surtout au centre, mais aussi sur les bords. Il y avait aussi une longue éraflure sur un côté. La peinture s'était complètement écaillée à plusieurs endroits, révélant une porte bleu-vert pâle en dessous. La porte avait été sciée en deux et poncée à la va-vite, laissant un côté rugueux. La fenêtre paraissait plus artistique parce qu'il y avait une peinture dessus, mais elle était très sale, et l'encadrement en bois était miteux.

– Voilà les morceaux, expliqua Ginny. Ce n'est pas encore terminé.

Richard tourna la tête sur la gauche, puis sur la droite, essayant de comprendre comment un plateau de table rugueux et une fenêtre colorée, mais sale, pouvaient s'assembler. Puis il secoua la tête, décidant apparemment qu'il y avait de meilleures façons d'utiliser son énergie mentale.

– Alors, il y en a d'autres ? demanda-t-il.

– Encore une. Nous devons aller la chercher.

– Et où se trouve-t-elle ?

– En Irlande. La lettre dit que je dois te demander des indications pour me rendre quelque part, près de chez ta grand-mère.

Richard hocha la tête et détourna les yeux, secouant ses clés dans sa paume pendant un moment.

– Bien, dit-il. Bien sûr. Bon, si tu es partante, je te propose un voyage à la *Rose de Delhi.* C'est au bout de la rue, et ils font un très bon curry. Je me change et on y va.

Il enfila rapidement un jean et un sweat et ils sortirent dans la rue trempée par la pluie. En Angleterre, il pleuvait toujours quand on ne regardait pas, si bien que les trottoirs et les routes étaient recouverts d'un vernis luisant. À part ça, la nuit était claire, et pas trop froide.

Pour la seconde fois de sa vie, Ginny se retrouva dans un restaurant indien. Celui-ci avait un style franchement théâtral. Il y avait de lourds rideaux de velours devant la porte pour bloquer le froid. À l'intérieur, on pénétrait dans un monde aux murs rose vif, recouverts de minuscules éléphants faits à la peinture dorée. On y diffusait de la musique indienne entraînante, et il y avait des fleurs fraîches partout : un petit bouquet près de la porte, de petits vases sur toutes les tables, un autre vase rempli sur le comptoir. On les accueillit avec effusion, puis on leur donna des serviettes chaudes et humides pour qu'ils se lavent les mains, avant de les installer à une jolie table près de la fenêtre. Le serveur entreprit aussitôt de réarranger les verres et les couverts en argent. Cela étonnait toujours Ginny : pourquoi les disposaient-ils d'une certaine manière et les changeaient-ils de place dès qu'on s'asseyait ?

Un instant plus tard, elle lisait une carte qu'elle ne comprenait pas vraiment. *Korma*, *masala*, *rogan josh*, *vindaloo*, poulet *tikka bhuna*, *aloo gobhy*, *biryani*... Elle n'avait aucune idée de ce que c'était. Quand les *papadums* arrivèrent — les grands disques croustillants plus ou moins équivalents aux chips de maïs des restaurants mexicains — elle se sentit un peu plus à l'aise. Elle ignorait complètement ce qu'il y avait dans les cinq petits bols argentés qui les accompagnaient. Elle laissa Richard la guider pour la commande. Il choisit pour elle un plat pas trop épicé, à base d'agneau.

– Ma famille vient d'Irlande, dit-il en faisant un trou au centre des *papadums* pour pouvoir les casser et les manger. Je suis né là-bas. On s'est installés ici quand j'étais petit, alors je n'ai jamais eu l'accent. Je suis le seul Murphy à parler comme ça. La honte de la famille. L'endroit où tu dois aller se situe juste à l'extérieur de Kildare, près de Curragh.

– Qu'est-ce que c'est que ça ?

– Une vingtaine de kilomètres de pâturages. Là où sont les moutons. Ils s'aventurent en ville pendant la nuit, mangent toute l'herbe dans les jardins et laissent des crottes en cadeau.

– Alors, je vais dans un pâturage ?

– Non, pas exactement.

– Où, alors ? Qu'est-ce que je vais voir ?

– La lettre ne le dit pas ?

– Je n'ai pas encore lu cette page, dit-elle, et c'était la vérité. Je les lis au fur et à mesure.

Richard brisa un gros morceau de *papadum* et le tapota sur le bord de son assiette. On aurait dit qu'il débattait avec lui-même.

– Quelque chose ne va pas ? demanda-t-elle.

– Non. Je réfléchissais juste au moyen le plus simple d'y parvenir. Vous partirez de Dublin, je supposc ?

– On prend le ferry demain matin.

– Bien sûr. Je n'aurais sans doute pas dû t'emmener manger un curry ce soir... Même si je suis sûr que le voyage se passera bien. Juste un peu... agité, parfois...

Il cassa son *papadum* en deux et posa les morceaux sur le bord de son assiette, sans les manger.

– Alors, reprit-il, changeant complètement d'attitude. Dublin. Le Nouvel An. Tu seras encore avec ton ami ?

– Nous sommes quatre.

– Quatre ? D'où viennent les deux autres ?

– Keith et sa petite amie. C'est lui qui a conduit. C'est... bien.

Le serveur s'approcha en poussant un chariot rempli de nourriture, si bien qu'il y eut une pause dans la conversation alors qu'il installait des assiettes chaudes et les plats en métal fumants remplis de curry, de riz et de pain. Cela dura assez longtemps pour que Ginny puisse changer de conversation.

– Ça arrive souvent que les élèves partent en pensionnat, par ici ? demanda-t-elle alors qu'ils se servaient.

Richard pouvait tout à fait gérer un changement de conversation comme celui-ci. Il avait l'habitude qu'on le bombarde de questions aléatoires tout au long de la journée.

– Ce n'est pas anormal, mais ce n'est pas habituel non plus.

– J'ai rencontré quelqu'un qui y est allé. Dans les livres ou dans les films, il y a toujours des Anglais qui vont au pensionnat. Je me disais que c'était peut-être le cas de la majorité des gens.

– Non. Je n'y suis pas allé, moi. Je connais certaines personnes qui y sont allées. C'est très cher.

– Alors il faut être plutôt riche, pour y aller ?

– Eh bien, en général, il faut de l'argent. Certaines personnes obtiennent des bourses, et certains établissements coûtent moins cher que d'autres. Ça dépend. Mais généralement, il faut que l'argent vienne de quelque part.

Donc, à moins qu'Oliver ait obtenu une bourse, il devait y avoir de l'argent dans sa famille. Il était probablement assez intelligent pour décrocher une bourse, mais les boursiers n'étaient pas le genre de personnes qui quittaient l'université sur un coup de tête. Et même si ses vêtements étaient probablement d'occasion, ils étaient tout de même de très bonne qualité. Il savait reconnaître les belles choses. Elle en déduisait qu'il devait avoir eu de l'argent, ne serait-ce qu'autrefois. Alors, pourquoi avait-il besoin de l'argent de la vente ?

– Je t'écrirai l'itinéraire en rentrant, dit Richard en revenant à leur conversation initiale. Ce n'est pas loin de Dublin. Ça ne devrait pas vous prendre longtemps, surtout si vous avez une voiture. (Il désigna la nourriture.) Vas-y. Je pense que tu vas aimer.

Quoi que ce soit, ça avait l'air délicieux. La sauce était d'un marron-rouge foncé, couleur du piment, parsemée de feuilles vertes de coriandre. Ginny n'avait jamais rien mangé qui sentait comme ça.

– C'est bon, dit Richard en désignant son assiette. Essaie.

Il parlait du curry, mais elle eut l'impression qu'il essayait de la rassurer à propos d'un sujet plus vaste, à propos de ce qui l'attendait en Irlande.

Elle plongea la fourchette dans son assiette et prit une bouchée. Le plat était aussi délicieux qu'il sentait bon, plein de viande tendre et d'épices fraîchement moulues. Richard ne l'envoyait jamais dans la mauvaise direction. Elle ignorait ce qui l'attendait… mais cela se passerait bien. Elle en était sûre.

L'ÎLE ÉMERAUDE

– Pourquoi les Américains sont-ils aussi fascinés par l'Irlande ? demanda Keith quand il ouvrit la porte le lendemain matin. On était en train d'en parler, avec Ellis. Maintenant, il faut que tu nous expliques. Explique-nous, l'Américaine. Vous avez l'air de penser que c'est magique. L'Irlande...

Il prononça ce dernier mot avec un accent irlandais. Ellis, assise sur les marches avec une tasse de thé, secoua la tête.

– Bonjour, Gin, dit-elle. Je ne parlais pas de ça. C'était lui qui en parlait. Tout seul.

Ginny sourit faiblement, remarquant le jean et le pull d'Ellis, les mêmes que le jour où ils étaient partis en France. Soit elle était arrivée très tôt, soit... Soit elle n'était jamais partie et n'avait pas de vêtements de rechange. C'était une possibilité horrible, mais très probable. Ginny essaya de réprimer la tristesse envahissante qui accompagnait cette pensée et s'enroulait autour d'elle comme du lierre.

– En plus, ajouta Keith, inconscient de sa souffrance, vous pensez tous que vous êtes irlandais. Quel intérêt ?

Vous préférez leur accent ? Ce sont les rochers magiques ? Oh, regardez, un lutin…

Cela annonçait l'arrivée d'Oliver, qui se trouvait juste derrière Ginny.

– Bonjour, dit ce dernier.

– Alors ? demanda Keith. Alors ?

Oliver reprit son attitude normale consistant à ignorer tout ce qui sortait de la bouche de Keith et monta sur le siège arrière. Il s'était préparé à ce voyage en n'apportant pas grand-chose, juste un sac à dos. Pas d'ordinateur. Rien qu'il ne puisse garder sur ses genoux. Ginny n'avait pas la moindre envie de retourner à l'arrière du véhicule, qui paraissait encore pire après leur dernier voyage. La pluie et la neige avaient couvert la voiture d'une couche de crasse qui en altérait la couleur et teintait les vitres, la faisant paraître encore plus petite.

– Aujourd'hui, une longue route et une traversée en ferry nous attendent, dit Keith en secouant les clés et en essayant de démarrer le moteur froid. Rien de tel que la mer d'Irlande en plein hiver.

– Tu peux nous déposer au terminal du ferry, proposa Oliver.

– Oh, non. Je ne raterais ça pour rien au monde. Le Nouvel An ? À Dublin ? Toi et moi, ensemble ? Ta magie combinée à la magie de l'Irlande ?

Cette fois, ils partirent vers le nord-ouest, direction Holyhead, au pays de Galles. Il s'agissait du trajet le plus long, plus de six heures, à peu près autant de temps qu'il en avait fallu à Ginny pour voler jusqu'en Angleterre. Il n'y eut pas beaucoup de conversation.

Personne n'était assez réveillé. Les yeux vitreux, Ginny regardait le paysage changeant. Soudain, les panneaux furent en anglais et dans une autre langue étrange qui, selon Oliver, était du gallois. Elle n'avait pas réalisé qu'il s'agissait d'une langue, ni même qu'elle existait. C'était un peu plus sauvage par ici, avec des collines onduleuses et de minuscules villages, et de longues étendues de champs.

C'était légèrement terrifiant d'entrer dans le ventre du ferry, un espace caverneux à moitié rempli d'énormes camions et de quelques voitures et motos. Dès qu'ils eurent garé la voiture, ils gravirent l'escalier en métal pour rejoindre le pont des passagers. Keith et Ellis s'allongèrent sur des sièges dans l'un des salons, tête contre tête.

– Tu vas dormir un peu, la dingue ? demanda Keith en plaçant son manteau sous sa tête, en guise d'oreiller.

– Non, répondit Ginny.

– Alors, assure-toi que personne ne nous donne en pâture au kraken, d'accord ?

Ils s'endormirent tous les deux avant même que le bateau quitte le quai. Ginny s'assit en face d'eux, ballottée dans son siège alors que le navire gîtait à droite et à gauche. Elle ne pouvait pas dormir aussi paisiblement, pas sur ce bateau, pas dans cette position. Oliver sortit sur le pont extérieur. Elle le voyait par les fenêtres aspergées d'embruns, combattant la nature afin d'allumer une cigarette. Le vent fouettait son manteau et faisait battre ses basques, et ses cheveux coupés court remontaient vers le haut. Il y avait quelque chose de fascinant à le voir répéter le même geste encore et encore. Allumer le briquet. Mettre sa main en coupe. Se tourner pour trouver la position dans laquelle le vent n'éteindrait pas la flamme. Après quelques minutes et deux cigarettes gâchées, il abandonna et revint à l'intérieur.

– Il doit y avoir un salon fumeur, dit-il. Je déteste ça. Il y a une odeur épouvantable. Mais cela fera bien l'affaire.

– Ils sentent la fumée, dit Ginny. Qu'est-ce que tu sens, toi, à ton avis ?

C'était un peu injuste. Oliver ne sentait pas souvent la cigarette, juste un tout petit peu quand il venait de fumer. Il s'éloigna en silence. Ginny jeta un coup d'œil au couple heureux endormi, puis se secoua et décida de sortir sur le pont.

Alors, le bateau partit, et la côte galloise disparut dans la brume. Même si la traversée était froide et agitée, Ginny apprécia le voyage. Cet été, la traversée avait été lisse, tranquille, le soleil frappant la mer bleue. Elle aimait les remous. C'était actif. C'était ça, voyager. Il y avait du rythme. Elle passa la majeure partie des quatre heures de traversée à marcher en rond sur le pont, écoutant de la musique à fond dans ses écouteurs. (Pas *Starbucks : la comédie musicale.* Elle avait envisagé de mettre une des chansons dans sa *playlist*, mais elle s'était rendu compte qu'elle voyait et entendait bien assez Keith comme ça. Elle apprenait.) Elle éprouvait de la fierté à marcher aussi droit alors que le bateau tanguait et heurtait les vagues. Elle commençait à contrôler la situation, à supporter d'être avec Keith et Ellis. À supporter Oliver. Un peu de musique forte, une âpre traversée sur la mer d'Irlande... Elle s'en sortait très bien.

Quand on annonça que tous les conducteurs devaient retourner à leurs véhicules, Ginny acheta deux cafés et alla réveiller Ellis et Keith, qui dormaient encore profondément dans leurs fauteuils.

– Oh, tu es un ange, dit Ellis en acceptant son café.

En plus du café, Ginny donna à Keith les indications que Richard lui avait fournies la veille.

– Ça n'a pas l'air loin du tout, dit Keith. Si on se dépêche, on peut aller chercher la pièce, manger quelque chose et revenir à Dublin avant minuit. Mais on a déjà dit ça avant, pas vrai ? Je suppose que tu le sais, mais que tu ne vas rien nous dire parce que c'est bien plus marrant de conduire en Irlande sans la moindre idée de ce qui se passe.

Il s'adressait à Oliver, qui venait de sortir de sa planque et de se joindre à eux.

– Je ne sais pas combien de temps ça va prendre, dit-il. Je ne sais même pas où nous allons. C'est Ginny qui a les indications.

– C'est quelque part à proximité de la maison de la grand-mère de Richard, expliqua Ginny. La lettre parle seulement de l'endroit que Richard et elle ont visité ensemble. Il ne m'a pas dit ce que c'était non plus.

– Tout cela est assez mystérieux, n'est-ce pas ? demanda Keith. N'empêche. On va sans doute pouvoir s'occuper de ça et enfiler nos chapeaux de fête. On y va ?

Ginny comprit immédiatement ce que tante Peg avait aimé en Irlande : les couleurs. Il y avait de longues étendues où l'on ne voyait rien d'autre que des champs, mais il y avait des dizaines de nuances de vert différentes. Puis, soudain, s'élevait une minuscule église en pierre, quelques magasins tristounets, puis une petite ville avec quatre pubs peints en jaune, rouge et bleu... Une rangée de maisons de toutes les couleurs pastel de l'arc-en-ciel. Tant de couleurs pour défier le gris acier du ciel.

Le soleil venait de se coucher quand ils parvinrent à l'endroit que Richard avait marqué sur la carte. La voiture s'arrêta en crachotant.

– C'est un champ, dit Keith. Tu es sûre que c'est là ?

– Il y a marqué : « Arrête-toi au bout de la route et cherche la barrière blanche, puis monte les marches. »

Ginny baissa le papier puis regarda autour d'elle. Il faisait trop sombre pour bien y voir. Keith sortit une lampe torche de sa voiture et éclaira les alentours, jusqu'à ce que le faisceau se pose sur un petit mur de pierre, qui menait à une barrière blanche écaillée, partiellement couverte de broussailles.

– Nous y sommes, dit-il.

Ils se mirent à patauger dans l'herbe boueuse. Le sol évoquait une éponge, et chaque pas produisait un bruit de succion. Seules certaines parcelles étaient réellement boueuses, mais il n'y avait rien de solide dans ce champ. La barrière n'était pas verrouillée, et elle menait à une série de marches qui avaient été posées sur le flanc d'une petite colline et découpaient un chemin à travers les arbres.

– Je pense..., commença Oliver.

– On s'en fout, le coupa Keith.

– Pour une fois, ferme-la et écoute, dit-il.

Il mit la main dans sa poche et en sortit quelques pages blanches photocopiées.

– Des copies ? demanda-t-elle.

– Je ne voulais pas que les lettres s'abîment, expliqua-t-il. Et je pense que tu voudras faire ça toute seule. C'est plus... personnel.

Ginny regarda le chemin en face d'elle. Elle ne voyait que les premières marches ; le reste était complètement obscurci par la nuit et les arbres. Ce n'était pas la plus grande colline du monde, mais c'était quand même une belle ascension.

– Vraiment, reprit Oliver. Je pense qu'on devrait attendre ici.

Keith lui tendit la lampe torche, hésitant.

– Comme tu veux, dit-il.

– Je suppose que je vais y aller, dit-elle en la prenant. C'est juste là-haut.

Elle mit son téléphone dans la poche de son manteau et poussa la barrière, puis elle commença à gravir les marches. Les pierres étaient recouvertes de mousse verte glissante. Gravir cette colline était un défi, car il n'y avait nulle part où s'agripper, à part une branche de temps à autre ou la marche du dessus. Elle perdit plusieurs fois l'équilibre, faisant danser le faisceau de la lampe un peu partout.

– Ça va ? cria Keith.

Elle ne le voyait même plus. En bas, il n'y avait que l'obscurité.

– Oui…, répondit-elle en montant à tâtons.

Elle se trouvait dans un cimetière.

Il ne ressemblait à aucun des cimetières qu'elle avait vus dans sa vie. On aurait plutôt dit un étrange jardin de pierres. Certaines pierres tombales n'étaient que de simples dalles rugueuses. D'autres monuments représentaient des croix celtiques élaborées. Certaines étaient là depuis si longtemps que la terre était allée à leur rencontre, les recouvrant à moitié, parfois plus. Certaines n'étaient que de petits bouts arrondis sortant du sol. Plusieurs étaient inclinées, s'étaient penchées alors que la terre se transformait autour d'elles. Les inscriptions étaient couvertes de lichen blanc et de mousses noires envahissantes, de moisissures dissimulant les mots… Quand il y avait encore des mots. Certaines inscriptions avaient été effacées par le vent et la pluie. Çà et là, de nouvelles pierres tombales s'élevaient, taillées dans une roche luisante et argentée. Devant certaines de celles-ci, il y avait des cadeaux et des souvenirs. En plus des fleurs, des bougies et des animaux en peluche traditionnels perchés sur les branches des croix, des bouteilles de whisky à moitié pleines témoignaient d'une récente communion alcoolisée avec les morts. Étonnamment, cet endroit n'avait rien de sinistre. Il était paisible.

La lune était basse et lumineuse, si bien qu'elle voyait plutôt clair, mais elle avait quand même besoin de la lampe torche pour lire les pages qu'Oliver lui avait données. Même si ce n'était que des photocopies, cela faisait une différence énorme de les tenir dans sa main, de les lire elle-même à l'endroit où elle était censée les lire. Elle était contente qu'Oliver se soit rendu compte que c'était une épreuve qu'elle devait affronter seule.

J'ai appris la leçon d'art la plus importante de ma vie quand j'avais dix ans. Nous devions réaliser un projet dans lequel il fallait poser notre tête sur une feuille de papier, sur le côté, de profil, pour que quelqu'un puisse en tracer le contour. Ensuite on le copiait, et on mettait les deux moitiés ensemble. À ce moment-là, on apprenait la leçon : le résultat ne nous ressemblait pas du tout. Surprise !

Pourquoi ? Parce que nous ne sommes pas symétriques. Ce qui se passe d'un côté ne se passe pas de l'autre. Il existe une théorie scientifique selon laquelle les humains trouvent belle la symétrie ; les choses égales, régulières, à la bonne échelle. Mais nous sommes asymétriques, Gin. Nos visages, nos corps ne sont pas identiques des deux côtés. Tes yeux ne sont pas identiques. Ton nez n'est pas exactement droit. Et crois-moi, tes seins n'ont vraiment pas la même taille.

Qu'est-ce que l'art, Gin ? Qu'est-ce qui fait que mes dessins étranges ou mes piles d'objets sont de l'art et pas de simples déchets ?

Cette discussion a cours depuis des siècles, et il n'existe pas de réponse définitive. Alors, je suis aussi autorisée que n'importe qui à me lancer et à inventer quelques définitions. Je pense que quelque chose est de l'art quand il est créé avec de l'intention — une intention sérieuse. Même une intention folle. Et je pense qu'une chose est belle si elle révèle quelque chose d'important sur ce que c'est d'être en vie.

Cet endroit est beau. Ce sont d'étranges objets de beauté, des monuments aux morts, de travers, érodés… De nombreuses générations réunies en un seul endroit. Ils ne sont pas immaculés, bien en rangs. Ils sont soigneusement entretenus, tout en étant soumis au changement et au délabrement, comme l'ordonne la nature. Et donc, ce sont des endroits vivants. Regarde autour de toi, Gin. D'ici, tu vois tout.

Je suis venue ici avec Richard peu de temps après avoir compris que j'étais malade et avoir fait des examens. Sa grand-mère vit près d'ici, et nous sommes venus lui rendre visite. À vrai dire, on m'a appelée pour me donner le diagnostic quand j'étais ici. (Richard est à moitié irlandais. Autant que tu le saches, puisqu'il est de ta famille maintenant. Ce qui fait que tu es un peu irlandaise toi aussi, ne serait-ce que par alliance. Mais de toute façon, je pense que notre famille est un peu irlandaise.)

Bon sang. Keith avait raison sur cette histoire d'Irlandais.

Nous avions prévu de nous promener ici. C'est un endroit célèbre dans le coin. Richard ne voulait pas que je vienne après cette nouvelle, parce qu'aller dans un cimetière alors qu'on vient d'apprendre que l'on va mourir, c'est un peu morbide. Je ne pense pas que j'avais accepté la réalité, en fait. Il était plus dévasté que moi. Je l'ai laissé avec sa grand-mère pendant une heure et je suis montée ici toute seule, parce qu'il fallait que je voie cet endroit.

J'ai immédiatement été attirée par un monument. Je n'ai même pas besoin de te dire lequel. Si tu regardes autour de toi, tu le sauras.

Ginny regarda autour d'elle. Il y avait tellement de monuments, dans tellement d'états différents. Mais elle se rappela qu'il fallait regarder doucement, laisser ses yeux divaguer. « Peins avec tes yeux, disait tante Peg. Des gestes amples, comme une brosse. » D'un côté à l'autre. Doucement.

Il était là, parfaitement évident. C'était l'un des quelques monuments qui n'étaient ni une croix ni une pierre tombale standard, mais un obélisque. Elle s'en approcha lentement, contournant les tombes, celles accessibles et celles délimitées par de petites barrières en métal, près du sol, et les grosses dalles. Quand elle fut plus proche, elle distingua la sculpture d'une femme en train de danser, un livre à la main. Ce qu'elle lut ensuite confirma son intuition.

La femme enterrée là était une poétesse. Elle vivait avec sa sœur, sculptrice. Quand sa sœur est morte de la « fièvre » (c'est du moins ce que dit le registre de la paroisse, que le prêtre de l'église du coin m'a montré ; un livre énorme, avec toutes les naissances et les morts écrites à la plume, dont on se sert encore aujourd'hui), la sculptrice a passé les deux années suivantes à travailler sur ce monument en son honneur.

La sculpture était considérée comme un art très masculin, Gin. La roche, le burin, briser du marbre à mains nues... Une femme sculpteur travaillant en 1887 devait être chose assez rare. Elle devait avoir des mains rugueuses, des bras bien musclés. Elle devait passer beaucoup de temps seule, à travailler dur, cognant ses outils contre la pierre. Cela ne correspondait pas à l'idéal victorien. Il a fallu beaucoup de femmes comme ça, des femmes qui ont dit « Je ne vais pas faire ce qu'on attend de moi, parce que vous n'avez pas idée de ce dont je suis capable. Je vais me salir et utiliser des outils et vivre comme j'en ai envie », pour que le monde avance. Et cette femme ? Elle a transformé sa sœur en déesse et lui a donné un siège au sommet de la colline, où elle peut danser dans le vent.

Quand j'ai vu ça, j'ai su que je voulais aussi danser dans le vent ici. Je voulais me joindre à elle. C'est pourquoi j'ai demandé à Richard de répandre mes cendres ici. Quand tu liras ces lignes, je suis sûre qu'il l'aura fait. Je suis là. Maintenant, faisons ça ensemble. La boîte que tu as prise à Londres, tu l'as avec toi, hein ? Prends-la. Ouvre-la.

Les mains de Ginny se mirent à trembler. Elle s'agenouilla, ses genoux s'enfonçant dans le sol, puis posa son sac et en sortit la boîte. Elle rompit l'autocollant qui la scellait et en sortit le contenu. Elle les posa avec précautions sur son sac et se remit à lire, se moquant bien que ses genoux soient trempés et probablement très sales.

Tu vas réaliser la dernière partie de cette œuvre. C'est une œuvre à quatre mains. Tu dois laisser filer tes peurs. N'aie pas peur que ce ne soit pas assez bien.

N'aie pas peur d'échouer. Prends le papier et scotche-le au monument. Ensuite, sors les pastels. Arrache simplement l'emballage en papier, parce que tu devras les tourner sur le côté. Fais un frottis de cette image, en utilisant les couleurs que tu veux. Une seule. Toutes. Comme tu veux.

Le tableau est maintenant terminé. Je te laisse l'assembler.

Le papier lutta contre le vent, mais Ginny le tint fermement et le scotcha. Elle ouvrit le sac contenant les pastels. Elle prit d'abord le vert, car c'était la couleur qui l'entourait. Elle commença tout doucement. Puis elle prit le gris. Elle frotta plus fort, alternant les couleurs en diagonale, faisant même quelques traits en blanc, ne laissant que des traces fantomatiques.

C'était vraiment la fin. Tante Peg ne saurait jamais qu'elle était venue ici le soir du réveillon du Nouvel An, sous la lune basse projetant une vive lueur blanche sur le sommet de la colline... Mais cela lui aurait plu. Les cendres avaient été dispersées ici, des mois plus tôt, le vent leur avait soufflé dessus, la pluie les avait imprégnées dans la terre. Elles faisaient partie du paysage désormais, partie de la terre sur ses vêtements, partie de tout. C'était vraiment comme si tante Peg allait danser pour toujours au sommet de cette colline, dans cet endroit qu'elle n'avait visité qu'une fois dans sa vie.

Elle roula le papier et le remit dans sa boîte. Elle sortit son téléphone de sa poche et vit avec joie qu'il y avait un peu de réseau.

– Je suis là, dit-elle quand Richard décrocha. Sur la colline.

– Est-ce que ça va ? demanda-t-il.

– Je crois, dit-elle en regardant autour d'elle. Oui, je vais bien.

Ils ne dirent rien pendant un moment.

– C'est un bel endroit, dit-il. Elle disait qu'elle l'aimait parce qu'elle pourrait être entre l'Angleterre et l'Amérique, et garder un œil sur tout le monde.

Ginny rit, et essuya une larme. Elle ne s'était pas rendu compte qu'elle pleurait un peu. Richard se mit à rire lui aussi.

– Tu es toute seule ? demanda-t-il. Il doit faire sombre.

– Ils m'attendent en bas. On va retourner à Dublin maintenant. On reprendra le ferry tôt demain matin.

– Bon, fais attention. Et je suis là… Si tu veux m'appeler. Je pense que je vais passer une soirée tranquille à la maison. Peut-être faire un tour au pub plus tard, alors…

– Merci.

– Bonne année, Ginny.

– Bonne année.

Elle regarda une dernière fois autour d'elle, pour dire au revoir à cet endroit, au revoir à cette année. Elle avait l'impression de laisser quelque chose ici. Elle ignorait quoi. Elle avait simplement la sensation que quelque chose dont elle n'avait plus besoin s'était détaché et était tombé là. Plus bas, elle entendait Keith qui chahutait Oliver. Le vent portait leurs voix. Elle vérifia une dernière fois que le papier était bien à l'abri dans son sac, puis elle redescendit dans le noir. Keith sautillait autour d'Oliver, dans une sorte de danse étrange. Oliver fumait patiemment en l'ignorant.

– Qu'est-ce que c'était ? demanda Keith quand elle apparut.

– Juste des pierres, dit-elle rapidement. J'ai dû faire un frottis.

Elle ne savait pas trop pourquoi elle avait menti. Peut-être parce que c'était trop lourd de balancer ça à des gens la veille du Nouvel An. Keith continua son étrange danse, et Ellis le gronda. Oliver, en revanche, savait exactement ce qu'il y avait là-haut, et il la regardait dans les yeux.

– Allons-y, dit-elle en passant devant lui. On doit aller à Dublin.

Ils dînèrent dans un petit café vide, le seul commerce d'une rue aux maisons aux couleurs de l'arc-en-ciel. Le café était blanc et éclairé crûment par des ampoules fluorescentes. Il y avait trois tables en métal avec des plateaux en Formica vert. Le menu était écrit sur un grand tableau vert accroché au mur. Il y avait principalement des sandwichs. Des sandwichs au bacon. Des sandwichs aux frites. Des burgers au poisson pané. Au curry. Comme boissons, il y avait du thé ou du Coca.

– Je n'ai aucune idée de ce que je vais prendre, dit Ginny.

– Tout est très sain, dit Keith. Je te conseille le sandwich aux frites. Je sens que c'est une expérience à faire.

Quelques minutes plus tard, Ginny se retrouvait face à un sandwich au pain blanc rempli de frites et de ketchup. Si l'on considérait l'endroit d'où elle venait, elle se sentait étonnamment en forme. Elle avait envie de manger. Elle avait envie de rouler vite à travers l'Irlande. Elle voulait aller à Dublin. Elle voulait tout faire, maintenant.

– Bon, dit Keith en s'attaquant à son assiette de frites couvertes de sauce au curry. Si on conduit comme des fous jusqu'à Dublin, on pourra fêter le Nouvel An dans les règles de l'art.

– C'est-à-dire ? demanda Ginny.

– Eh bien, on peut trouver un pub et faire les choses de manière classique : boire jusqu'à être ivres morts, vomir dans la rue, et s'évanouir derrière des poubelles dans une ruelle. Une approche que j'ai préconisée de nombreuses fois par le passé.

– Quelle est l'autre option ? demanda Ellis.

– Option numéro deux : on se promène jusqu'à ce qu'on trouve un endroit sympa, puis on reste là et on voit ce qui nous arrive. On a la dingue avec nous. Des trucs étranges lui tombent toujours dessus. C'est comme de transporter une fête dans ta poche.

– C'est tout moi, dit Ginny.

Elle mordit timidement dans son sandwich. Les frites étaient épaisses, croustillantes et dégoulinantes de gras qui imprégnait le pain blanc, le rendant mou et spongieux. C'était à la fois horrible et délicieux.

– Je pense, reprit Keith, qu'on devrait opter pour la deuxième solution, tout en gardant notre cœur et notre esprit ouverts à la première. Moi, bien sûr, je ne bois pas et je ne peux pas boire, puisque je conduis. Mais vous pouvez faire comme bon vous semble.

– Je dois passer un coup de fil, dit Oliver en prenant son sandwich au bacon et en sortant.

– Tu sais, dit Keith, puisqu'on a tout maintenant, on pourrait le laisser là et aller à Dublin. Rien ne nous en empêche.

– Vous allez à Dublin ? demanda le patron.

– Oui, répondit Keith. Qu'y a-t-il à faire pour le Nouvel An ?

– Il faut que vous alliez à Christ Church. C'est là que vont les gens.

Ginny dévorait à belles dents et elle eut bientôt englouti son sandwich aux frites. Elle se sentit aussitôt nauséeuse.

– Vous avez du soda au gingembre ? demanda-t-elle.

– Non, mais il y en a dans le magasin de l'autre côté de la route.

– Je reviens tout de suite, dit-elle.

Quand elle sortit, elle remarqua qu'Oliver n'était pas devant le café. Il ne pouvait pas être bien loin. C'était une petite route, avec une poignée de maisons à un étage. Il y avait quelques voitures, un camion de laitier, et deux garçons qui traînaient dans la rue avec un ballon de foot. À part ça, tout était calme.

Le magasin était fermé, alors que les lumières étaient allumées. Il y avait un panneau sur la porte : JE REVIENS DANS 15 MINUTES. Ginny avait l'impression qu'il était là depuis bien plus longtemps que ça. Il y avait une petite allée sur le côté du magasin, et Ginny entendit Oliver qui parlait à voix basse. Elle jeta un coup d'œil. Il était appuyé contre le mur, absorbé par sa conversation téléphonique.

– C'est bon, maman. Je serai de retour demain. C'est promis. Je réglerai ça.

Une pause. Il donnait des coups de pied par terre tout en écoutant.

– Non, ils ne peuvent pas faire ça. Je m'en occuperai. N'y pense plus pour l'instant… Non, n'appelle pas l'avocat. Il n'y a personne de toute façon. Laisse tomber.

Keith et Ellis sortirent du café. Keith mangeait une barre glacée. Ginny ramena rapidement la tête en arrière.

– La dingue ! s'écria-t-il. Dans la sexmobile ! Où est le faux jeton ? Je te le dis, on devrait s'en aller…

– Juste là, dit Oliver en approchant tout en fourrant son téléphone dans sa poche.

Il adressa un bref signe de tête à Ginny en passant devant elle, mais elle ne comprit pas pourquoi.

Il se mit à pleuvoir à grosses gouttes, la pluie s'abattant sur le toit avec une telle force qu'on aurait dit qu'on versait des clous sur la voiture. Keith prenait les routes sinueuses à bonne allure, ralentissant quand apparaissait une voiture ou une moto de la *gardaí* (comme on appelait apparemment la police ici). Des panneaux en anglais et en irlandais, écrits en italique, indiquait la M7 menant à Dublin.

Cela arriva soudainement : une explosion, un nuage noir s'élevant de l'arrière du véhicule, puis une sensation générale d'abandon, comme si plus rien ne dirigeait la voiture, et qu'ils étaient à la dérive. Un flot de jurons s'échappa de la bouche de Keith alors qu'il agrippait le volant et faisait sortir la voiture de la route, où elle ralentit de plus en plus, avant de heurter une grosse pierre et de s'arrêter.

Personne ne dit rien pendant un moment. Les phares étaient encore allumés, mais le moteur ne produisait aucun son.

– Je vais compter lentement jusqu'à dix, annonça Keith. Je ne sais pas tout à fait à quoi ça va servir, mais je pense que c'est la bonne chose à faire.

Oliver sortit de la voiture dès que Keith eut fini de compter et ouvrit la portière. Ils se dirigèrent tous les deux vers le capot. Quand Ginny sortit à son tour, elle faillit tomber dans un fossé profond qui longeait le bord de la route, sans doute pour empêcher les moutons de s'y aventurer. Quelques centimètres de plus, et la voiture aurait foncé droit dedans. Ellis poussa un cri en faisant la même découverte.

– Gin, attention !

– J'ai vu.

Elles sortirent toutes deux par l'autre côté de la voiture, Ginny en glissant sur la banquette, Ellis en enjambant le levier de vitesse et en se faufilant sous le volant. Quelques moutons s'approchèrent pour voir ce qui se passait, les regardant par-dessus le fossé. Il émanait de la voiture une horrible odeur de brûlé. Ginny piétina un objet dur et pointu en contournant la voiture. Elle se pencha pour le toucher et faillit se brûler sur une pièce brûlante.

– On dirait que tu as cassé une bielle, dit Oliver. Je t'avais dit que cette voiture ne tiendrait jamais le coup.

– Cassé une bielle ?

– Tu vois la grosse tige en métal qui sort de ton moteur ? Tu n'y connais rien en mécanique ?

– À vrai dire, non.

– On peut peut-être l'emmener au garage ? proposa Ellis.

– C'est fatal, dit Oliver en secouant la tête.

Il s'écarta de la voiture fumante, ouvrit son parapluie, et alluma une cigarette.

Ginny regarda de chaque côté de la route. Ce n'était pas très encourageant. Ils se trouvaient entre un champ et un autre champ encore plus grand. Les lampadaires étaient plutôt espacés. Le bruit dominant était celui des bêlements moqueurs des moutons. *Bêêê.* Elle sortit son téléphone, mais le réseau était si faible qu'il en devenait inexistant.

– Quelqu'un a du réseau ? demanda-t-elle.

Tout le monde regarda son téléphone. Aucun ne passait. Elle sortit la carte en papier et se dirigea vers le lampadaire le plus proche. Il était difficile de tenir le parapluie et la carte en même temps, mais elle ne voulait pas rentrer dans la voiture tant qu'elle fumait encore et ballottait au bord d'un fossé.

– Je pense que nous sommes au bord du Curragh, dit-elle.

– Et qu'est-ce que c'est que ça ? demanda Keith.

– Une vingtaine de kilomètres de pâturages.

– Je ne pense pas qu'on va voir la police avant longtemps, dit Oliver. Je suggère que nous marchions jusqu'au pub qu'on a vu il y a environ cinq minutes.

– Et laisser ma voiture ?

– Ça ne servira à rien de rester plantés là.

– Ça a l'air assez grave, dit Ellis.

Keith semblait en proie à un arc-en-ciel d'émotions : il riait, jurait, se remettait à rire, puis il se plia en deux, vaincu.

– La batterie fonctionne encore, dit Oliver. On peut laisser les phares allumés pour que personne ne lui rentre dedans. On repart par là-bas. On ne peut pas rester là. Elle ne va pas redémarrer, et qui sait quand quelqu'un passera sur cette route. C'est le réveillon du Nouvel An.

– Il a raison, dit Ellis en essuyant la pluie qui tombait dans ses yeux.

Après quelques minutes, Keith se gratta le cuir chevelu et hocha plusieurs fois la tête.

On enleva les sacs de la voiture, y compris celui qui contenait la pièce finale. La pluie s'était calmée, mais il pleuvait encore. L'air était empli d'un brouillard épais et froid qui s'introduisait partout où la pluie ne pouvait pas aller, trempant Ginny jusqu'aux os. Il y avait une odeur terreuse, de fumée. Quelque part, quelqu'un faisait brûler quelque chose pour se réchauffer.

La pluie et le froid n'étaient pas le véritable problème, cependant. Le problème, c'était qu'il n'y avait pas du tout de bas-côté. Ils pouvaient marcher soit sur la route, soit dans l'herbe marécageuse qui la bordait. Elle était pleine de trous et parsemée de cailloux, et il faisait si sombre qu'il était très simple de glisser dans le fossé. Alors, la route était le seul choix. Mais celle-ci ne comportait presque que des virages, si bien que les rares voitures fonçaient droit sur eux. Ils avaient environ trois secondes pour se jeter sur le bord de la route, où ils glissaient et trébuchaient, manquant tomber dans le fossé.

Ils marchèrent pendant une demi-heure. Il faisait sombre dans le pub, seulement éclairé par une lampe à l'abat-jour jaune. Trois hommes âgés étaient assis au bar, les yeux rivés sur un match de rugby diffusé sur la télévision fixée au mur. Ils se tournèrent tous lentement pour voir qui s'était joint à eux. La femme derrière le bar les accueillit chaleureusement et manifesta beaucoup de compassion quand ils décrivirent leur infortune.

– Asseyez-vous là, dit-elle en désignant une table avec une poignée de torchons. Asseyez-vous et buvez quelque chose. On va appeler Donal.

– Donal est l'homme de la situation, acquiesça l'un des autres.

– Vous savez quoi ? dit Keith. Je crois que je vais prendre un verre. En temps normal, je ne bois pas, mais ce soir, je sens que ça pourrait se révéler nécessaire.

La femme approcha et alluma une lumière, éclairant leur petit coin. On commanda une tournée de pintes, ainsi que quelques sachets de chips. Keith s'assit, souriant tranquillement et secouant la tête.

– Je suis vraiment désolée, dit Ginny quand on posa les pintes devant eux.

– Ce n'est pas ta faute. Ça aurait pu arriver n'importe où.

Il but la pinte entière en trois longues gorgées et alla en chercher une autre au bar.

– C'est vrai, dit Ellis. C'est bien que ce soit arrivé maintenant. Au moins, elle est morte en faisant quelque chose d'utile.

Quelques minutes plus tard, un fourgon blanc tout simple s'arrêtait devant le pub. Keith repoussa le rideau en dentelle blanche pour le regarder.

– Donal est là ! s'écria la serveuse.

– On va vraiment monter dans ce fourgon blanc sans rien d'écrit dessus ? demanda Keith. Ne les vendent-ils pas uniquement aux satyres ?

– Tu passes ton temps à regarder des feuilletons policiers, toi, non ? demanda Oliver.

– Tu n'es qu'un abruti, répliqua Keith avant de renverser un sachet de chips dans sa bouche pour en finir toutes les miettes.

Donal était un type bien plus jeune que les autres, d'une trentaine d'années sans doute, qui n'avait pas du tout l'air surpris d'avoir été appelé. Il portait une sorte de combinaison imperméable, comme une tenue de sport adaptée à tous les temps.

– Donal peut vous aider, dit l'un des hommes. C'est un ingénieur. Il fabrique des frigos.

– Que s'est-il passé ? demanda-t-il en acceptant le whisky qu'on lui tendait.

– Ils ont eu un problème. Leur voiture est en rade sur la route.

– Ah, bon, on va la réparer, dit Donal, qui ne prit qu'une gorgée de whisky avant de reposer son verre. Allez, on y va.

– Vous ne pourrez rien faire, dit Oliver, pour lui-même. C'est une bielle qui est cassée.

Ils s'entassèrent dans le fourgon rempli de toutes sortes d'élastiques pour faire du saut et de matériel d'escalade. Keith les désigna en silence et passa un doigt sur sa gorge. Les hommes du bar les suivirent dans une petite voiture bleue, emportant leurs pintes avec eux. On aurait dit un petit groupe de vacanciers. Ils refirent le trajet en sens inverse, le fourgon négociant rapidement les virages de la route sombre. La voiture était désormais l'objet d'attention d'un important groupe de moutons qui la prenaient peut-être pour un gros mouton en métal. Les hommes restèrent à l'écart avec leurs pintes tandis que Donal braquait une lampe torche sur le capot.

– Vous avez cassé une bielle, dit-il du même ton neutre qu'Oliver.

– Et c'est... grave ? demanda Keith.

– Ça ne se répare pas.

Un petit chœur de « non, non, non, ça ne se répare pas » s'éleva.

– Mieux vaut la laisser là, dit Donal. Personne ne pourra venir la chercher ce soir.

– La laisser là ?

– Il n'y a rien d'autre à faire. Vous feriez mieux de revenir au pub pour la nuit.

– Mais on doit aller à Dublin, dit Ginny.

– Vous arriverez peut-être à attraper le dernier bus. Mais ça vous prendra à peu près deux heures, à l'allure où ils vont.

Keith fit un pas en avant et posa la main sur la voiture.

– Je crois que j'ai besoin de dire quelques mots, dit-il. Cette voiture... La qualifier de voiture ne rend pas justice à son esprit, à son sens de l'aventure. Je me rappellerai toujours l'horrible bruit métallique qu'elle produisait quand j'essayais de la démarrer...

Dans des circonstances normales, Ginny aurait trouvé ça amusant. Mais étant donné qu'elle venait de voir l'endroit où les cendres de tante Peg avaient été dispersées, et qu'elle n'avait pas eu d'éloge... Bien sûr, Keith n'en savait rien. On ne pouvait pas lui en vouloir. N'empêche que cela l'agaçait.

– ... Et même si je savais qu'elle ne passerait pas le prochain contrôle technique et qu'elle finirait à la décharge, écrasée en cube, je crois qu'elle nous a été enlevée trop tôt. Tu as eu une vie rapide, mon amie... enfin, pas si rapide que ça, mais plutôt rapide...

Oliver leva les yeux au ciel et se dirigea vers le fourgon. Leurs nouveaux amis irlandais buvaient leurs bières et laissaient Keith faire ce qu'il lui plaisait.

– ... Et s'il y a un paradis pour les voitures, je sais que tu seras là-bas, répandant tes fluides un peu partout.

– On peut y aller ? demanda Ginny.

Keith parut un peu surpris qu'elle interrompe son numéro, mais il hocha la tête. Ils remontèrent dans le fourgon et on les emmena un peu plus loin sur la route. Il n'y avait même pas d'Abribus ou de trottoir, juste une bande d'herbe piétinée où les gens marchaient visiblement, et un simple panneau avec quelques numéros de bus et la vague promesse que quelque chose s'arrêtait ici et les conduisait à Dublin. On les avait laissés avec cette instruction : « Quand le bus arrive, montez. »

Alors, ils attendirent. Il faisait sombre. Une fois de plus, le seul bruit était le bêlement tranquille des moutons. Ginny ne les voyait pas, mais il devait y en avoir partout.

– Ça doit être du *speed dating* pour toi ! cria Keith à l'attention d'Oliver, en désignant le troupeau de moutons qui suivait son chef en direction de la ville. Difficile de choisir, hein ?

Oliver lança son briquet dans sa paume pendant un moment puis il le fourra dans sa poche.

– Désolée, dit Ginny à voix basse.

– De quoi ?

– J'aimerais qu'il arrête.

– Il n'arrêtera pas, dit Oliver.

Le bus arriva plus ou moins au moment prévu, rempli de gens. Il ne faisait aucun doute que c'était le dernier bus se rendant à Dublin pour le Nouvel An. Ginny ne vit personne en train de boire, mais c'était évident qu'il y avait de l'alcool. Même la buée sur les vitres avait l'air légèrement alcoolisée. Des sifflets de fête ponctuaient les bavardages.

Keith et Ellis montèrent les premiers et s'assirent à l'arrière. Ginny et Oliver se retrouvèrent plus près de l'avant.

– Désolé, Gin, lança Keith. Crie si tu as besoin de nous.

Il y avait quelque chose de renversé sur l'un des sièges. Ginny préféra croire que c'était de la bière. Oliver la poussa sur le côté, sortit une chemise de son sac, la jeta sur la tache et prit ce siège.

– C'est le moins que je puisse faire, dit-il.

Elle avait été enjouée jusqu'à l'éloge de Keith. Maintenant, quelque chose d'autre prenait le pas, un sentiment plus adapté à la vision de l'endroit où reposait sa tante. Elle n'avait pas envie de parler. Heureusement pour elle, dès que le bus démarra, il y eut un déchaînement de chants alcoolisés. Ginny ne connaissait pas la chanson, mais apparemment elle était la seule ; et les passagers la chantèrent, ainsi qu'une centaine de variantes, jusqu'à Dublin. Ginny et Oliver partageaient une petite bulle de calme. Oliver ne la dérangeait pas, mais elle voyait son reflet dans la vitre sombre. Régulièrement, il lui jetait un coup d'œil. Ils n'étaient pas collés l'un contre l'autre, comme d'habitude, mais son épaule cogna la sienne, et resta contre elle. C'était très subtil, peut-être même accidentel, mais cela suffisait.

Les cloches

– On s'est fait des amis, dit Keith d'une voix très forte, alors qu'on les poussait hors du bus, à Dublin.

En effet, un petit groupe de personnes dit au revoir à Keith et Ellis alors qu'ils débarquaient. Ellis serra dans ses bras une fille portant des collants dorés brillants, qui fonça ensuite promptement dans un banc.

– Tu as l'air… d'aller mieux, observa Ginny.

– Oh, tu sais, dit Keith en passant le bras autour de son épaule avec nonchalance, l'haleine chargée d'alcool. Il fallait bien qu'elle s'en aille à un moment ou un autre. Une fin appropriée pour une bonne automobile.

– Dublin ! s'écria Ellis en levant les bras en l'air. Vous avez fait bon voyage ? Nous on a fait bon voyage.

– Tu vois ces gens ? demanda Keith en se penchant vers Ginny et en désignant la fille aux collants dorés et ses amis. Ils savent où aller. On va les suivre, et tout ira bien. Regarde comme ils brillent.

– Tout ira bien, répéta Ellis.

Et elle éclata de rire.

– Et ils nous ont donné ça, ajouta Keith en brandissant une bouteille, de champagne, apparemment, sans doute du champagne très bon marché.

Il la déboucha sur-le-champ et prit une longue gorgée de mousse. Elle dégoulina sur le devant de son manteau. Ellis leur tendit de grands gobelets en papier, qu'on leur avait aussi donnés, et Keith les servit généreusement. À cet instant, il n'éprouvait plus aucune animosité envers Oliver.

– Buvez ! ordonna-t-il. Ou vous fâcherez le bon peuple de cette nation.

Le champagne était tiède, et il y en avait beaucoup trop dans ce gobelet destiné à recevoir de l'eau ou de la bière. Mais c'était agréable. Ginny en but une gorgée, et Oliver en fit de même. Elle continua à siroter alors qu'ils sortaient de la gare et s'engageaient dans la ville.

Dublin palpitait. Ginny n'avait jamais vu autant de monde dans la rue. Des troupeaux de personnes se déplaçaient. Tout le monde semblait aller dans la même direction, coulant comme une rivière. Ils parcoururent plusieurs rues, jusqu'à parvenir à une rue principale, O'Connell Street. Ils franchirent un pont par-dessus un fleuve qui, Ginny le savait grâce à ses recherches sur Internet, s'appelait le Liffey : l'artère centrale de Dublin, comme la Tamise à Londres ou la Seine à Paris, voire, quand on y pensait, comme l'Hudson et l'East River à New York. L'eau jouait toujours un rôle dans ces villes. L'eau déplaçait les gens, déplaçait les choses.

De l'autre côté du pont, un homme jouait *Ce n'est qu'un au revoir*, ce qui était sûrement très dangereux sous cette pluie glaciale. Des feux d'artifice éclatèrent au-dessus d'eux : de petits pans et des jets qui semblaient très amateurs et pas encadrés, si bien qu'ils étaient proches et bas, et se réfléchissaient dans l'eau. L'Irlande était vraiment un peu magique.

La parade humaine se frayait un chemin jusqu'à Temple Bar. C'était une rue presque entièrement remplie de bars et de quelques magasins de souvenirs où l'on pouvait acheter absolument n'importe quoi avec un drapeau irlandais dessus, ou des chapeaux hauts de forme en feutre vert couverts de trèfles. Une personne déguisée en lutin massif se tenait dans un coin, et les gens ne cessaient de tituber jusqu'à elle pour se faire prendre en photo à ses côtés. Quelques stands de nourriture étaient ouverts, vendant de la pizza et des kebabs peu ragoûtants. Mais il y avait surtout des pubs. Les gens faisaient la queue devant tous les pubs. C'était difficile d'avancer dans la rue.

– Nos amis nous ont parlé d'un endroit où on pourrait entrer, lança Keith. C'est par là... Je crois.

Ginny regarda son gobelet et fut surprise de voir qu'elle l'avait vidé.

– J'ai fini le mien, dit-elle à Oliver.

En guise de réponse, il lui montra son gobelet vide. Ellis s'en rendit compte et se retourna pour les remplir à la hâte, en renversant la moitié par terre.

Keith désigna un pub à plusieurs étages, qui ressemblait à un très vieux magasin, ou peut-être à une petite usine. Il était peint en noir luisant avec plusieurs mots irlandais écrits sur les côtés à la peinture dorée. Ginny entendait de la musique s'échappant de l'intérieur : des violons, des tambourins et des tambours. Il paraissait impossible d'entrer. Les gens étaient écrasés contre les fenêtres. Le bar était bourré à craquer.

– Tu plaisantes, j'espère ? demanda Oliver.

– Tu n'as qu'à rester là, répondit Keith en haussant les épaules. Fume comme un pompier. Nous on rentre.

C'est ce que fit Oliver, alors que Ginny, Keith et Ellis entamaient le long processus pour entrer dans le pub. Ils parvinrent à rentrer en bougeant constamment. Ils ne poussaient pas vraiment. Ils suivaient juste la foule mouvante. Personne n'était immobile à Dublin ce soir-là.

– Bon ! s'écria Ellis. Je vais au bar ! Qui veut quoi ?

– De la Guinness, bien sûr, répondit Keith. Comme le veut la coutume locale.

Lui et Ginny s'enfoncèrent plus profondément à l'intérieur. Quand on allait assez loin, il y avait de petits espaces où l'on pouvait s'installer. Ils en trouvèrent un sur l'un des paliers de l'escalier, juste en face de l'estrade des musiciens. Ils se faisaient beaucoup bousculer, mais ils avaient un bon point de vue sur le rez-de-chaussée et sur les musiciens.

– Si je me mets à danser, n'essaie pas de m'arrêter, dit Keith. Quand la muse me prend, il faut que je lui obéisse. Tu le sais. Je le sais. Je ne peux pas résister à un *bodhrán*. Je suis sûr que toi non plus, en tant qu'Américaine, tu ne peux pas y résister.

– Qu'est-ce qu'un... ?

– Un *bodhrán*, dit-il en désignant le large tambourin dont jouait fiévreusement l'un des musiciens. Allez. Tu le sais. Tu es irlandaise. Tous les Américains sont irlandais.

– Tu ne vas pas arrêter avec ça, hein ?

Il lui fit un grand sourire et secoua la tête.

Le groupe se lança dans un morceau encore plus rapide, un déchaînement de violons irlandais. Le percussionniste se démenait comme un fou sur son tambour.

– Je vois comme tu regardes le joueur de *bodhrán*. Tu es obsédée par lui. Tu es amoureuse de lui.

– C'est vrai, dit-elle d'un air solennel. C'est pour ça que je suis revenue.

– Pourquoi tu t'es fait couper les cheveux ? demanda-t-il. Ton ancienne coiffure était mignonne, mais c'est mieux comme ça. J'aime bien les longueurs. Les longueurs, les longueurs.

Il toucha le bout de ses cheveux. Cela provoqua une réaction intense en elle, comme si tout son corps fondait. Elle avait l'impression que ses yeux flottaient dans leurs orbites.

– J'aime les longueurs. Les langueurs. Les longues heures.

Elle s'agrippa à la rambarde derrière elle. Il se pencha vers elle.

– Écoute, dit-il. Je ne dis pas ça parce que j'aime ton argent, même si, dans un autre registre, tu me dois une centaine d'euros pour l'essence. Je dis simplement... que je suis content que tu sois revenue. Tu le sais, hein ?

– Je... Je crois ?

– Comment ça, tu crois ?

Il se rapprochait d'elle, leur créant un petit espace d'intimité. Il regarda le sol un long moment, et venait de lever la tête pour dire quelque chose quand Oliver apparut à côté d'eux.

– Il est vingt-trois heures trente-cinq, et ta petite amie vient de sortir en courant, à la poursuite d'un chapeau.

Ginny aurait voulu attraper le *bodhrán* et s'en servir pour frapper Oliver sur la tête.

– Hein ? demanda Keith.

– J'ai dit qu'il était onze heures trente-cinq, et qu'Ellis a vu un chapeau qui lui plaisait. Un chapeau de *cow-girl* rose avec des paillettes argentées. Alors elle est sortie du bar en courant pour poursuivre la personne qui le portait. Elle pourrait être à des kilomètres maintenant.

Le balcon où se trouvaient les musiciens se mit à trembler alors que les membres du groupe tapaient du pied au rythme de la musique. Keith les considéra pendant un moment.

– Allons-y, dit-il en fixant toujours l'archet du violon, comme hypnotisé.

Ginny n'avait pas envie de quitter cet endroit fou et chaud. Keith et elle avaient été au bord d'une vraie discussion, une discussion importante. Une chose énorme se passait entre eux, alors qu'ils étaient abrités par le bruit et la foule et, s'ils arrêtaient, cette conversation ne serait jamais terminée.

Mais ils s'en allaient. Ginny marchait lentement, essayant de se faire bloquer par autant de personnes que possible. Keith se débrouilla pour rester à côté d'elle. Il dit quelque chose. Soit « Ça va aller », soit « je vais tout arranger ». Puis il lui adressa un regard. Un *regard*. Le genre de regard qu'on adresse à quelqu'un qu'on veut embrasser. Un regard sérieux, du genre « j'en ai vraiment envie, maintenant ».

Ou autre chose. Quelque chose venait de se passer. Quelque chose de très, très bizarre.

Ellis était juste dehors, se pavanant joyeusement avec le chapeau rose. Elle ne s'était pas du tout éloignée.

– J'ai échangé ma bague contre ce chapeau, dit-elle fièrement. Ça le valait.

– Je crois que Christ Church est par là, dit Oliver en désignant le bout de la rue.

Ginny marchait à côté de lui. Il lui fallut un moment pour remarquer que Keith et Ellis étaient assez loin derrière eux. Keith parlait, les mains dans les poches. Il se passait quelque chose de sérieux.

« Je vais arranger les choses. » Était-ce vraiment ce qu'il avait dit ? Et qu'est-ce que ça pouvait bien vouloir dire, d'abord ?

Ellis essuyait son visage. Est-ce qu'elle pleurait ? Était-ce de la pluie ? Était-il en train de rompre avec elle ? Était-ce possible ? La magie de l'Irlande et tout le tralala... Peut-être était-ce ça.

Elle se détourna rapidement. Si c'était le cas, il ne fallait pas l'interrompre.

Ce devait être terrible de rompre avec quelqu'un le soir du réveillon du Nouvel An, surtout avec quelqu'un d'aussi gentil qu'Ellis. Sincèrement, Ginny se sentirait mal pour elle. Ellis l'avait traitée comme une amie dès le jour où elles s'étaient rencontrées. Elle ne lui souhaitait aucun mal. C'était peut-être le champagne qui parlait, mais elle voulait que tout le monde, tout le monde soit heureux.

Une autre série de feux d'artifice éclata au-dessus d'eux. Ils passèrent devant le lutin, qui marchait dans la même direction qu'eux. Régulièrement, Ginny jetait un coup d'œil en arrière. La conversation continuait, et Keith était le seul à parler. Mon Dieu. Il se passait quelque chose.

– Tu étais déjà venu en Irlande ? demanda-t-elle à Oliver, pour faire la conversation et essayer de rester calme.

– Non.

– Pourquoi ?

– L'occasion ne s'est jamais présentée.

– J'aime bien cet endroit.

Il lui lança un regard en biais.

– Allez, dit-elle, c'est chouette, non ? Tu as le droit de dire que ça te plaît. Je ne vais pas te frapper. Tu ne souris jamais.

– Je souris toujours, répliqua-t-il, pince-sans-rire. À l'intérieur.

Ils se rendirent tout de suite compte qu'ils étaient arrivés à destination. Comme on pouvait s'y attendre, Christ Church était une église, ou plutôt une cathédrale en pierre grise, vivement illuminée et complètement encerclée par la foule. La cathédrale et le terrain tout autour étaient bondés, si bien que la foule s'amassait maintenant sur la route derrière le portail en fer. Quand ils s'arrêtèrent, des gens remplirent l'espace derrière eux, et elle perdit Keith et Ellis de vue. Elle se mit sur la pointe des pieds pour les repérer. Ils n'étaient nulle part en vue. Ginny se tordit le cou, posant la main sur l'épaule d'Oliver pour garder l'équilibre, et scruta les alentours.

Oliver regarda sa main.

Dong. Les cloches se mirent à sonner, et la foule poussa des acclamations. Ginny cherchait toujours... Peut-être étaient-ils loin derrière, loin de la foule. Ce n'était pas un endroit idéal pour une rupture.

Dong...

Alors, elle les trouva.

Ils s'embrassaient. À pleine bouche, sans aucune discrétion, comme le font tous les couples. L'espace d'un instant, elle se força à regarder, restant sur la pointe des pieds pour bien voir, pour que ce spectacle reste gravé dans son esprit.

Dong...

C'était drôle. Il y avait vraiment de quoi rire. Pendant quelques minutes, elle s'était véritablement convaincue que Keith et Ellis allaient se séparer, en ne se basant sur rien du tout. C'était incroyable, la façon dont elle avait réussi à s'en persuader. *Dong*...

Autre chose intéressante : le bruit des baisers autour d'elle. On voit souvent des gens s'embrasser, mais c'est rare de les entendre. Sauf qu'ils se trouvaient dans une mer d'embrassades. C'était le genre d'événement où l'on venait pour les baisers. Oh, oh, oh ! Encore plus drôle. Encore plus drôle.

Dong...

C'était un peu comme un bruit de mastication, comme si tout le monde dévorait le visage de son partenaire. Oh, elle riait maintenant, des larmes de rire coulant sur son visage. À moins que ce soit la pluie ?

Dong...

Oui, le son de ces baisers était le son le moins romantique au monde. Maintenant qu'elle écoutait attentivement, elle se rendait compte qu'on aurait dit le bruit d'un chat en train de manger sa pâtée. Un bruit de succion mêlé à un bruit de déglutition. Quelle activité étrange et terrible. Alors pourquoi avait-elle l'impression que… ?

Dong…

Bon, combien de fois ces cloches allaient-elles… ?

Dong…

Peut-être que ça faisait cet effet-là de devenir fou. On va en Irlande avec le garçon qu'on aime et sa petite amie, et ensuite on se gèle tout en se faisant arroser par une petite pluie et la bave d'autres personnes qui s'embrassent à mort. Alors qu'elle se trouvait à côté…

Dong…

D'Oliver. Qui au moins était chaud et avait un parapluie.

Dong…

Elle riait toujours. Elle posa la tête contre sa poitrine.

– Les cloches, dit-elle.

– Elles sonnent dix-neuf fois, dit-il. Je viens d'entendre quelqu'un dire…

Dix-neuf fois ? Elle rit encore plus fort. C'était une éternité.

Dong…

Il se pencha vers elle. Quand quelqu'un s'écroule contre votre poitrine et se met à rire comme ça, on veut sans doute vérifier qu'il n'a pas de ciseaux sur lui ou qu'il ne mange pas les boutons de votre chemise. Elle releva la tête pour le regarder. Il était…

Dong…

Bon, il était beau. Vraiment. Des traits acérés, silencieux et mince. Il ne possédait pas l'énergie à moitié démente de Keith, bien sûr. Il était plus...

Dong...

Songeur ? Était-ce le mot juste ? Il y avait là des eaux tranquilles, et profondes. De toutes les personnes au monde, c'était Oliver qui lui offrait le plus de stabilité à cet instant.

Dong...

– C'est l'enfer, dit-il.

Il avait raison. Il était comme elle. En quelque sorte.

Dong...

Elle se mit à nouveau sur la pointe des pieds, presque automatiquement. Elle imagina tante Peg sur la pointe des pieds, en train de peindre la fenêtre à Amsterdam. Elle imagina que Keith et Ellis n'étaient pas là. Quand elle ferma les yeux, les cloches arrêtèrent de sonner. Elle trouva les lèvres d'Oliver à l'aveugle, par instinct... À moins qu'il ne soit venu à sa rencontre. Impossible de le savoir. Quand elle posa les lèvres sur les siennes, elle le sentit sursauter. Mais il ne s'écarta pas. Elle embrassait Oliver. Bel et bien. Sans hésitation. Soudain, de la chaleur se répandit dans tout son corps. Elle mit les mains à l'intérieur de son manteau noir, touchant la doublure lisse. Elle sentait les muscles durs de son dos, et il se penchait tellement qu'elle put reposer les talons au sol sans vaciller. Il la soutenait pour qu'ils puissent s'embrasser plus fort encore, et elle enfonçait ses doigts dans son dos pour qu'il se rapproche d'elle.

Il n'y avait plus de cloches. Les gens bougeaient autour d'eux. Ginny se baissa un peu pour se décoller de sa bouche. Il la suivit un moment, puis se rendit compte qu'elle avait arrêté de l'embrasser. Il se redressa aussitôt. Il y avait déjà des débris autour d'eux : des serpentins et des confettis, des bouteilles, des chapeaux en papier écrasés. Le Nouvel An était la fête la plus rapide de toutes : tant de préparatifs, et puis c'était fini, abandonné en un instant, sans plus aucune importance.

Keith et Ellis les rejoignirent en dansant. Ils évoluaient dans une discothèque qu'eux seuls pouvaient voir et entendre.

Ellis prit Ginny par les deux mains et se mit à danser avec elle. S'ils avaient vu ce qui venait de se passer, ils n'en montraient rien.

Keith ramassa une couronne en papier trempée et piétinée et la posa sur sa tête.

– Je suis le roi, dit-il d'un air satisfait en faisant un cercle lent, les bras tendus.

Elle avait encore les lèvres pleines de cette sensation de baiser agréable et engourdissante, et ses jambes flageolaient légèrement. Le champagne. Ce devait être le champagne. Quoi qu'il en soit, c'était arrivé.

Un dernier feu d'artifice éclata au-dessus d'eux.

La traversée

Apparemment, les gens voulant traverser la mer d'Irlande à deux heures du matin le jour de l'An n'étaient pas nombreux, mais ils étaient tous soûls. On aurait dit que le ferry lui-même était soûl. Il tanguait fortement, renversant les passagers déjà vacillants, les envoyant valser contre les portes et les murs. Il pleuvait encore, et le vent les fouettait, mais Ellis insista pour rester sur le pont, alors qu'il était glissant, que c'était désagréable et qu'il y avait assez de vent pour la renverser. Le paysage était noir comme du charbon. La mer était noire également. Le drapeau irlandais battait avec raideur au-dessus d'eux.

– Vous savez quoi ? dit Ellis en titubant. Je vais rester éveillée. La pire chose à faire serait de s'endormir, alors je vais rester éveillée. Ne me laissez pas m'endormir, d'accord ? Je vais marcher. Je vais marcher autour du bateau. Quelqu'un veut faire le tour du bateau ?

Elle ajusta son chapeau rose. Il avait perdu un bout de sa frange argentée lors de la dernière heure. Elle tira le rebord vers le bas et contempla avec tristesse la partie dénudée.

Soit c'était Ellis qui avait le plus bu, soit elle ne tenait pas bien l'alcool. Pour Ginny, les effets du champagne s'évaporèrent dans la pluie et le brouillard.

Ce voyage ne s'était pas seulement terminé deux fois, il s'était terminé deux fois sur un ferry. Le premier avait vogué lentement au soleil ; celui-là ballottait de manière fantasque dans la nuit.

Au moins, cette fois, elle le savait : le voyage était fini.

– Je prédis que ce sera une traversée très vomitive, dit Keith en suivant sa petite amie sur le pont.

Oliver tripotait encore ses cigarettes, alors Ginny rentra et s'assit sur l'un des sièges du salon. Elle ne se rendit pas compte qu'elle s'était endormie, seulement que quelqu'un lui secouait l'épaule. Elle ouvrit les yeux et vit Oliver assis à côté d'elle. Son manteau sentait l'air marin, la fumée et l'humidité, preuves d'un voyage pendant lequel elle n'avait fait que dormir.

– On est arrivés, dit-il.

Elle se redressa aussitôt.

– Où sont les autres ? demanda-t-elle en se frottant le visage.

– Je ne les ai pas vus depuis qu'ils se sont éloignés sur le pont.

– Alors...

– Je suis resté assis ici. Tes affaires sont là. Mais on doit y aller maintenant.

Oliver avait veillé sur elle pendant qu'elle dormait. Autrefois, elle aurait trouvé ça terriblement glauque, mais maintenant... C'était plutôt mignon.

Oh, son cerveau était cassé.

Ils trouvèrent Keith debout dans le terminal désert, appuyé contre un poteau.

– Hé, Gin, dit-il d'un air las. Ellis vient d'entrer là-dedans. La nuit combinée avec le bateau... Ça ne lui a pas réussi.

Il désignait les toilettes des dames.

– Tu pourrais, euh... Tu pourrais aller la voir ? Elle est entrée il y a un moment. Je pense qu'elle a besoin qu'on la surveille.

Ginny hocha la tête. Il avait eu raison, pour ce qui était du voyage vomitif. Les toilettes semblaient vides, mais Ginny aperçut une paire de chaussures qui dépassait d'une cabine tout au fond. Quelqu'un était agenouillé par terre, devant les toilettes.

– Ellis ? appela-t-elle.

– Oh, salut ! dit celle-ci en s'efforçant de prendre un ton enjoué, mais dont la voix trahissait un total épuisement. Oh, je vais bien. J'ai juste été stupide. Ne t'en fais pas pour moi.

– Je vais juste rester là, d'accord ?

– Oh, tu es gentille...

Un bruit de vomissement, puis une pause.

– Oh, mon Dieu, reprit Ellis. Est-ce que cet endroit bouge ? Gin, j'ai l'impression que je suis encore sur le bateau. Gin, est-ce que ça bouge, ici ?

La porte de la cabine n'était pas verrouillée, et elle s'ouvrit d'un coup. Ginny la referma et la tint tandis que des bruits sinistres provenaient de l'intérieur.

– Je suis vraiment désolée, dit Ellis en toussant. C'est horrible.

– Ce n'est rien, dit-elle.

– C'est le Nouvel An... Je suis trop stupide. Je suis trop stupide, Gin. Pourquoi suis-je aussi stupide ? Personne d'autre n'a rien fait de stupide. Pourquoi suis-je la seule ?

Ginny se mit à rire. Elle ne pouvait pas s'en empêcher.

– Je ne me moque pas de toi, précisa-t-elle rapidement.

– Je comprends, dit Ellis.

On aurait dit qu'elle allait pleurer.

– Non, vraiment. Je ne me moque absolument pas.

Ginny s'assit par terre, près de la porte, et tendit l'oreille. Il n'y avait plus de bruit, juste de la souffrance palpable. Elle se rapprocha et tapota la cheville d'Ellis.

– Ellis ?

– Oui ? dit-elle d'une voix fêlée.

Oh, c'était probablement une erreur, mais Ellis était tellement bouleversée. Elle n'aurait pas dû rire.

– Tu n'es vraiment pas la seule à avoir fait un truc stupide, dit doucement Ginny. J'ai embrassé Oliver.

Ellis remua un peu, puis ouvrit la porte et s'affala dans un coin de la cabine, face à Ginny. Elle avait effectivement pleuré.

– Vraiment ? demanda-t-elle.

– Vraiment. Mais ne le...

– Je ne le dirai pas à Keith, dit Ellis. Je sais. Il le déteste. Je comprends.

Le menton d'Ellis tomba sur sa poitrine et elle inspira profondément à plusieurs reprises.

– Je vais te dire quelque chose, reprit-elle. J'étais tellement jalouse de toi, quand j'ai rencontré Keith. Il parlait toujours de toi, de cette aventure que vous aviez vécue ensemble. Mais ensuite, je t'ai rencontrée, et tu es tellement gentille, et tu m'as laissée venir avec vous. Oh, j'ai vraiment échangé ma bague ? demanda-t-elle en regardant sa main nue. C'était du toc, mais quand même. Je ne boirai plus jamais. Bon sang, pourquoi j'ai fait ça ? Peut-être que je pourrai m'en trouver une autre, elle ne coûtait que cinq livres... Ne me laisse plus jamais boire, d'accord ? Si tu me vois boire, frappe-moi. Oh...

Quelqu'un frappait à la porte. Elle s'entrouvrit.

– Le train part dans dix minutes, dit Keith. El, tu es en vie ?

– Je crois. Accorde-moi juste un moment. On arrive.

Ellis attrapa la porte et tenta de se relever. Ginny l'aida. Elle réussit à se plier en deux, mais pas à se relever d'un seul coup.

– Je ne pense pas que ce que tu as fait était stupide, dit Ellis en s'appuyant contre la cabine.

Alors, elle vomit par terre, entre elles deux. Pas beaucoup, mais c'était un mauvais présage pour la suite. Ginny grimaça et détourna le regard.

– Désolée ! dit Ellis. Désolée, oh, mon Dieu.

Keith devait avoir tout entendu, car il entra. Il regarda le vomi sur le sol avec une étrange satisfaction.

– Et ça commence.

– J'ai un plan, dit Ellis alors qu'il la faisait sortir, la portant à moitié. On va monter dans le train, et je voyagerai dans les toilettes.

– C'est comme de sortir avec un membre de la famille royale, dit Keith.

Le train était très moderne, bien conçu, avec plein de boutons lumineux et de panneaux informatisés. Il faisait aussi un froid glacial et ça sentait la tristesse et la vieille bière. Keith fit monter Ellis et la plaça devant les toilettes.

– Mets-moi juste là-dedans, dit-elle bravement. Ça va aller. Ça va aller super bien. Pousse-moi juste dans les toilettes.

– D'accord, d'accord, assez de paroles sexy.

Elle les chassa d'un geste de la main et claqua la porte derrière elle. Une lumière rouge s'alluma, signe que c'était occupé.

– Je vais rester là un moment, dit-il. Tu peux aller t'asseoir. Je te conseille de t'installer un wagon plus loin.

Un bruit lugubre s'éleva des toilettes et Ginny et Oliver entrèrent rapidement dans le wagon suivant, qui était complètement vide. Ils s'assirent l'un en face de l'autre dans un espace avec six sièges. Ils ne se regardaient pas. Ils ne parlaient pas. Keith resta absent un long moment, si bien qu'ils s'ignorèrent magistralement, comme si de rien n'était. Quand il revint, il le fit très bruyamment, se laissant tomber sur l'un des sièges, à côté d'Oliver, et il se mit à les regarder tour à tour.

– Comment va Ellis ? demanda Ginny.

– Ça va aller. Et comment ça va, toi ?

À sa façon de poser la question, de se pencher un peu vers elle, elle comprit. Il savait. Oliver dut le sentir lui aussi, car il se leva.

– J'ai besoin d'un café, dit-il. Tu en veux un ?

Il s'adressait à elle. Elle secoua la tête.

– Il est très prévenant, dit Keith après qu'Oliver fut parti. Quand êtes-vous devenus aussi proches, tous les deux ? Je suppose que c'est tout ce temps passé sur le siège arrière. Je ne peux pas te le reprocher, j'imagine. C'est un beau parti.

Oui. Il savait.

– Ce n'était qu'un baiser de Nouvel An, dit-elle. Tout le monde s'embrassait. Et j'avais bu beaucoup de champagne.

– Eh bien. Félicitations. Tu as fait un choix merveilleux. Je suis très heureux pour toi.

Il était froid et narquois. Si froid qu'elle aurait voulu le gifler.

– Qu'est-ce que ça peut te faire ? demanda-t-elle.

– Excuse-moi… Quoi ? demanda-t-il en se penchant en avant. Ce que ça peut me faire ? Ça ne me fait rien, bien sûr. Je pense avoir prouvé mon indifférence, dans toute cette histoire. C'est pour ça que je viens de détruire ma voiture. C'est pour ça que j'ai voyagé avec toi pendant des jours, pour que tu ne sois pas toute seule avec la personne qui te plumait. C'est dû à mon extrême indifférence. Mais tu as l'air heureuse, maintenant, alors je vais te laisser.

– Ce n'était qu'un baiser, dit-elle avec une note de défi dans la voix. Je veux dire, qu'est-ce que ça peut te faire, qui j'embrasse. Tu as quelqu'un. Tu ne m'avais même pas dit que tu avais une petite amie…

Et voilà. Elle n'avait pas voulu le dire comme ça. Elle n'avait pas voulu que ça se passe comme ça. C'était sorti. Elle ne pouvait pas le retirer.

– Fais ce que tu veux, dit-il en levant les mains en l'air.

Il retourna dans l'autre wagon, auprès de sa petite amie. La porte en verre se referma derrière lui avec un sifflement résolu.

La réalité vient rendre visite

Ça s'était très, très mal passé. C'était comme de s'entraîner pour les Jeux olympiques, de se préparer pour le grand moment qui marquerait le reste de votre vie, et de tomber du plongeoir par inadvertance ou d'oublier d'attacher correctement vos skis. Petite forme. Pas de points. Elle se mit à sangloter, silencieusement, pathétiquement, incapable de s'arrêter. Elle n'entendit pas Oliver revenir. Elle eut juste vaguement conscience que quelqu'un s'asseyait à côté d'elle, et ça ne pouvait pas être Keith. Il mit plusieurs serviettes en papier dans sa main.

Elle les pressa contre son visage. Elles y restèrent collées.

– Je vais bien, dit-elle.

Ses paroles étaient à peine compréhensibles.

Oliver ne releva pas l'absurdité de cette affirmation, et ne tenta pas de la consoler. Il resta assis à côté d'elle, posant d'abord une main raide sur son épaule, puis étendant tout son bras. À un moment donné, elle céda et s'appuya un peu contre lui.

Il lui fallut quelques minutes pour se reprendre.

– Ça va, dit-elle d'une voix cassée. C'est juste... On ne sortait pas vraiment ensemble. Pas vraiment. Mais je l'aimais bien. On avait dit qu'il y avait « quelque chose entre nous ». Il n'était pas censé aimer quelqu'un d'autre. Ce n'est pas comme ça que ça marche ? On aime juste une personne, pour toujours, et on reste toujours ensemble ?

Elle avait essayé de sortir ça comme une blague, sans grand succès.

– Je n'ai pas beaucoup d'expérience en la matière, dit-il, mais je suis quasiment sûr que ça ne marche pas comme ça.

Elle regarda le matin gris par la fenêtre. De magnifiques paysages défilaient, mais c'était dur d'en profiter. Sa tête palpitait, et ses larmes coulaient encore. Ce voyage n'aurait pas dû se terminer comme ça.

– Je ne t'en veux pas d'avoir voulu te venger, dit-il. Ça a marché ?

– Je ne vois pas de quoi tu parles, dit-elle, prise de hoquets.

Oh, non. Les hoquets après les sanglots.

– Hier soir.

Il la regardait comme si elle était très, très stupide. Oh. Le baiser.

– Comment ça, est-ce que ça a marché ? demanda-t-elle.

– Tu as fait ça pour te venger. Ça a marché ?

Était-ce pour cela qu'elle l'avait fait ? Pas dans son souvenir. Elle se souvenait des cloches, de la pluie... Elle se souvenait du baiser. Elle ne se souvenait d'aucune motivation. Elle se souvenait juste que c'était arrivé, et que ça avait été... bien. Ç'avait été agréable.

Elle allait laisser ça de côté.

– De toute façon, il n'a rien fait de mal. Il aurait juste dû me le dire. Mais maintenant, il doit me détester.

– Et s'il te déteste ?

Elle ne pouvait même pas l'envisager.

Ils restèrent dans des compartiments séparés pendant tout le trajet. Ginny revit Ellis et Keith quand ils descendirent du train à la gare d'Euston. Ellis avait l'air d'aller un peu mieux, mais elle était toujours livide. Elle leva faiblement la main pour les saluer.

– Je l'ai fait ! dit-elle d'une voix enrouée. J'ai voyagé du pays de Galles à Londres dans des toilettes. On devrait me remettre un prix. Je pense... Je pense que je devrais rentrer à la maison maintenant.

Elle s'appuya sur l'épaule de Keith. Il passa un bras autour de sa taille.

– Je vous dirai à quelle heure sont les enchères demain, dit Ginny. Si vous pouvez venir...

Ellis hocha la tête, mais Keith ne dit rien. Il prit son sac, et le mit sur son épaule. Ils partirent d'un côté, et Oliver et elle de l'autre.

Finalement, Oliver et Ginny rentrèrent ensemble à la maison. Oliver resta dehors un moment, agitant ses cigarettes en guise d'explication. Ginny entra et s'agenouilla devant le plateau de table et la fenêtre, et sortit le papier de son sac.

L'ordre semblait évident. Le papier se plaçait entre le verre et le bois. C'était logique. Le papier était tellement fin qu'il disparaissait presque contre le fond jaune. Les traces rondes de vin et les taches sur la table apparaissaient, nuançant l'image. Elle remit le verre à sa place, prenant le papier en sandwich. Les deux silhouettes dansantes se matérialisèrent derrière les fougères, les plantes et les animaux. Elle voyait les endroits où la pluie et les éléments avaient affecté la peinture, la faisant couler et la tachant légèrement. Il y avait une fine couche de crasse sur tout le tableau, mais cela ajoutait à l'effet général. Le public se retrouvait dans cette jungle étrange et regardait une tout autre réalité, où l'une des silhouettes faisait signe au spectateur d'entrer. Beau n'était pas le mot juste. Ce n'était pas beau. C'était rugueux, étrange et brillant. C'était comme un rêve tangible.

Oliver frappa doucement et entra.

– C'est incroyable, dit-il. Je ne me serais jamais douté que ça donnerait ça.

– Elle était douée, dit Ginny.

Elle se leva et s'assit sur le canapé pour l'admirer de plus loin.

– Il lui faut un titre, dit-elle.

– Comment ta tante avait-elle appelé ses autres peintures ?

– Elle ne leur donnait pas de titre.

– Alors pourquoi nommer celle-ci ?

– Je ne sais pas. Les autres formaient un groupe. Ils les ont appelées les peintures de Harrods. Celle-là est toute seule. Il faut lui donner un titre.

Elle se laissa aller dans le canapé et fixa le tableau pendant un long moment, jusqu'à ce que son regard se brouille. Ce qu'il y avait de bien, chez Oliver, c'était que les longs silences ne le dérangeaient pas.

– Quand ma tante vivait à New York, dit-elle finalement, elle m'a emmenée dans une piscine un été. Sauf que personne n'a de piscine à New York. C'était une benne à ordures nettoyée. C'était une piscine, mais ce n'était pas une piscine, tu vois ?

– Pas... exactement.

– Je veux dire...

C'était agaçant que les gens ne puissent pas entrer dans votre tête et suivre automatiquement vos raisonnements.

– Je veux dire que les gens nous disent à quoi nous attendre. Comment les choses sont censées être. Une piscine est censée être un truc joli et propre dans un jardin, avec un fond peint en bleu, mais tout ce qui contient de l'eau peut servir de piscine, même une benne à ordures. Elle appelait ça le triomphe de l'imagination. Elle faisait les choses comme ça. C'est une façon compliquée de dire qu'elle était bizarre. Voilà comment je veux l'appeler. *Le Triomphe de l'imagination.*

– C'est un bon titre.

Bizarrement, elle eut envie de le prendre dans ses bras. Elle n'était pas soûle. Elle ne pleurait pas. Pourtant, elle en avait envie.

Avant de pouvoir le faire, elle remarqua quelque chose du coin de l'œil. Un fourgon blanc s'arrêtant de l'autre côté de la rue... comme ceux qui perturbaient tant Keith. Deux hommes en salopette en sortirent et se dirigèrent vers la maison.

Oliver regarda la table basse. Il y avait encore les pétards de Noël et l'éléphant argenté de Ginny.

– Je les ai appelés, dit-il.

Cela lui fit l'effet d'une gifle. Il n'était pas là pour la soutenir, il était là pour récupérer son dû. Il était resté dehors pour appeler le camion. Pourquoi était-elle surprise ? Cela avait toujours été prévu comme ça.

On frappa à la porte.

– Mademoiselle Blackstone ? dit l'un des hommes quand elle ouvrit. Nous venons de la part de Jerrlyn & Wise. Pouvons-nous entrer ?

Ginny ouvrit la porte en grand, et ils entrèrent poliment.

– S'agit-il de l'œuvre ? demanda l'un d'eux.

Elle hocha la tête.

– Dans ce cas, nous allons commencer.

Ils se mirent au travail. Ginny et Oliver furent relégués dans un coin de la pièce. Les différents éléments, qu'ils avaient transportés à la main, fourrés dans des sacs et des voitures et trimballés partout, étaient maintenant manipulés comme les joyaux de la Couronne. Les hommes placèrent une couverture par terre et soulevèrent l'œuvre prudemment. L'un la tenait droite tandis que l'autre mesurait ses dimensions, examinait sa construction et prenait quelques photographies. Ils eurent une longue conversation sur la meilleure façon de l'envelopper, de la mettre en boîte et de la ranger dans le fourgon. Ginny faillit leur demander de la laisser là, le temps que Richard la voie, mais tout était si officiel, si efficace, qu'il semblait impossible de les arrêter.

Oliver était assis sur le canapé, et il regardait l'éléphant argenté de Ginny. C'était la réalité de leur relation, se rappela-t-elle. Il s'agissait seulement de trouver cette œuvre d'art et de la vendre. Le baiser, le voyage en train... Tout s'évanouit.

– Nous avons terminé, mademoiselle, dit l'homme en lui tendant une écritoire à pince.

Ginny remplit machinalement le formulaire, cochant des cases et signant sur les lignes, sans rien lire. Elle s'arrêta seulement devant la case où il était écrit TITRE DE L'ŒUVRE, et elle inscrivit *Le Triomphe de l'imagination*. Quand elle eut terminé, ils la sortirent par la porte, bien emmitouflée dans la couverture grise et entourée de Scotch.

– Il y avait aussi un message de Cecil, dit doucement Oliver. L'enchère aura lieu demain à quatorze heures.

– Très bien.

– Je suppose que je devrais y aller.

– Probablement.

– On se voit demain, alors.

Elle le regarda partir par la fenêtre. Il ne se retourna pas, se contenta de marcher dans la rue, lançant son briquet dans sa paume. Comme si rien ne s'était passé. Elle sentit un pincement étrangement familier dans sa poitrine, mais elle n'arrivait pas à le définir, et elle n'avait pas envie d'essayer.

La ligne pointillée

Le lendemain matin fut la première journée ensoleillée depuis l'arrivée de Ginny. Le ciel était clair et bleu vif, avec de gros nuages rebondis. Ginny se tenait devant les marches en calcaire blanc qui menaient à la porte d'entrée de Jerrlyn & Wise. De temps en temps, quelqu'un passait devant elle et montait les marches. Une ou deux personnes lui jetèrent un coup d'œil, sachant peut-être qu'elle était la jeune fille de dix-huit ans qui vendait l'œuvre aujourd'hui, mais les autres la dépassaient sans un regard.

Dix minutes avant l'enchère. Dix minutes, et pas de Keith. Pas d'Oliver non plus, d'ailleurs, à moins qu'il ne soit à l'intérieur. Elle n'avait pas vraiment cru que Keith ne viendrait pas, mais à chaque seconde qui s'écoulait, la réalité s'imposait.

Elle envisagea de retourner chez Richard, puis elle se dépêcha et appuya sur la sonnette avant de pouvoir jouer trop longtemps avec cette idée. James, l'assistant de Cecil, ouvrit la porte, la salua par son prénom, et l'escorta jusqu'à Cecil. Le vestibule était bondé, avec facilement le double de personnes qu'à la première enchère.

– Il y a tellement de monde, dit Ginny en se balançant nerveusement sur ses talons.

– Oui, surtout quand on pense au délai très court, répondit Cecil. La dernière collection a beaucoup fait parler d'elle dans le milieu, si bien que nombreux sont ceux qui s'y intéressent.

Ginny passa la pièce en revue, mais Oliver n'était nulle part en vue. Au milieu de la foule, près de la table chargée de café et de fraises, se tenait une personne qu'elle reconnut aussitôt. Il était impossible de passer à côté de la couronne massive de longs cheveux rêches orange et noirs, du mélange de legging en fibre synthétique dorée, du pull en mohair noir qui lui arrivait aux genoux, et de ce visage avec des étoiles tatouées autour des yeux. Ginny ne savait pas vraiment ce qu'elle faisait là, mais elle savait qui elle était. La femme lui adressa un signe de la main, surprise, et reposa une assiette presque entièrement remplie de crème.

– Bonjour, chérie ! s'exclama-t-elle avec son accent écossais détonnant.

– Je crois que vous connaissez Mari, dit Cecil.

– Cecil m'a parlé de la vente, dit celle-ci, répondant à la question qui n'avait pas été posée. C'est mon marchand d'art, ici à Londres. C'est moi qui l'ai mis en contact avec Peg. Je connais Cecil depuis qu'il est tout gosse. Il ne ressemblait pas à ça quand je l'ai rencontré. Tu étais un pur étudiant en art, pas vrai, mon cœur ?

– En effet, acquiesça Cecil.

– Tu vas bien prendre soin de cette œuvre, n'est-ce pas ? demanda Mari en lui pinçant la joue.

Elle n'y était pas allée de main morte. Cela allait sans doute laisser une marque. Ginny ne put être qu'impressionnée qu'il le supporte sans broncher.

– Nous l'espérons certainement, répondit-il. Avez-vous tout ce qu'il vous faut ? Désirez-vous une coupe de champagne ?

– Peut-être une toute petite, mon cœur. Virginia, tu te rappelles ma Chloé, n'est-ce pas ?

Mari désignait une fille appuyée nonchalamment contre le papier peint velouté, près d'une peinture représentant un tout petit garçon en velours bleu avec un chien aux yeux exorbités. Chloé était l'assistante de Mari : à la fois artiste, gouvernante et garde du corps. Elle portait des bottes de motard, un jean au bas retourné et un T-shirt déchiré qui révélait son bras droit tatoué de l'épaule jusqu'au bout des doigts, le tatouage représentant une sirène barbotant dans un océan violet et vert. Sa coupe mulet blond oxygéné avait été remplacée par une tête rasée avec juste une touche de duvet couleur pêche.

Un assistant plaça rapidement une coupe de champagne dans la main de Mari. Il s'agissait d'un verre large et plat, à l'ancienne, qui ressemblait à une sorte de bol.

– Allons y jeter un coup d'œil, dit Mari.

Elle guida Ginny jusqu'à la porte de la salle d'enchère. Il s'agissait d'un endroit étrange, avec une épaisse moquette, toute capitonnée. Il y avait une poignée de fauteuils rembourrés et quatre longues tables. Une dizaine de personnes étaient assises devant des ordinateurs, parlant au téléphone à voix basse. L'œuvre se trouvait sur un chevalet au fond de la salle, des pinces maintenant les pièces ensemble. Sous cette lumière, Ginny voyait à quel point la fenêtre était sale. Ils n'avaient rien fait pour la nettoyer. La couche de crasse et la peinture qui avait coulé... Tout cela faisait partie de l'œuvre.

– C'est toujours très étrange de les voir quand on arrive ici, dit Mari en prenant bruyamment une longue gorgée de champagne. Un peu comme dans une salle d'opération. Prends un peu de champagne.

Ginny sentit une personne derrière elle. Sur sa nuque, ses poils se dressèrent un peu. Elle n'eut pas besoin de se retourner pour savoir de qui il s'agissait.

– Oh, bonjour, dit Mari. Vous êtes un ami ?

Une fois de plus, Oliver était habillé de façon classique. Il semblait parfaitement à sa place chez Jerrlyn & Wise. Peut-être qu'il avait les cheveux un peu trop foncés, que son manteau était bizarrement coupé.

– Je serai dehors, dit-il à Ginny. Je voulais juste que tu saches que j'étais là.

– Vous ne restez pas pour l'enchère ? demanda Mari.

Oliver la considéra d'un air méfiant, remarquant les tatouages sur son visage, les noms sur ses pieds et ses mains, les mèches orange émanant de sa tête comme des rayons de soleil. Elle le vit terminer son analyse et en conclure que la meilleure option consistait à s'éloigner aussi vite que possible.

– Oh, il est timide, dit Mari. Il est différent du dernier. Où les dégotes-tu tous ?

Il lui fallut un moment pour se rendre compte que Mari croyait qu'Oliver était avec elle — tout comme elle avait cru que Keith l'était aussi. Elle s'apprêtait à démentir, mais changea d'avis. D'abord, c'était agréable que quelqu'un la prenne pour une mangeuse d'hommes. Et puis la sortie abrupte d'Oliver la rendait nerveuse.

Des personnes commencèrent à passer devant elles, prenant place aux tables, ouvrant les ordinateurs et sortant leurs téléphones. Cecil posa délicatement la main sur l'épaule de Ginny.

– Pardonnez-nous, dit-il, Virginia et moi avons quelques points à régler. Je vous en prie, asseyez-vous, Mari.

– Je crois que je vais rester debout, chéri. J'aime penser sur mes jambes.

– Bien sûr. Par ici, Virginia ?

Il escorta Ginny jusqu'à son bureau et referma doucement la porte. Néanmoins, il ne s'assit pas.

– Il vaudrait peut-être mieux que je sois franc, dit-il. J'ignore qui est M. Davies, mais je ne crois pas qu'il a eu le moindre rapport avec la création de l'œuvre en vente aujourd'hui. Je ne sais pas exactement ce qui se passe, mais je veux que vous sachiez que le contrat que vous avez signé ne vous oblige pas à vendre maintenant. Si vous ne voulez pas continuer, vous pouvez et devez le dire. Nous avons déjà arrêté des enchères au tout dernier moment. Je ne veux pas poursuivre cette vente s'il se passe quelque chose d'irrégulier...

Avant que Ginny ne puisse réagir, on frappa rapidement à la porte, et James passa la tête à l'intérieur.

– Je l'ai trouvé, dit-il en poussant Oliver dans la pièce.

Il referma la porte derrière eux. Ils étaient tous serrés les uns contre les autres près de la porte du bureau de Cecil. Ce dernier tapota du poing sur ses lèvres pendant un moment. Oliver se tapit dans un coin.

– Virginia et moi avions une discussion au sujet du contrat, dit Cecil. Je lui expliquais qu'il n'était pas nécessaire que nous...

– Il est à elle, dit Oliver, lui coupant la parole.

– Pardon ?

Oliver était extrêmement pâle, et il resserrait son manteau autour de lui, comme s'il voulait disparaître.

– Je me retire de la vente. Tout l'argent est à elle. Vendez le tableau et laissez-moi en dehors de tout ça.

– Quoi ? demanda Ginny.

Cecil s'approcha de son bureau et sortit une feuille de papier.

– Je m'attendais à quelque chose du genre, dit-il. Il me faudra simplement votre signature sur cette clause, qui remplace le contrat et qui donne tous les profits, moins la commission, à Virginia Blackstone. Vous renoncez à tous vos droits.

– Bien, dit Oliver.

Il se faufila entre les deux bergères pour s'appuyer contre le bureau et signer.

– Nous avons terminé, hein ? demanda-t-il.

– Je n'ai plus besoin de vous, si c'est ce que vous voulez savoir.

– C'est ce que je voulais savoir.

Le bureau de Cecil était si petit qu'il lui était impossible de sortir sans se presser contre Ginny. Ce faisant, il fourra quelque chose entre ses mains. Elle baissa les yeux. C'était la dernière enveloppe bleue.

– Bien, dit Cecil. Nous pouvons continuer, si cela vous convient.

– Allez-y, dit Ginny, en sortant du bureau en courant.

Oliver se déplaçait vite. Il avait déjà quitté l'immeuble, et quand Ginny sortit, il était loin dans la rue.

– Attends ! s'écria Ginny en courant derrière lui. Où vas-tu ?

– Chez moi.

– OK, dit-elle en se plantant devant lui pour l'arrêter un moment. Tu dois me dire ce qui se passe.

Il tenta de la contourner, mais elle lui barra de nouveau le passage et posa les mains sur sa poitrine.

– Arrête, dit-il simplement.

– Tu dois t'expliquer. Pourquoi tu as fait ça ?

– Je n'ai rien à expliquer.

Il ôta doucement ses mains de sa poitrine et se remit en marche. Elle ouvrit l'enveloppe et lut la lettre. Elle commençait là où s'était arrêtée la dernière partie, en Irlande.

scène.

Gin, te rappelles-tu que je te traînais tout le temps au musée d'Art moderne et que je te plantais devant l'immense peinture un peu dingue d'une femme sur un divan, assise au milieu de la jungle ? Repense à cela pendant un moment. Je vais attendre...

De l'endroit où elle se trouvait, elle voyait l'intérieur de l'immeuble par la fenêtre. Elle voyait Cecil qui prenait place sur l'estrade. La vente commençait. Cecil hochait la tête et désignait poliment des personnes qu'elle ne voyait pas, disant des chiffres qu'elle n'entendait pas. Puis il s'arrêta. Quelques minutes plus tard, des gens commencèrent à sortir au compte-goutte. C'était terminé. La pièce était vendue.

Mari sortit. Elle regarda d'abord le ciel, puis descendit prudemment les marches, s'agrippant à la rambarde en cuivre. Elle jeta un coup d'œil dans la rue, et fit signe à Ginny d'approcher.

– Ah, te voilà ! dit-elle.

Elle s'assit avec précautions sur une marche. Elle devait avoir plus de soixante-dix ans, réalisa Ginny. Ses articulations étaient raides. Ginny s'assit à côté d'elle.

– Vous vous êtes disputés ? demanda Mari en désignant Oliver qui s'éloignait.

– Pas vraiment.

– Quoi qu'il en soit, ça m'avait l'air très dramatique. J'adore les drames. Mais tu as manqué la vente.

– Que s'est-il passé ?

– La personne qui a acheté l'œuvre avait une passion pour elle. Cent soixante-sept mille livres.

Cent soixante-sept mille livres. Encore une énorme somme que Ginny ne pouvait pas vraiment se représenter.

– Tu n'as pas l'air excitée, dit Mari.

– Si… Je suis juste…

– Je sais, dit-elle. Les ventes sont étranges. On fait une œuvre d'art et, soudain, quelqu'un l'achète. Soudain, elle devient un produit…

– Je n'ai pas fait cette œuvre d'art.

– Cecil m'a dit que tu avais fait l'assemblage et le frottis.

– Je l'ai juste assemblée.

– On ne fait pas qu'assembler une œuvre d'art, mon cœur. Il ne s'agit pas d'un sandwich. Tu as été formée. Peut-être n'en avais-tu pas conscience, mais tu l'as été. C'est une très belle œuvre. Je suis très fière de cette fille. De vous deux. C'est pour ça que je devais l'avoir. Il y avait un enchérisseur de Tokyo qui m'a fait la vie dure, par exemple, mais j'étais déterminée.

Elle sourit et laissa Ginny avaler cette information avant de poursuivre :

– Je suis amie avec un conservateur du musée d'Art moderne de New York. Je crois que cette œuvre a sa place là-bas. Alors je vais discuter avec eux pour leur en faire don. Je pense qu'elle devrait rentrer chez elle, à un endroit où beaucoup pourraient la voir, pas toi ?

– Vous l'avez achetée ? Et vous allez l'envoyer au MoMA ?

La porte s'ouvrit, et Chloé descendit les marches.

– Je vais aller chercher la voiture, d'accord ? dit-elle.

– Merci, mon cœur.

Chloé salua Ginny d'un hochement de tête, puis s'éloigna à grands pas.

– Chloé s'est vraiment prise d'affection pour toi, dit Mari. Elle ne s'attache pas à n'importe qui. Elle a bon goût, ma Chloé. Je vais bientôt envoyer ses peintures ici.

Ginny entendit une voiture démarrer dans le petit parking privé derrière le bâtiment.

– Merci, dit Ginny.

Mari lui tapota l'épaule de sa main aux ongles dorés.

– L'argent sert à agir, ma belle. Il ne faut pas le couver comme une poule couve un œuf. Il n'éclôt pas. Je sais de quoi je parle. J'en ai gagné assez.

Une petite voiture de sport noire, un modèle ancien datant probablement des années 1970, remonta l'allée en gravier et s'arrêta à l'aveugle dans la rue, la stéréo à fond.

– Pense à venir me voir à Édimbourg, un de ces jours, dit Mari.

Elle marcha lentement jusqu'à la voiture et s'installa dans le siège bas, à peine plus haut que le sol. Elle et Chloé firent signe à Ginny, puis elles partirent semer la terreur dans la circulation londonienne.

La conversation

Bon, nous avons terminé. Mais j'ai encore des choses à dire. Je ne veux pas qu'on me chasse déjà de la scène.

Gin, te rappelles-tu que je te traînais tout le temps au musée d'Art moderne et que je te plantais devant l'immense peinture un peu dingue d'une femme sur un divan, assise au milieu de la jungle ? Repense à cela pendant un moment. Je vais attendre...

Ginny s'assit sur le canapé et foudroya la lettre du regard. Pour la première fois, elle voulait que les lettres se taisent et arrêtent de lui poser des questions. Ce qu'elle voulait, pour une fois dans sa vie, c'était une lettre qui lui fournisse une simple liste d'instructions infaillibles. « Voudrais-tu réussir dans la vie, en amour, et ne pas devenir dingue ? Voilà ce que tu dois faire... »

Oui. Ç'aurait été bien.

C'était son dernier soir à Londres. Richard était dans la cuisine et parlait au téléphone d'un problème au travail. Ils étaient censés aller dîner dans un petit moment pour fêter la vente. Elle n'avait pas vraiment envie de faire la fête. Oui, l'œuvre s'était vendue. Oui, elle avait plus d'argent. Mais à part ça... Elle avait gâché une amitié et plus de questions que de réponses. Elle avait la lettre depuis plusieurs heures maintenant, et ne pouvait se résoudre à la lire. Même le seul truc débile qu'elle devait faire tant qu'elle était là, sa rédaction, n'était pas fait. Échec sur tous les plans.

Quelqu'un sonna à la porte. Ginny faillit tomber sur la table basse dans sa hâte d'aller ouvrir. Mais ce n'était pas Keith. C'était Ellis, qui sautillait légèrement dans le froid.

– Désolée, dit-elle. Je n'étais pas en état de te dire au revoir l'autre jour. Je ne voulais pas que ton dernier souvenir de moi soit celui d'une fille en train de vomir tripes et boyaux dans les toilettes d'un train.

Ginny ouvrit plus grande la porte pour la faire entrer, mais Ellis refusa d'un geste.

– Je dois y aller, dit-elle. Je commence un job bénévole, je travaille de nuit dans un centre d'appel de détresse. Ce n'est pas terrible, à cette époque de l'année, apparemment. Je voulais juste te voir avant que tu t'en ailles. Alors...

Elle resta là à sautiller un moment. Une bourrasque d'air froid envahit la salle de séjour.

– Je ne veux pas me mêler de ce qui ne me regarde pas, reprit-elle, mais... Je crois que vous devriez discuter, Keith et toi. Je pense que vous le regretterez tous les deux, si vous ne réglez pas ça. Et ce serait dommage que vous ne saisissiez pas cette opportunité de parler avant ton départ. Mais... Je suppose que j'en ai assez dit. C'était maladroit. Je vais me taire, maintenant.

Elle ouvrit les bras et serra Ginny contre elle.

– Bref..., dit-elle en descendant les marches à reculons. J'espère que tu reviendras. Je suis heureuse d'avoir fait ta connaissance.

– Je l'espère aussi. Et... Moi aussi je suis contente de t'avoir rencontrée.

Elle ferma doucement la porte et regarda les décorations dans la salle de séjour, le trou où le sapin avait été suspendu.

– Je suis prêt, dit Richard. Tu as faim ? Tu vas aimer cet endroit.

– Tu pourrais m'accorder une heure ? demanda-t-elle.

La fenêtre de Keith était ouverte, et la guirlande qui l'entourait était attirée à l'intérieur par une force invisible. Elle envisagea de l'appeler, mais décida finalement de frapper à la porte, sur le panneau en plastique doré. David ouvrit. Elle avait de la chance ; Keith n'en aurait peut-être pas fait autant.

– Gin ! On m'a dit que tu étais là.

C'était agréable de voir un visage amical. Il lui indiqua qu'elle pouvait monter si elle le souhaitait. Elle grimpa doucement l'escalier, mais Keith semblait conscient de son arrivée. Il avait tiré dans sa chambre une moitié de la guirlande lumineuse et tripotait les ampoules. Elle n'avait aucune idée de ce qu'il tentait de faire, mais il avait l'air très concentré. Il ne releva même pas les yeux quand elle entra.

– Comment s'est passée l'enchère ? demanda-t-il, n'ayant pas l'air très intéressé. Tu es riche, maintenant ? Enfin, plus riche ?

– Je peux te dédommager pour ta voiture.

– Ton argent ne m'intéresse pas vraiment.

De la part de Keith, c'était une première — et ce n'était vraiment pas bon signe.

– Pourquoi es-tu tellement en colère ? demanda Ginny.

– En colère ? Je ne suis pas en colère.

Il avait un visage calme, impassible.

– Alors pourquoi n'es-tu pas venu à la vente ?

– J'étais occupé, dit-il en tirant encore sur la guirlande. Il se passe des choses dans ma vie, tu sais.

Même s'il n'était pas particulièrement accueillant, Ginny s'assit sur le canapé rouge, poussant quelques livres et des chemises sur le côté.

– Tu les enlèves ? demanda-t-elle en désignant les lumières.

– Non, je les répare.

– Je pars demain.

Keith hocha la tête et continua de tripoter les ampoules. Voilà comment cela allait se passer. Si elle voulait que cela se produise, elle allait devoir forcer le destin.

– Pourquoi ne m'as-tu rien dit ? demanda-t-elle. Au sujet d'Ellis. On parlait tous les jours. Tu ne m'en as jamais parlé. Et même après mon arrivée, tu ne m'as rien dit. Pas un mot.

– Te le dire ? dit-il nonchalamment. Tu l'as rencontrée.

– Tu sais où je veux en venir. Tu as dit qu'il y avait « quelque chose entre nous ». Pourquoi ne m'as-tu pas parlé d'Ellis ?

Silence. Seulement le son de la télévision dans la chambre de David. Keith arracha une ampoule et toute la guirlande s'éteignit.

– Peut-être que je vais l'enlever, dit-il en arrachant la prise du mur. Je ne veux pas déclencher un incendie.

Il se mit à tirer dessus avec une force renouvelée, chaque ampoule émettant un petit bruit de protestation alors qu'il les posait sur le radiateur, sous la fenêtre. Pendant quelques instants, elle crut qu'il n'allait jamais répondre mais, finalement, il reprit la parole :

– Je t'ai parlé de mon ancienne petite amie, Claire ? dit-il en enroulant la guirlande, emmêlant le fil.

Il lui en avait parlé, lors d'un trajet en train, l'été dernier. C'était la première fois qu'il lui avait raconté quelque chose de personnel, son amour de jeunesse, quand il avait seize ans. Sa petite amie était tombée enceinte et l'avait largué, incapable de supporter la tournure qu'avait prise leur relation. Il s'était écarté du droit chemin. C'était comme ça que Keith le voleur était né.

– Elle m'a dit qu'elle voulait être mon amie, dit-il. Alors je suis allé voler une voiture. C'est à cause d'elle que j'ai un casier judiciaire.

– Tu as un casier judiciaire ?

– J'ai volé une voiture, dit-il, comme si c'était une évidence.

– Tu n'as pas dit que tu t'étais fait prendre.

– Bien sûr que je me suis fait prendre. Plusieurs fois. Laisse-moi te montrer ma collection de contraventions pour conduite antisociale. La médaille d'honneur des délinquants.

– Je ne vois pas où tu veux en venir.

– Ce que je veux dire, c'est que rien de tout ça n'explique ce que tu as fait. Embrasser le type qui t'exploitait, puis me balancer ça en pleine figure alors que j'essayais de t'aider... ouais. Bien joué.

– Tu viens de dire que tu avais volé une voiture quand Claire et toi aviez rompu.

– C'est différent, répliqua-t-il sèchement. Il n'y a rien de personnel dans le fait de voler une voiture. Ce n'est qu'une voiture.

– Ça peut l'être pour le propriétaire de la voiture, cria-t-elle. Tu as pris ce qui appartenait à quelqu'un d'autre. J'ai embrassé quelqu'un, ce que je suis autorisée à faire, même si tu ne l'aimes pas. D'ailleurs, il n'a pas pris l'argent, alors tu peux laisser tomber maintenant.

Cela lui en boucha un coin.

– Il n'a pas pris l'argent ? Pourquoi ? Est-ce que Machin-Truc, le type des enchères, a... ?

– Il ne l'a pas pris, c'est tout.

Keith se contenta de secouer la tête, comme s'il était incapable de comprendre cette information. Finalement, il regarda Ginny en face, le visage ouvert et franc.

– Je pensais agir comme il fallait. Je ne voulais pas t'appeler pour te dire que j'avais rencontré quelqu'un. Ça ne me semblait pas bien de faire ça au téléphone.

– Alors, tu as décidé de ne rien me dire du tout ?

– Tu es venue ici. Tu l'as rencontrée. Qu'étais-je censé dire ? Elle était juste en face de toi.

– Tu étais censé dire : « Voici ma petite amie. » J'ai dû le deviner toute seule.

– Ç'aurait été mieux ? Tu aurais voulu que je te dise « Oh, voici ma petite amie » ? En quoi ça nous aurait avancés ? J'ai vu à l'expression de ton visage que tu avais compris. Je ne voulais pas en rajouter.

Il n'avait pas complètement tort. Il n'avait pas tout à fait raison, mais il n'avait pas tort.

– Tu as eu du temps ensuite, riposta-t-elle. Il y a eu plein de moments où tu aurais pu m'en parler. J'avais juste besoin de l'entendre de ta bouche, c'est tout.

– Pourquoi ?

– Je ne sais pas. Pour rendre les choses officielles. Je ne voulais pas que ce soit vrai, mais ç'aurait été mieux que tu me le dises, parce que j'avais... J'avais encore de l'espoir, ou un truc comme ça.

Il baissa la tête, ses cheveux tombant devant son profil, cachant son expression.

– Gin...

– Tu sais ce qui est drôle ? C'est que j'aime bien Ellis. Je l'aime beaucoup. Je suis contente que tu l'aies choisie. La moitié du temps, ces derniers jours, je l'ai aimée plus que toi.

Cela lui avait beaucoup coûté de dire ça, mais elle se sentait mieux. Plus forte. Elle l'entendit rire un peu.

– Je ne l'ai pas volé. Et tu sais ce que je ressens. Quand je serai vieux et fou à lier, on pourra aller à l'asile ensemble. Tu continueras de me faire des surprises, et je continuerai de te prendre ton argent, et tes dents...

Il s'assit à côté d'elle et passa le bras autour de ses épaules. Cette fois, elle savait pourquoi ce bras était là.

– Je dois y aller, dit-elle.

– Je ne peux pas te proposer de te reconduire, mais je vais te raccompagner à pied.

– Ça va aller. De toute façon, il faut que je prenne un taxi. Je l'ai promis à Richard. On va dîner.

– J'ai un numéro de taxi.

Cela fut rapide. Il l'avait à peine appelé qu'on klaxonnait déjà dehors.

– Ils sont au coin de la rue, expliqua-t-il.

Plus d'au revoir. Il était temps de partir.

Elle reviendrait ici, peut-être. Keith était étudiant. Il pouvait déménager. Mais si elle revenait, ce ne serait plus jamais pareil. Elle ne regarderait plus jamais ces stores noirs avec la même excitation, ne fixerait plus ce panneau en plastique doré dans la porte en se disant que, lorsqu'elle s'ouvrirait, elle serait accueillie par un baiser. Toutes ces rêveries, entretenues avec tant de soin, avaient été balayées. Peut-être était-ce ce que tante Peg avait voulu lui dire tout du long : revenir était une chose étrange. On ne pouvait jamais visiter deux fois le même endroit. Chaque fois, l'histoire est différente. Par le simple fait de revenir, on efface ce qui s'est passé avant.

Sur le pas de la porte, Keith la regardait. Elle devait s'éloigner, la tête haute. C'était dur, mais pas impossible.

Voilà le plus extraordinaire. Ce n'était pas impossible.

Le probable problème

Il était minuit. Ginny était au lit, les yeux rivés sur le mur. Elle n'était pas fatiguée. Maintenant que son séjour en Angleterre tirait à sa fin, chaque seconde lui semblait précieuse. Alors même qu'une grande partie de ce voyage avait été douloureuse et étrange, elle voulait s'y accrocher.

Elle sortit du lit et regarda par la fenêtre. Il y avait une lumière d'ambiance violette sur Londres, si bien qu'elle distinguait le contour d'objets dans le jardin des voisins. Elle passa quelques minutes à essayer de deviner ce que c'était : de minuscules cheminées rondes, des abris, des vélos, de vieux cartons.

Elle en avait assez des devinettes. Elle se glissa de nouveau au lit et sortit la lettre.

... scène.

Gin, te rappelles-tu que je te traînais tout le temps au musée d'Art moderne et que je te plantais devant l'immense peinture un peu dingue d'une femme sur un divan, assise au milieu de la jungle ? Repense à cela pendant un moment. Je vais attendre...

Elle n'avait pas besoin de temps pour y réfléchir. Elle connaissait bien ce tableau. Il prenait un mur entier du MoMA. Il était très coloré, avec des verts et des jaunes profonds. Une femme nue était allongée sur ce qui semblait être un divan marron, tandis qu'autour d'elle, des tigres jetaient des regards curieux entre les herbes, et qu'un serpent ondulait sur le sol. En arrière-plan, une autre femme, à moitié dissimulée par les feuillages et les fleurs trop grandes, jouait d'une sorte d'instrument.

Ce tableau s'appelle Le Rêve. *Il est d'Henri Rousseau. Rousseau a toujours été mon héros, pour de nombreuses raisons. Ses peintures, d'abord. Leurs couleurs. Leur étrange perfection enfantine.*

Rousseau était complètement autodidacte. Il n'avait absolument pas conscience de ce que les gens trouvaient son style bizarre. Il se disait simplement qu'ils voudraient regarder ses peintures, qu'ils les accepteraient. Les critiques ont qualifié son style de « primitif ». (Certains lui ont donné des noms pires que ça.) Certaines personnes le trouvaient révolutionnaire, comme Picasso, qui a acheté un de ses tableaux dans la rue, où on le vendait pour la toile.

De profession, Rousseau était percepteur à Paris. Il n'a jamais vu la jungle de sa vie, mais il ne cessait de la peindre, encore et encore. Il peignait celle qu'il voyait dans son esprit. Il plaçait des personnages dans ces peintures, des personnages aussi gros que le paysage.

Alors que j'écris ça, Gin, je sais que mon esprit se meurt. Je suis assise sur un divan à Londres, à des milliers de kilomètres de toi. Je suis comme cette femme sur le divan, dans ce tableau. Je vois des choses autour de moi qui, je le sais, ne devraient pas être là. Deux fois aujourd'hui, j'ai tendu la main pour caresser un chat que je n'ai pas, je le sais, et qui ne peut pas être assis à côté de moi. Mais il se trouve que j'aime beaucoup mon chat imaginaire, et quand je touche ce qui doit être du vide, je sens sa fourrure, et le soulèvement tranquille de sa poitrine. Je l'appelle Probablement, comme dans : « J'ai probablement besoin de prendre mes médicaments, parce que je le vois à nouveau. »

Les hallucinations ne sont pas toujours aussi agréables, mais j'ai eu de la chance. Et ce que je vois le plus souvent, Gin ? C'est toi. Tu montes et descends l'escalier. Tu te faufiles par la fenêtre de la chambre. Tu t'assois à la table de la cuisine. Tu me parles toute la journée quand Richard est au travail. Tu me parles du lycée. On joue à des jeux (et tu gagnes). Tu es partout dans cette maison. Honnêtement, tu devrais probablement payer un loyer.

Bien sûr, cela fait deux ans que je ne t'ai pas vue, alors tu m'apparais de plusieurs manières différentes. Parfois, tu as cinq ans. Parfois, tu as ton âge. Parfois, tu as quarante ans. Une fois, tu devais bien en avoir quatre-vingt-cinq. Mais c'est toujours toi, Gin. Il existe un même fil doré qui traverse toutes les Ginny. Alors que j'écris ces lettres et que je peins mes tableaux, tu es avec moi, tu me donnes des conseils. Tu m'encourages. Ces tableaux sont tes tableaux. Et quant à cette dernière œuvre… Je la vois seulement en imagination, parce qu'elle n'est pas achevée. Je suis tellement douée que je peux terminer une œuvre d'art même après ma mort.

Je suis pleinement consciente que la moitié de l'attrait que mes peintures exercent sur les acquéreurs, c'est que la folie qui me donne des visions me tuera, et que je ne peindrai plus. Le monde de l'art n'aime rien tant qu'un artiste mourant avec une production limitée.

Certaines personnes diront que ça ne vaut rien, que n'importe qui aurait pu abîmer un plateau de table, peindre une fenêtre et faire le frottis d'une pierre. Oui, bien sûr. Mais c'est l'argument habituel. Tout le monde aurait pu faire couler de la peinture sur une toile. Mais c'est Jackson Pollock qui l'a fait, parce qu'il savait qu'il le fallait. N'importe qui aurait pu peindre une boîte de soupe. Mais Andy Warhol l'a fait, parce qu'il comprenait mieux que quiconque la société contemporaine. L'idée rencontre l'exécution. Les sentiments deviennent action.

Je ne sais pas pourquoi les gens trouvent cette idée aussi difficile à comprendre. Après tout, on peut mettre deux personnes ensemble, ça ne veut pas dire qu'elles tomberont amoureuses. Tout le monde le sait. Personne ne comprend bien comment ça se passe. Il s'agit de ces personnes-là, du point où elles en sont dans leur vie, de la façon dont les circonstances les mettent en relation. Bien sûr, c'est déjà arrivé auparavant, mais jamais exactement de cette façon. Peut-être qu'ils ont l'air mal assortis. Peut-être qu'ils ont déjà aimé. Peut-être qu'ils ne se comportent pas toujours très bien l'un envers l'autre... Mais c'est toujours là, l'amour. L'événement. Et personne n'oserait le criti-

quer simplement parce que c'est commun, parce que c'est un peu asymétrique, et que tout le monde peut le faire. C'est unique. C'est à eux. C'est magnifique. Ils ont fait ce qui a déjà été fait des millions de fois et qui n'a pourtant jamais existé avant ce moment.

Bon. Est-ce assez larmoyant ? Quand on a le cancer, les gens vous pardonneraient d'avoir commis un meurtre, je te le dis. Bref, Probablement est revenu sur le divan et il veut que je lui gratte la tête, alors je vais caresser mon chat.

Je ne veux pas que cette lettre s'arrête, alors je ne vais pas la conclure. Je vais juste faire une pause, comme si j'écrivais encore, et

Il n'y avait pas de point. La lettre s'arrêtait juste comme ça, en suspens.

– C'est une blague, dit Ginny.

Elle posa la lettre et fixa le plafond. Toutes ces fins étranges. Keith. Ellis. Oliver sortant comme un ouragan de la salle d'enchères. L'une de ces histoires devait se terminer correctement. Qui était Oliver, d'abord ? Pourquoi n'avait-elle pas pris le temps d'en apprendre plus ?

Elle prit son ordinateur. Elle pouvait lui écrire, mais il ne répondrait pas, c'était certain. Elle allait devoir faire des recherches sur lui. Google afficha de nombreux Oliver Davies, mais aucune photo ne lui correspondait. Du moins, pas manifestement. Il y avait quelques photos de groupes auxquels il aurait pu appartenir, mais elles n'étaient pas très utiles.

Il devait bien avoir fourni des informations à un moment ou un autre. Avait-elle vu son passeport ? Non. Des papiers d'identité ? Le seul moment où il les avait sortis, c'était à la gare, quand ils s'apprêtaient à aller à Paris.

Il avait acheté les billets pour Paris...

On vous demandait des informations, quand vous faisiez quelque chose comme ça. Elle se laissa tomber par terre et attrapa son sac. Elle avait fourré des choses dans la poche de devant. Elle l'ouvrit et fouilla à l'intérieur. Deux serviettes en papier froissées, un papier d'emballage... et là, tout au fond, le billet non utilisé. Train numéro 234 à destination de Paris. Numéro de siège. Numéro de réservation. Contact pour la compagnie ferroviaire.

Oliver n'était pas le seul à savoir faire des tours de passe-passe.

Ginny était habillée et avait allumé la bouilloire dans la cuisine quand Richard descendit.

– Je ne m'attendais pas à te voir debout, dit-il.

– Je voulais juste faire quelques trucs pour mon dernier jour.

Elle lui tendit une tasse de thé, mais il la refusa d'un geste, en continuant d'attacher sa cravate.

– On se retrouve à la gare à dix heures ? Il faudra peut-être que je m'enfuie par la fenêtre. Les soldes de janvier. Si je suis couvert de sang, ne dis rien.

– On se voit là-bas, dit-elle.

Elle avait déjà accompli la première étape de son plan. Après en avoir vérifié la disponibilité, elle avait obtenu une adresse e-mail sur *easymail.co.uk*. Maintenant, il fallait seulement qu'elle soit convaincante. Et un peu idiote. Oh, il y avait des avantages à avoir un accent américain. Un véritable accent américain. Rien ne pouvait en remplacer un véritable.

Les lignes téléphoniques de la compagnie ferroviaire ouvraient à sept heures, et elle appela pile à cette heure-là.

– Bonjour, dit-elle d'une voix traînante. J'ai acheté un billet pour l'un de vos trains l'autre jour, mais je n'ai jamais eu de facture. Je l'ai acheté en ligne, et on m'a dit qu'on me l'enverrait par e-mail...

– Numéro de réservation ?

Ginny le lut sur le billet.

– Oliver Davies ? demanda l'homme.

– Non. Je m'appelle Olive Davies. Mon adresse mail, c'est olive273@easymail.co.uk. Je suis... une étudiante étrangère ?

C'était bien. Tout faire sonner comme une question. Ils voudraient juste se débarrasser d'elle.

– Un instant.

Elle l'entendit taper sur son clavier.

– Oh, je vois ce qui s'est passé. Ils ont mis un *r*. Oliver273. Je vais vous renvoyer la facture.

Cinq minutes plus tard, il y avait un message. Des billets délivrés à Davies, Oliver. Numéro de carte de crédit noirci. Adresse : 15A York Road, Guildford.

– Je te tiens, dit Ginny.

Cette fois, il n'y aurait pas de détails inexpliqués.

Ceci n'est pas une piscine

Guildford, à en croire ce que l'on en disait sur Internet, était une ville située à quelques kilomètres de Londres. Bourg de banlieue, faisant partie de ce qu'on appelait la « banlieue résidentielle », accueillant un festival de musique. Rendu célèbre par le livre *Le Guide du voyageur galactique* comme étant l'endroit où vivait Ford Perfect, qui prétendait venir de là afin de passer pour un terrien normal et barbant. Il y avait plein de trains pour y aller. Que Dieu bénisse les Anglais et leur amour des trains. Tant de gares, tant de trains tout le temps.

Il y avait une file de taxis devant la gare, qui était plus grande qu'elle ne l'aurait cru. Elle tenta de prendre le plus proche, mais on lui dit d'aller tout au bout de la file, jusqu'au premier. Les véhicules se garaient en ligne ici, et chacun attendait son tour. Il ne s'agissait pas d'un taxi noir, comme à Londres, mais d'un véhicule ordinaire, avec un panneau et un compteur. Le chauffeur posa son journal quand elle monta.

– Qu'est-ce qui vous amène à Guildford ? demanda-t-il après qu'elle lui eut donné l'adresse. Vous êtes américaine, non ?

– Je viens voir un ami.
– Vous venez de quel coin des États-Unis ?
– Du New Jersey.
– J'y suis allé une fois. Je suis allé dans un centre commercial. Très grand.

Le trajet dura environ une minute. Le plus dur, c'était d'attendre aux feux rouges et de se faufiler dans la circulation matinale. On la déposa devant une rangée de maisons identiques en briques brun-jaune, aux toits pointus. À un coin, il y avait un pub, un magasin chic de matelas, et une boutique qui semblait ne vendre que des ampoules. Il y avait de nombreux chantiers de construction dans la rue. Trois maisons étaient en travaux, si bien qu'il y avait de la poussière de ciment, des sacs, des planches et des brouettes un peu partout.

Le 15A était une maison avec un muret à demi effondré et une collection de poubelles de recyclage dans la cour en gravier. Il y avait beaucoup de boîtes de nourriture pour chat dans les poubelles. Beaucoup. Elle frappa à la porte et, un instant plus tard, une femme en polaire rose, les cheveux attachés en queue-de-cheval, ouvrit. La télé était allumée en arrière-fond, diffusant une émission matinale, et une planche à repasser était installée. Il y avait du linge pendu partout.

– Puis-je vous aider ? demanda-t-elle. Est-ce à cause des poubelles, parce que...
– Je cherche Oliver.

La femme parut surprise, comme si des amis ne passaient pas souvent voir Oliver, en tout cas pas aussi tôt, et sûrement pas avec cet accent.

– Il est au travail.

– Au travail ?

– Oui, à l'Éléphant, dans la grande rue, juste en face d'Oxfam.

– La grande rue ?

– C'est par là, dit-elle en sortant. Jusqu'au carrefour, puis à droite. Vous le verrez tout de suite.

La grande rue de Guildford était animée le matin. Elle était entièrement pavée, sur une colline. Au sommet, Ginny observa la longue rue pleine de boutiques, qui débouchait sur une rivière étroite. Toutes sortes de magasins étaient représentées. Il y avait un McDonald's. Un Starbucks. Des boutiques de vêtements. Des drugstores, des librairies, des papeteries, un supermarché... Le milieu de la rue était rempli par plusieurs marchands ambulants, vendant de la confiture, des paniers, des fleurs séchées, des sauces au curry, du porc fraîchement rôti.

L'Éléphant était au centre de tout ça. On aurait dit un restaurant familial, ou peut-être un café. Il y avait des décorations vaguement africaines sur les murs, et un panneau joyeux et criard dans une police exubérante. Il y avait de grands posters de CD de musique du monde. Elle n'eut aucun mal à le trouver. L'endroit était presque vide à cette heure de la matinée. Il y avait une serveuse au fond, qui mettait la table, et un grand type aux cheveux bruns lisant une feuille sur une écritoire à pince et prenant des notes. C'était un peu étrange de voir Oliver en polo avec un logo coloré et un pantalon kaki. Son image soigneusement cultivée, le manteau de marque, les chemises, la voix snob, les cigarettes avec lesquelles il jouait constamment... Tout avait disparu.

Il ne pouvait pas l'avoir entendue entrer du fait de la musique presque assourdissante : un chœur d'enfants joyeux et des tambours bruyants. Elle se plaça juste derrière lui et lui tapota l'épaule. Il sursauta et son écritoire tomba par terre.

– Qu'est-ce que tu fais là ? demanda-t-il à voix basse en la ramassant. Comment sais-tu où je travaille ?

– Tu n'es pas le seul à faire tes devoirs.

Elle avait préparé cette réplique dans le train, et c'était extrêmement gratifiant de pouvoir la sortir aussi vite.

– Qu'est-ce que tu veux ?

– Je veux parler.

– Il n'y a rien à dire. Tu n'aurais pas dû venir ici.

– C'est toi qui m'as conduite ici. Tu m'as contactée. C'est toi qui as commencé. Maintenant, je sais où tu vis, et je ne te laisserai pas tranquille tant que tu ne m'auras pas expliqué pourquoi tu as fait ça.

– Tu n'es pas censée être dans un avion pour rentrer aux États-Unis ?

– Dans quelques heures. Si tu ne me parles pas maintenant, je donnerai ton adresse à Keith. Je lui dirai où tu travailles. Il viendra te rendre visite.

Elle avait capté son attention.

– Attends-moi ici.

Il alla au fond de la salle, dit quelques mots à la serveuse, puis revint avec son manteau. Il passa devant Ginny et sortit. Elle en déduisit qu'elle devait le suivre.

Une fois dehors, il s'éloigna d'un pas rapide. Ils s'arrêtèrent à côté de ce qui ressemblait à une mairie de l'époque médiévale, toute blanche, avec des poutres noires et une horloge très ornementée.

– Je te l'ai dit, lança-t-il finalement. J'ai trouvé les enveloppes dans ton sac. J'ai fait des recherches sur le nom de ta tante et j'ai lu des choses sur la vente. Je me suis dit que je pourrais me faire de l'argent. Voilà toute l'histoire. À quoi tu t'attendais ?

– Tu aurais pu avoir cet argent. Tu es parti. Pourquoi ?

– Ce sont mes affaires.

– Et les lettres étaient les miennes. Tu as découvert des choses sur moi. Je veux en savoir sur toi maintenant.

Il grogna et chercha ses cigarettes. Un groupe de lycéens passa près d'eux, tous en uniforme, hilares, en pleine discussion, des cafés et des sacs de sport à la main. Les garçons portaient des blazers et des cravates. Les filles des jupes bleues assorties, avec les mêmes cravates et blazers. Tout le monde paraissait plus âgé, plus digne et plus sophistiqué, mais ils avaient tous la même expression sur le visage, qui semblait dire « Oh, mon Dieu, les vacances sont finies et l'école existe encore. » Une expression qu'elle aussi arborerait dans deux jours.

– Quel bien, commença-t-il avant de fourrer une cigarette entre ses lèvres, quel bien cela va-t-il faire que tu sois venue ici ? Pourquoi ça t'intéresse, ce que j'ai fait ? C'est terminé. Je n'ai juste pas voulu de cet argent, finalement. Tu veux des excuses ? Je suis désolé. Voilà. Tu es contente ? Tu vas t'en aller, maintenant ?

Non. Elle n'allait pas s'en aller. Elle ne savait pas quel bien pourrait découler de tout cela, ni ce qu'elle s'attendait à entendre. Elle voulait juste quelque chose de plus.

– Alors, tu es serveur ? demanda-t-elle.

– Je suis manager.

– C'est quel genre de restaurant ?

– Un McDonald's chic avec du *houmous*. C'est un interrogatoire ?

– Tu as lu la dernière lettre, dit-elle. Tu sais comment elle se termine. J'en ai assez des choses qui s'interrompent sans réponses.

– Eh bien, tu es en bonne compagnie. C'est ce que tout le monde ressent.

Il continuait à descendre la rue en pente, fendant la foule des passants. Il avait à nouveau ce que Keith appelait « sa démarche élégante », son manteau battant contre ses chevilles. Ginny avait du mal à suivre le rythme. La valise qu'elle avait apportée avec elle était trop dure à traîner sur les pavés, alors elle dut rester sur le trottoir. Il attendit qu'elle le rattrape au bas de la rue, quand il eut atteint le tout petit pont au-dessus de la petite rivière qui traversait le centre-ville.

– La gare est par là, dit-il. La traversée près du centre commercial est dangereuse, alors fais attention.

Il désignait un autre groupe de magasins et de restaurants et un carrefour très complexe. Ginny n'allait pas se laisser renvoyer comme ça, mais elle ne savait pas ce qu'il allait se passer maintenant. Il était temps qu'elle fasse quelque chose, qu'elle dise quelque chose. N'importe quoi.

– Ma tante t'aurait bien aimé, dit-elle.

Elle ne savait pas trop d'où cela sortait, mais elle sut que c'était vrai au moment où elle le disait. Tante Peg aurait aimé le plan d'Oliver, même s'il prévoyait de prendre la moitié de l'argent. Elle aurait encore plus aimé qu'il se donne autant de peine pour, finalement, renoncer à l'argent. Elle aurait aimé les tours de cartes et la mémorisation. En fait, on aurait dit que tante Peg avait prévu depuis le début qu'il serait là. Mais bien sûr, c'était impossible. Oliver avait raison. Tante Peg n'avait aucun rapport avec les gens que Ginny rencontrait. Elle attirait toute seule les types comme Oliver.

Vérité ou non, cette annonce n'eut pas l'effet escompté. Oliver lâcha un petit rire contrit.

– J'en doute, dit-il en s'éloignant.

Cela ne servait plus à rien de le poursuivre. Il ne voulait pas la voir. Il était temps d'affronter la réalité. Il fallait qu'elle prenne un train et qu'elle s'en aille.

Le carrefour était compliqué, comme l'avait dit Oliver. Elle dut attendre avec un groupe de personnes que le petit bonhomme vert apparaisse, puis attendre sur un îlot et traverser à nouveau. Et encore.

Elle ne remarqua pas Oliver derrière elle.

– C'est compliqué d'aller jusqu'à la gare, dit-il. Je ferais mieux de te montrer.

Il lui prit sa valise des mains et se mit en marche, plus lentement cette fois, pour qu'elle puisse marcher à côté de lui. Le trajet jusqu'à la gare était loin d'être aussi direct qu'il le lui avait indiqué. Il passait par un parking à plusieurs étages, devant un cinéma, une autre passerelle… Guildford était bien trop complexe à pied. Elle n'aurait jamais retrouvé son chemin.

Oliver tremblait un peu. Ses mains n'arrêtaient pas de bouger. Il tenta de les cacher derrière son dos, mais Ginny lui en prit une et la serra entre les siennes. D'abord, il trembla plus fort encore, puis il se calma. Il ne la regardait pas en face, se concentrant sur le panneau des départs.

– Ton train est sur le quai numéro cinq, dit-il.

Il tenta sans conviction de retirer sa main, mais elle ne voulut pas le lâcher. Il cligna des yeux et les leva au ciel. Ce n'était pas un geste dédaigneux. C'était le genre de chose que l'on faisait quand on ne voulait pas réagir ou se laisser aller à l'émotion.

– Nous avions un peu d'argent, autrefois, dit-il. Il venait de ma grand-mère. Pas énormément, mais suffisamment pour que mes parents m'envoient au pensionnat. D'où l'accent. Alors, je ne sais pas vraiment comment ils s'entendaient quand j'étais petit. Ça avait l'air d'aller. Pas génial, mais ça allait. Quand je suis allé à l'université, mon père est parti.

– Je suis désolée.

– C'est un bâtard, dit-il simplement. Je m'en fous de lui. C'est pour ma mère que je m'inquiétais. Quand elle m'a appelé, elle s'est complètement écroulée. Alors je suis rentré à la maison quelques jours pour m'occuper de ça. Puis ces quelques jours sont devenus deux semaines, et finalement, j'ai accidentellement quitté l'université pendant un an. C'était censé être temporaire, mais… Je n'y suis pas retourné cette année.

– C'est pour ça que tu ne vas pas en cours ?

– Oui. C'était mon père qui gérait l'argent. Ma mère n'a jamais été douée pour ce genre de chose. Elle était abattue, incapable de s'occuper des factures et de la paperasse. Alors je suis rentré et j'ai pris ce job à l'Éléphant. Elle ne voulait pas que je le fasse. Elle se sentait coupable que je quitte l'université, mais... Il le fallait. Bref... En octobre, je n'en pouvais plus, alors j'ai pris un peu de l'argent que j'avais économisé et je suis parti quelques semaines en Grèce pour réfléchir à ce que je voulais faire ensuite. Mon sac s'est cassé, et je me suis retrouvé à acheter le tien. Ensuite, j'ai découvert les lettres. Elles étaient tellement bizarres... J'ai commencé à faire des recherches sur ce que je lisais. Cela m'a donné un but. C'est alors que j'ai lu des choses sur la vente. Et j'ai vu que tu n'avais jamais ouvert la dernière enveloppe, et qu'il n'existait aucune mention de la dernière œuvre. Je me suis dit que si tu avais déjà gagné beaucoup grâce à la première vente... Ce ne serait pas comme prendre l'argent d'une personne fauchée. Alors, j'aurais pu en donner suffisamment à ma mère pour qu'elle s'en sorte, et j'aurais pu retourner à la fac. Mais pour faire ça, il aurait fallu que je reste insensible. Alors j'ai essayé. J'ai essayé de le faire, et d'être honnête et direct.

Une voix claire annonça l'arrivée imminente du train de Ginny. Le temps était compté.

– Si tu m'avais dit ça, dit-elle, j'aurais été d'accord. Tu n'aurais pas eu besoin de faire tout ça. Je t'aurais donné un peu d'argent.

– Je le sais. Enfin, je le sais maintenant. Et c'est ce qui rend la situation encore plus difficile. En fait, ça m'a vraiment facilité les choses que ton pote vienne avec nous et soit aussi con. Mais toi, tu ne l'étais pas.

Ginny relâcha sa main à contrecœur, qui retomba le long de son corps. Il la regardait en face désormais.

– Maintenant tu sais tout, dit-il. Tu es contente ?

– Pas encore, dit-elle.

Elle reprit sa main et la serra. D'abord, elle trembla fortement, puis cela se calma. Elle comptait pour lui. Il avait peur.

Elle lâcha sa valise, se mit sur la pointe des pieds, et l'embrassa. Avec force. Sans aucune retenue, en public, devant les personnes qui essayaient de sortir du café de la gare. Elle l'enlaça.

Les baisers... Les vrais baisers... vous font perdre la notion du temps et de l'espace. Elle était vaguement consciente qu'ils gênaient les gens autour d'eux, qu'un groupe de gamins faisait des commentaires, et qu'Oliver la soulevait pour qu'elle n'ait pas à faire d'efforts pour être à sa hauteur. C'était l'un de ces véritables baisers qui vous donnent l'impression que votre corps devient gélatineux, et vous aimez ça.

Une autre annonce maussade la ramena brutalement à la réalité. Elle répéta que le train arrivait. Il entrerait en gare d'un moment à l'autre. Perfide annonce. Il n'y avait plus de temps pour se dire au revoir. Ginny essaya de trouver la poignée de sa valise tandis qu'Oliver la relâchait et que leurs lèvres se séparaient lentement. Elle avait la tête qui tournait, alors elle eut du mal à glisser son billet dans la fente. En fait, elle avait oublié qu'une fois qu'elle l'aurait inséré, Oliver ne pourrait pas venir avec elle. Ils étaient irrémédiablement séparés par une barre métallique. Lorsqu'elle se retourna, il faisait quelque chose qu'elle ne l'avait jamais vu faire auparavant.

Il souriait.

Ginny prit place dans le train, encore étourdie. Il était bondé, rempli de gens allant à Londres pour le travail, ou pour profiter du dernier jour de vacances. Elle était en face de mères avec leurs filles, de dix ou onze ans, qui faisaient une sortie qui comptait. Elles parlaient d'un film qu'elles voulaient aller voir et de l'endroit où elles iraient dîner. Elle ne savait pas vraiment ce qui venait de se passer ni ce que cela signifiait, mais elle savait qu'elle n'était pas prête à partir. Elle n'était pas prête à laisser tout le monde derrière elle : Keith, Richard, Mari, Oliver. Même ces petites filles dans le train. Elle ne voulait pas les laisser non plus. Elles faisaient partie d'un tableau plus vaste, un tableau qu'elle aimait.

Mais le train filait à bonne allure dans le matin vif et ensoleillé, traversant des forêts, des villes et des champs avec des chevaux. Il l'emmenait au cœur de Londres, et de là, un autre train l'emmènerait à l'aéroport, et un avion la ramènerait chez elle.

Chez elle. C'était une pensée agréable. Ses parents lui avaient manqué, ses amis aussi... Mais ces deux mots n'avaient plus le même sens, désormais. L'Angleterre, c'était aussi chez elle. Il y avait tellement d'elle ici.

La question flottait de nouveau dans son esprit. Elle s'était attardée en arrière-plan, attendant le bon moment pour manifester sa présence. Comme Oliver, elle pouvait mémoriser des choses importantes (même s'il ne s'agissait que de deux phrases, ce qui était un tout petit peu plus facile). « Décrivez une expérience qui vous a changé. Qu'était-ce, et qu'avez-vous appris ? (1 000 mots) »

Peut-être qu'elle avait la réponse maintenant, et elle tenait en un mot : l'Angleterre. Bien sûr, cela ne donnait pas beaucoup d'informations, mais ces gens n'avaient pas le droit de s'immiscer dans sa vie privée. Il s'agissait des membres d'un comité d'admission, pas de psychothérapeutes. Ce qu'elle répondrait n'avait aucune importance pour eux. Ils voulaient juste savoir si elle était une étudiante capable d'écrire trois pages sensées. Elle n'allait pas leur dire la vérité, à savoir qu'elle voulait que quelqu'un lui barre la route. Que ce train tombe en panne, que son vol soit annulé, que les services d'immigration lui disent qu'elle n'avait pas le droit de partir. Elle voulait que Londres elle-même se soulève pour l'empêcher de passer ses frontières.

Alors, juste au moment où le chariot de vente ambulante passait près d'elle et lui heurtait accidentellement le coude, elle comprit exactement ce qu'elle devait faire.

En quinze minutes, quelque part entre Clapham Junction et Waterloo Station, elle décida de son futur. Pas des détails… Cela ne servait à rien de penser aux détails. Seulement les grandes lignes. Elle feuilleta mentalement le calendrier et fit quelques calculs. Les délais seraient sans doute très serrés. Elle aurait beaucoup de recherches et de travail à faire, mais elle avait fait pire.

Richard l'attendait dans l'un des cafés qui longeaient la gare Victoria, en faisant des mots croisés. Ginny se précipita vers lui, et il leva les yeux en souriant, avant de lui faire signe.

– Tu as l'air prête à partir, dit-il.

– Eh bien, commença-t-elle en se glissant sur le siège en face de lui. À ce sujet... Que sais-tu des inscriptions à l'université ici ? Et que dirais-tu de m'avoir dans les pattes ? Pendant quelques années. Pas chez toi, mais, tu sais...

Richard mit un moment à comprendre de quoi elle parlait. Il regarda son café d'un air pensif et fit tourner plusieurs fois sa tasse.

– Je pense que, si c'était ce que tu comptais faire, on pourrait obtenir des informations. Et que tu aurais toujours un endroit où loger, même dans ma maison, aussi longtemps que tu le voudrais.

Maintenant, tout faisait sens. Ce n'était pas comme si tout était réglé, chaque projet établi, chaque réponse fournie... mais désormais, les choses avaient pris forme. Et, alors qu'ils montaient dans le train pour l'aéroport, Ginny jeta un dernier coup d'œil à la gare, et elle sut que ce serait plus facile de dire au revoir cette fois. C'est toujours plus facile de dire au revoir quand on sait que ce n'est qu'un prélude à un bonjour.

Remerciements

Tout d'abord, je veux remercier tous ceux qui m'ont écrit ou m'ont contactée d'une manière ou d'une autre depuis la publication des *Treize petites enveloppes bleues,* pour me demander d'écrire un deuxième livre. C'est grâce à vous que cette histoire existe.

J'ai la chance de connaître de nombreuses personnes merveilleuses. Ce qui suit n'est qu'une liste partielle de celles qui méritent des remerciements :

Comme toujours, merci à mon agente, Kate Schafer Testerman. Sans Kate, j'aurais sans doute rencontré un funeste destin, comme d'être accidentellement envoyée dans l'espace. À mon éditeur, Zareen Jaffery, qui a guidé ce livre d'une main ferme et stable. Holly Black, Cassie Clare, Libba Bray et Robin Wasserman, pour m'avoir aidée à développer cette histoire et, plus généralement, pour m'avoir écoutée radoter. Sarah Rees Brennan, qui m'a accueillie pendant plusieurs jours en Irlande et s'est introduite dans cette piscine avec moi. (« Nous ne nous sommes pas rendu compte que c'était fermé. Il faisait sombre et, vous savez, quand on a forcé la porte, elle s'est ouverte, et ensuite on a juste enlevé la bâche. Bien sûr que ce sont des maillots de bain... »)

Justine Larbalestier, Chelsea Hunt, et l'Anglais résident Andy « Weasley est notre roi » Friel, qui ont tous lu le livre et m'ont fait des remarques extrêmement utiles. À John et Hank Green, qui ont présenté tout Nerdfighteria à Ginny et la bande.

Encore des mercis à...

Scott Westerfield, pour le fob. Jason Keeley et Paula Gross, qui me nourrissent régulièrement. Rebecca « étoile solitaire » Leach, mon assistante de facto, qui obéit à mes ordres étranges. Tobias « J'aime John Barrowman » Huisman, mon éclaireur aux Pays-Bas. Donal Finnerty, l'expert irlandais en frigos. L'équipe d'Accio Books : Maria Alexandra Flores, Luz Maria Flores, Alida Gene, Sara Priest, Kerstyn Smith, Sophia Arnold, Hannah Gann, Jennifer McCall, Clarissa Crossett, Marcus Walton, Megan Sprimont, Rachel Bellanger, Jessie Johnson, Lois Carlyle, et Marlee Grace Abbott.

Et à Hamish Young, qui est né dans la forêt et sait tout sur les blaireaux.

MAUREEN JOHNSON est née en Pennsylvanie, à Philadelphie, en 1973. Enfant, Maureen lisait sans arrêt, comme beaucoup de lecteurs qui finissent par écrire. Elle a étudié la dramaturgie et l'écriture romanesque à l'université de Columbia.

Avant de pouvoir vivre de sa plume, elle a pratiqué bon nombre de petits boulots de New York à Londres en passant par Las Vegas.

Aujourd'hui, Maureen vit à New York avec son mari.

Elle a publié, chez Gallimard Jeunesse :

Suite Scarlett
Au secours, Scarlett
Une fille à la mer
Treize petites enveloppes bleues

Retrouvez Maureen Johnson sur son site Internet :
www.maureenjohnsonbooks.com

Composé par Nord Compo Multimédia
7, rue de Fives, 59650 Villeneuve-d'Ascq
Imprimé par CPI Firmin Didot

Dépôt légal : mai 2013
N° d'édition : 248027
N° d'impression : 118088
ISBN : 978-2-07-065098-9